마지막 메시지

마지막 메시지

초판 1쇄 인쇄 2010년 10월 01일
초판 1쇄 발행 2010년 10월 08일

지은이 | 천상 수일
펴낸이 | 손형국
펴낸곳 | (주)에세이퍼블리싱
출판등록 | 2004. 12. 1(제315-2008-022호)
주소 | 157-857 서울특별시 강서구 방화3동 316-3번지 한국계량계측협동조합 102호
홈페이지 | www.book.co.kr
전화번호 | (02)3159-9638~40
팩스 | (02)3159-9637

ISBN 978-89-6023-444-4 03810

대명(大明)을 찾아가는 길, 대광원

마지막 메시지

천상 수일 지음

ESSAY

프롤로그

이 책이 나오기까지 참으로 힘든 고난의 시간이었습니다. 전 차원, 전 문명, 전 우주에 자존으로 계시는 대광을 세상에 알린다는 것이 쉽지 않은 과정이었습니다. 우리 눈에 보이는 가시광선만 빛이라고 우기지는 못할 것입니다. 빛도 다양합니다. 적외선도 있고 감마선도 있습니다. 그러나 인간의 눈에는 안 보입니다. 마찬가지로 일반인들이 겪어 보지 못한 세계를 알린다는 것은 매우 힘든 일임에 틀림없습니다. 내가 알리지 않아도 누군가가 알릴 수도 있겠지만, 앞선 자의 책임감으로 대광의 세계를 널리 알려야 하겠기에 책을 출판하게 되었습니다.

대광원은 사람의 잠재의식을 자극하여 자득과 능력이 생기도록 도와주는 곳입니다. 높이 나는 새가 멀리 보듯이, 인간이 멀리 보지 못하고 묻혀 두었던 의식과 능력을 활성화시키면 인생에서 성공할 수밖에 없습니다. 대광원을 통해서 밖으로 나온 의식과 능력이 자신과 타인에게 행복한 삶이 될 수 있다면 기쁜 일이 아닐 수 없습니다. 대광원에서는 보통 사람이 겪어 보지 못했고 겪어 볼 기회가 전무했던 깨달음과 경지에 오른 이야기를 많이 서술하고 있습니다. 수많은 능력과 자득도 연마하다 보면 저절로 얻어질 수 있습니다. 태초의 우주 시작 출발점의 근원에서 탄생된 의식과 에너지는 지구뿐 아니라 온 우주에 가득합니다. 생명의 근원인 의식과 에너지를 온전히 자득할 수 있다면 불행에서 행복으로, 병고에 시달리는 육신이 건강한 육신으로, 좌절한 자가 능력가로 변모될 수 있습니다.

우주 시작 이후 생긴 의식, 의식이 성장하여 형성된 영(靈)은 대략 100억 년이 넘었습니다. 우리의 영은 100억 년이 되었습니다. 그러한 영이 생명과 빛을 잃고 지금까지 방황하고 힘들게 영환(靈環)하며 살고 있습니다. 이제라도 이 비밀을 깨달아서 영원의 생이 되어야만 합니다. 대광의 빛, 대명을 대광원을 통해서 만나게 되면 재난과 어려움을 현명하게 극복할 수 있고, 최종적으로는 세상과 우주의 빛이 되는 멘토가 될 수 있습니다.

대광원은 대명으로 살아갈 수 있도록 심신을 닦아주고, 끊어진 하늘과의 관계를 이어주면서 새로운 세계, 시대를 열어가는 곳입니다. 이 책 속에 있는 내용은 하늘과 직접 교감하며 하나하나씩 가르침 받아 쓴 천서입니다. 원고를 쓰는 동안 대광이 하늘에서 직접 내려와 대명의 빛을 밝히며 함께한 천서입니다.

차례

프롤로그 ㅣ 4

제1부 육신성도

제1장 **도를 찾아서** ㅣ 10

제2장 **산중에서** ㅣ 26

제2부 구제의 길

제1장 **드러나는 천명궁** ㅣ 56

제2장 **혼성을 순성으로** ㅣ 81

제3장 **대물림 정화** ㅣ 121

제3부 산중 수련

제1장 **피의 순성** ｜ 146

제2장 **이비 수련** ｜ 149

제3장 **이엠 수련** ｜ 153

제4장 **이피 수련** ｜ 159

제5장 **자득** ｜ 165

제4부 비우의 문명 ｜ 189

마지막 메시지

제1부

육신성도

도를 찾아서

1. 영생

　대광원은 한 구도자가 스승을 만나 깨달음과 능력을 얻은 것을 만인과 함께 공유하고자 개설된 곳입니다. 높이 나는 새가 멀리 보듯이, 인간이 멀리 보지 못하고 묻혀 둔 의식과 능력을 끄집어내어 멀리 보게 할 것입니다. 대광원을 통해 밖으로 나온 의식과 능력이 만인에게 행복한 삶이 될 수 있다면 기쁜 일이 아닐 수 없습니다. 빛이 사람 눈에 보이는 가시광선만 있고 적외선, 자외선, 엑스선 따위는 눈에 안 보인다고 해서 빛이 아니라고 우기면 할 말이 없습니다.

　실제로 지구가 둥글다는 지동설이 확립되기 위해서는 무수한 이들이 희생되었습니다. 통념이란 이런 것입니다. 겪어 보지 못하면 알 수 없습니다. 이즈음 코미디 프로에 '봤어? 못 봤으면 말을 하지 말라'라는 우스갯소리가 히트 치고 있듯이, 겪어 보지 못한 세상을 알린다는 것이 어려운 일인 줄 압니다.

하지만 한 사람이라도 공감하는 이가 있어서 그가 변하면, 그걸로 족합니다. 이 순간 이런 저런 삶으로 인해 불행해 하고 고통 받는 이가 이곳을 통해 정체성을 찾고, 그로 인해 자신감을 회복하고 행복한 삶으로 항해한다면 불행 중 다행입니다.

대광원에서는 보통 사람이 겪어 보지 못했고, 겪어 볼 기회가 전무했던 초현실적 이야기도 많이 서술될 것입니다. 자연 상태에서 축지법도 스승을 통해 배웠고, 죽은 사람도 살려낸다는 역천반혼술도 배웠으니 암도 동기 감응만 되면 치유가 가능합니다.

연금술을 할 수 있으니 빌게이츠를 능가하는 부자가 되는 것은 시간문제라고 생각할 것입니다. 처음에 스승이 펼쳐 보이는 믿을 수 없는 연금술을 보면서 곧 부자가 되겠구나, 생각했습니다. 그러나 술법은 현실을 능가하지 못하고, 자연의 이치는 그렇게 맹하지 않았습니다.

역천반혼술을 익히면 세상의 병든 이를 다 고칠 수 있을까요? 화타가 제 아무리 뛰어난 명의였다고 해도 인류의 생명을 연장시키지는 못했습니다. 전체 인류 구원에 나섰던 알렉산더 플레밍(페니실린), 에드워드 제너(종두법) 등으로 인해 인류 수명은 연장되었습니다.

신도 못 한 일을 그들은 해냈습니다! 나도 개개인을 치유하는 능력이 있지만, 그들처럼 전체 인류를 치유할 수는 없습니다. 자연의 이치는 전체의식의 합리성과 조화, 노력이 있어야만 선포될 수 있습니다. 혼란의 이 시기, 빈부격차가 커지고 세계는 강대국의 입맛에 재편되어 더욱 살기 힘들어지는 이때, 인류 구원에 나섰던 우왕, 묵자의 행적을 새삼 되새겨 봅니다.

몇 십 년을 바람으로 머리를 빗고 빗물로 목욕하며 떠돌았던 우왕. 잠시도 쉬지 못하고 밥해 먹을 틈도 없이 떠돌았던 묵자. 이러한 의식이 오늘에 되살려져 많은 이의 집단의식으로 변하기를 기원합니다. 대광원은 우주의 변화와 탄생의 순환 과정인 생역(生易)을 전달하여 불행을 행복으로, 무기력을 능력으로 변화시키고자 합니다.

2. 황금문자

살면서 세상에 대한 의문과 고민은 누구에게나 엄습해 오듯이, 나 역시 언제인가부터 고뇌의 물결이 밀려들어왔습니다. 이런 저런 종교, 철학 책들을 뒤적거려도 딱히 '이것이다' 하고 와 닿는 것이 없었습니다. 두통이 엄습해 오고 심장 박동이 어긋나는 가운데 하루하루를 고통 속에서 지냈습니다. 그러던 어느 날 호젓한 밤길을 걷고 있는데 눈앞에 황금색을 띤 문자들이 흐릿한 안개 속에 갇힌 모습으로 펼쳐졌습니다. 이게 무엇인가? 알 수 없는 문자들이 허공 속에서 펼쳐지는 신기루. 처음 다가온 신비, 그 날 일이 이따금 뇌리를 스쳐 지나갔습니다.

그날 밤 보았던 문자는 무엇이며, 왜 그러한 일이 내게 발생했는가? 아무리 생각해도 답을 얻을 수 없었습니다. 해답을 얻지 못한 채 하루하루가 지나갔습니다.

그러던 어느 날 의왕 쪽 고즈넉한 시골 밤길을 걷는데 또다시 황금문자가 나타났습니다. 처음에는 흐릿한 안개처럼 다가왔지만, 이번에는 뚜렷한 글자체로 허공 속에 펼쳐졌습니다. 뚜렷한 글자. 한 자 한 자 읽으면서 뇌리에 저장했습니다. 무슨 뜻인지 해독하기 위해 열심히 외웠습니다.

그런데 막상 집에 와서 한 자 한 자 떠올리면서 해독하려니 토막토막 떠오를 뿐 전체 문장이 나타나질 않았습니다. 머리는 뜨거워지고 오뉴월인데도 추위에 떨듯 사시나무처럼 몸이 떨려왔습니다. 그날 밤 한숨도 못 자고 동이 터오는 것을 지켜보았습니다.

그날 이후로 눈을 감으면 황금글자가 토막토막 보이긴 하는데, 전체는 보이지가 않았습니다. 달리던 자동차가 기름이 떨어져 오도 가도 못 하는 형상처럼, 하루하루가 사는 듯 마는 듯 오도 가도 못 하는 형국이 되고 말았습니다.

한밤에 불 끄고 이엠(영원명상)에 몸을 맡기고 지낸 지 사흘 만에 전체 황금문자가 보이고 해독할 수 있었습니다.

3. 천서

도를 공부하는 분 중에 일정 수준 이상이 되면 한 번씩 겪는, 소위 말하는 천서(天書)였습니다. 완전 해독하고도 처음에는 몰랐으나 시간이 흐르면서 황금문자가 천서라는 확신이 들었습니다. 모하메드가 기도 중에 보았다는 천서, 스미스가 금판으로 받았다는 천서, 그리고 하늘을 따르고 숭앙하는 이들에게 보여준다는 천서, 시대를 반복하며 다양한 형태와 서술로 인간에게 내려주는 하늘의 뜻이 담긴 천서. 천서는 황금빛 분신이 되어 나를 에워쌌습니다. 암송하면 온몸이 뜨거워졌습니다. 특히 배꼽 밑 명당의 기가 온몸을 맴돌며 휘감았습니다.

그러나 무엇인가 하늘의 뜻은 와 닿았지만, 그것을 펼칠 정도의 공부는 안 되었습니다. 그러한 일들이 또 고통이었습니다. 새 메시지가 주는 의미는 알겠지만, 아무런 능력도 없는 이가 그 의미를 알아봐야 현실에서 행하지 못하는데 어찌하겠습니까? 시간이 갈수록 아픔이 되었습니다. 어찌해야 하나? 주변에 말해 봐야 미친 놈 소리 듣기 딱 좋으니, 말도 못 하고 벙어리 냉가슴 앓듯 끙끙 앓는 중에 결단을 내렸습니다.

'도를 찾으러 길을 떠나자!'

나는 주변을 정리하고 길을 나섰습니다. 옛 선인들의 발자취를 따라가다 보면 무엇인가 해답이 있지 않겠는가라는 막연한 희망! 희망은 길을 재촉했습니다.

4. 구도

길을 나섰으니 가긴 가야겠는데, 뚜렷한 목표 지점이 없기에 희망은 아픔으로 다가왔습니다. 강원도로 길을 가다가, 속초에서 포항 쪽으로 방향을 틀어 해안 도로를 따라 하염없이 남으로 내려갔습니다.

옛 길을 따라서 바람에 실려 간 앞선 구도자들의 행적을 더듬어 갔습니다. 이곳저곳에 남겨진 자취와 흔적. 관광지로 변한 곳도 있고, 퇴락해 무너진 곳도 있었습니다. 이런 저런 소회와 슬픔으로 야은 길재 선생의 오백 년 도읍지 시조가 절로 가슴에 멍울져 왔습니다. 산천 곳곳에 이 땅의 사연이 배어 있었습니다. 현실의 쓰라림과 위정자의 폭정에 길을 잃었던 민초들이 해안가에서 행했다는 매향의 흔적도 보았습니다. 매향하는 그 순간은 피안의 세계로 갔을 것입니다.

남으로 끝없이 내려가도 딱히 끌리는 구도의 장소는 없었습니다. 해변의 싱그러움과 마주 보는 산들의 아늑함은 관광으로는 더없이 좋았으나 침잠으로 이끄는 힘은 부족해 보였습니다. 구도여행은 이대로 끝나고 말 것인가? 주변을 싹 정리하고 배수진 치고 나선 구도의 길. 두 소식은 고사하고 한 소식도 못 얻고 맥없이 돌아서야 하는가?

길을 멈추고 생각에 잠긴 끝에 번개처럼 떠오르는 영감. 반대편 호남 해안가를 따라가자! 이중환의 택리지에도 언급된 호남의 신비. 집집마다 도에 관한 책이 많고 즐겨 탐독했다는 호남, 그곳으로 방향을 틀면 무엇인가 한 소식 듣지 않을까라는, 어려움 속에서 샘솟는 희망은 나를 달짝지근하게 만들었습니다. 그래, 가자 호남으로!

5. 인연

해질녘이 다 되어 호남의 일 번지 전주에 도착했습니다. 호남의 어디서부터 출발할 것인가? 생각 끝에 백제의 제3의 도읍지였던 익산으로 발길을 돌렸습니다. 백제의 영광과 몰락을 함께 보여주기라도 하듯, 금마의 흩어진 유적과 무너진 미륵사지는 지는 해의 찬연한 금빛 하늘과 묘하게 어우러져 구도자의 마음을 처연하게 만들었습니다.

하늘의 천기를 예측하거나 바뀌게 할 수도 있다는 익산 김 도사의 풍문을 듣고 그를 찾아 나섰으나 이미 수년 전에 타계했다는 전언만 들을 수 있었습니다. 한참 영발이 오를 때는 구름도 부르고 신선처럼 탈 수도 있었다고 하는데, 직접 보지 못했으니 제자의 열변에 대해 가타부타 할 말도 없고 해서 침묵으로 응답했습니다.

한참 때는 약초나 길가에 흔한 호박꽃잎을 즙으로 만들어 죽어가는 이들을 단박에 살려냈었다는 김 도사. 그의 무덤 앞에서 향불 하나 피우고 돌아설 수밖에 없었습니다.

이 땅의 도기가 서리고 숨은 도사들이 많다는 부안, 변산으로 방향을 틀었습니다. 증산의 태을주도 부안 인근의 숨은 도사에게 얻었다고 하지 않던가? 인연 닿는 자는 빈옥의 선생을 만나 탁월한 능력을 전수받는다는데, 나라고 되지 말라는 법은 없으니 용기백배해서 남쪽으로 힘차게 내려갔습니다.

6. 변산반도

황토색이 강하게 감도는 부안 땅에 도착해서 이곳저곳을 방문하고 구경도 하다가 변산반도로 발길을 돌렸습니다. 풍류객들에게 한 번씩은 입에 오르내리는 채석강의 풍광! 채석강 일대를 돌아보고 민박집에서 휴식을 취하면서 이런 저런 책을 탐독하는데, 창문 너머로 보이는 달빛 내리는 채석강 풍광이 손을 내밀며 유혹했습니다.

달빛에 이끌려 천지인 삼합의 구도를 생각하며 채석강 주변을 산책하는데 살아오는 동안 한 번도 경험하지 못했던 강한 두통이 갑자기 밀려들었습니다. 머리가 빠개질 듯한 아픔으로 인해 온몸이 쑤셔오는 와중에 하늘에서 뚜렷한 굵은 한 줄의 초록 광선이 땅으로 내려오며 눈앞에서 펼쳐지더니 점점 내게로 다가왔습니다.

나를 감싸 안는 광선! 뒷머리가 퍽, 하면서 빛도 함께 몸 안으로 들어왔습니다. 머리가 퍽, 하는 것과 함께 몸 안에 들어왔던 빛도 사라졌습니다. 잠시 후 그동안 안 보이던 황금문자가 눈앞에서 또렷이 펼쳐졌습니다. 쿤달리니가 터진 것인가? 구도 생활 몇 년 경력자도 터지기 힘들다는 쿤달리니. 오랜 고뇌의 고통은 환희로 결실 맺어지는 것인지.

채석강의 환희는 그러나 평범한 사람으로 살지 못하게 하는 힘든 노정을 품고 있었다는 것을 그때는 몰랐습니다. 두뇌의 고요한 방 이후에 천성이 귓가에 울렸습니다. 부산, 부산, 부산! 산기도 다니는 숱한 구도자들이 신령을 만나고 능력을 하사받고자 애를 쓰지만 10년 공부 도로 아미타불이라고, 단 한 번도 능력을 얻지 못하고 사라지곤 합니다. 그러나 또한 생초보가 산기도 2박 3일 만에 영안이 개안되고 능력을 얻는 이도 있었습니다.

내게도 능력이 온 것인가? 아직은 아니었습니다. 천성이 이끄는 대로 무작정 부산으로 향했습니다.

7. 만남

부산하면 제일 먼저 태종대, 해운대 해수욕장이 떠오릅니다. 나는 발길을 해운대로 향했습니다. 늦봄 해지기 전의 해운대는 탁 트인 공간이 주는 느낌대로 파도소리도 낭랑했습니다.

주차장에서 벗어나 바닷가로 향하던 중, 파도와 봄빛을 등진 걸뱅이 모자를 쓴 초로의 역술가가 전을 피고 낚시 의자에 앉아 있었습니다. 마주보는 낚시 의자엔 남녀 한 쌍이 진지한 표정을 지으며 역술가와 상담을 하고 있었습니다.

그 모습을 보고 옅은 미소를 지으며 그 앞을 지나가는데, 초로의 역술가가 급한 목소리로 "좌자님, 어디 갔다가 이제 오시나, 거기서 잠시 기다리시오."

나를 부르는 소리일 줄은 상상도 못 하고 발걸음을 재촉하는데, 또다시 손짓하며 불렀다. 맥없이 곁에 서서 상담이 끝나기를 기다렸습니다. 좌자? 누구지? 가만히 궁리하니 삼국지에 나오는 좌자인가? 의구심을 품은 채 기다렸습니다.

이윽고 상담이 끝났는지 연인은 떠나고 역술가가 낚시 의자를 가리키며 앉으라고 권합니다. 역술가는 오랜 지인을 만난 것처럼 연신 미소를 지으며 담배를 꺼내 물더니 내게도 권했습니다.

"세상엔 이해할 수 없는 신비의 문이 존재하는데, 좌자님이 이해할 수 있나 모르겠지만 부른 이유를 설명하겠소. 내가 역술 상담을 하는 와중에도 단박에 알아볼 수 있었던 것은 그대가 작은 수이지만 신병(神兵)과 함께 왔기 때문입니다."

나는 무슨 소리인가 싶어서 뜨악한 표정을 지으며 초로의 역술가를 바라보았습니다.

"그대는 전생에 좌자였소. 나는 이집트 호루스의 제자였고요."

이렇게 우연을 가장한 필연으로 선생을 만났습니다.

8. 동토의 시베리아

선생과 조용한 곳으로 자리를 옮겨 좌정했습니다. 비바람에 많이 시달린 듯한 용모이지만, 그 눈빛은 광대한 원시림의 눈 속에 파묻힌 시베리아의 티 없는 순수를 담고 있었습니다. 러시아 지식인들이 유럽 모스크바의 암투와 부패된 비인간성에 지쳐 찾아낸 신비의, 순수의 땅, 약속과 구원의 땅, 순결과 도덕성을 지닌 시베리아로 몰려들었습니다.

선생의 눈빛을 보며 나는 그가 약속된 구원의 문을 여는 멘토일까 하는 궁리를 했습니다. 그날 밤, 선생은 단 한 번도 들어 본 적 없고 어디 가서 들을 수도 없는 말씀을 쏟아냈습니다.

"왜 제게 이런 말씀을 하시는지요?"

그러자 선생은 미소를 지으며 말했습니다.

"하늘의 반복되는 중심자 보내기에 조응하는 일이기에 그렇습니다."

중심자론은 무엇인가? 중심자론은 이어졌습니다.

"이즈음은 제일 많이 보편화된 기독론으로 이야기하겠습니다. 성경의 하나님은 자신의 타락된 자녀들을 회복시키기 위해서 아담, 노아, 아브라함, 모세 등을 시대마다 중심자로 보냈습니다. 시대성을 보고 시대마다 반복해서 중심자를 선택해서 보냈지요. 마치 시베리아 탱그리 신과 같은 맥락입니다. 인간이 악에 젖어 타락이 심할 때는 하늘 아버지인 탱그리께서 선택된 사람을 보내 악을 멸하고 이 땅을 평화로 이끈다는 것이지요."

무슨 소리인지 대충 알 듯해서 끄덕이며 물었습니다.

"그럼, 제가 하늘의 중심자라는 소리인가요?"

어림없는 질문인지 선생의 표정은 표범의 눈빛으로 변하면서 손사래를 쳤습니다.

"예를 들어 이 땅에서 중심자성을 띠고 태어난 인물일지라도, 일제 강점기라면 그가 능력을 보이기 전에 싹이 잘려 무의미해지겠지요. 마찬가지로 시대성에 맞아떨어져야 합니다. 하늘은 네가 중심자다 하고 보낸 적이 단 한 번도 없습니다. 단지 하늘을 공경하고 숭앙하는 인물이 나타나면 동기 감응하며 메시지를 전합니다."

지나간 일들을 떠올리며 나는 선생에게 말씀드렸습니다.

"좌자님, 이제 시작입니다. 하늘 길은 보통 길과 달라도 보통 다른 것이 아닙니다. 먼저, 엄청난 시련을 겪게 하면서 연단시킬 것입니다. 대게는 이 연단 과정 중에 좌절해서 그 작은 능력을 시정에 나가서 재물로 바꾸는 짓을 하거나, 아니면 미치거나, 완전 부패되거나 할 뿐 온전히 이루어지는 경우는 거의 없습니다."

선생의 눈빛을 보며 두려움에 휩싸였습니다. 그런데 선생은 대체 왜 내게 좌자라니 하면서 듣도 못 한 이야기들을 쏟아냈는지 의문스러웠습니다. 그 밤을 새며 선생과 대화했습니다.

동틀 녘 나는 결국 선생을 따라가기로 했습니다. 그 길이 죽음의 길로 이끈다고 해도 4차원 시공의 세계이기에 강한 호기심과 작은 희열에 떨며 따라갔습니다. 무엇보다도 선생이 내 전생이 왜 좌자인지 그 의문의 해답을 준다는 것이 솔깃했습니다.

9. 술법과 현실

선생과 함께 했던 3여 년의 시간을 어찌 일일이 다 적을 수 있겠습니까? 구도의 연단을 행해가면 자연 발생적으로 생기는 형언할 수 없는 신비의 능력. 그러나 그 능력도 연단과정 중에 삼천포로 빠지면 6개월 이상을 못 가게 만드는 하늘의 시험! 구도 중에 만났던 무수한 도인, 무속인들이 행하던 필설할 수 없는 능력! 산중에 있었어도 그들을 따르던 제자들, 주변인들의 전언을 들으면서 그들의 행로를 보았습니다. 대부분 광인이 되거나 폐인이 되고 말았다는 씁쓸한 뒷소식!

산기도 중에 인연 닿으면 자연 발생적으로 얻어지는 의통 능력. 지나가는 등산객의 몸만 쳐다보아도 몸 구조와 상태가 한눈에 보여 어디가 어떻다 저렇다 말하던 능력자들. 임금님 귀는 당나귀 귀라고 숲속에 가서 외치던 인간의 성정도 유전인지 침묵하지 못하고 토설하던 그들.

의통…, 공자가 죽고 사는 것은 하늘의 명에 달려 있고, 부귀는 하늘의 뜻에 있다고 말씀하신 것은 변할 수 없는 인간 운명론을 설파하려고 했던 것은 아니라는 생각입니다. 공자가 전달하려 한 핵심은 선한 마음이 넘치면 그것이 명약이 되고 악한 마음이 넘치면 그것이 병이라는 요지가 아니었던가 싶습니다.

인간의 탐욕은 모든 병의 근원이 된다는 요지가 아니겠는가! 이러한 인간 품성이거늘 그 많은 병자들을 어찌 다 치유하겠는가! 특히나 현대에 하나의 병이라도 없는 이가 어디 있는가! 의통으로 지나가는 모든 이의 병이 보이지만, 무슨 대책이 있는가! 무슨 수로 완치하나? 병이 있는 줄도 모르는 사람에게 당신 무슨 병이 있소 하면 불안해서 어찌 살겠는가? 모르는 게 약이라는 것도 명답입니다.

선생은 구도 과정 중에 생기는 능력들을 하나씩 보여주었습니다. 허공에 형상을 그리면 잠시 후 먹을 것이 생기고, 손바닥을 펴서 일자로 뻗은 뒤 주물럭거리면 생기던 금덩어리. 신장을 불러다가 부리기도 하고 대화도 했습니다. 소위 말하는 6통 이상을 펼쳐 보였습니다.

"좌자님, 그대가 전생에 행했던 술법도 지금보다 더하면 더했지 못하지는 않았습니다. 그러나 역사 속에서 그대가 행했던 것이 무엇인가요?"

딱히 드릴 말씀이 없었습니다.

"예수가 5천 명에게 일용할 양식을 주었다면, 당신은 유표의 군사 만여 명에게 양식을 주었소."

잠시 호흡을 가다듬던 스승은 말씀을 이었습니다.

"작은 재주와 술법으로 세상은 변하지 않습니다. 4대 성인이 나왔어도 숱한 현자, 위인이 쏟아졌어도 세상은 변하지 않았습니다. 세상은 그대로입니다. 변함없는 탐욕과 아귀다툼으로 인해 세상은 시끄럽고, 죽고 죽이는 살육전이 전개되고 있습니다. 좌자님과 동시대의 인물이었던 제갈공명이 왜 좌자님보다 훌륭한 인물인 줄 아십니까? 좌자님은 한의 멸망을 내다보고 앞날에 대해 포기하고 일신의 안위를 구하며 술법을 행하면서 세월을 보냈다면, 제갈공명도 마찬가지로 한의 멸망을 알았으나, 후한의 재건보다는 전쟁에 시달리던 숱한 백성을 살려내는 것이 급선무라는 천명을 알고 현실 속에 있었다는 것입니다."

먼 산을 지긋이 응시하던 스승의 눈은 젖어가고 있었습니다.

"술법은 현실을 이길 수 없습니다. 임시방편이지 지속되지는 않습니다. 아비와 어미를 잃고 인고의 세월을 보내면서 이백여 년 일본 전란을 종식시키고 평화 시대로 이끈 도쿠가와 이에야스의 현실감이 우리에게는 필요하겠지요."

내게도 이윽고 영안이 열리는 능력이 생겼으나 스승은 단호히 단련시켰습니다. 우주를 알고 나를 아는 우아일체의 인간 품성이 되도록 강한 연단을 시켰습니다. 선생은 이윽고 자신의 역할을 다했는지 빛으로 선화되었습니다.

제2장
산중에서

1. 지구 밖 존재들

어느 날 토굴 속에서 이엠 중 화성에 갔을 때의 일입니다. 영의 세계를 일반인들은 알 수 없듯이, 우주 탄생에서부터 지금까지 벌어지는 행성간의 각축과 각 행성 내의 생명체들, 즉 외계인의 사생결단은 처절하거늘 일반인들은 그것을 모르고 있습니다.

각 행성에 있는 상승 차원의 능력자들의 능력이 어느 정도냐 하면, 은하계 내에 파동의 공명 현상을 일으켜서 한 행성을 통째로 붕괴시킬 수도 있습니다. 지구도 화성에 있던 외계인이 파동을 일으켜서 떠돌이 운석들 간에 충돌을 야기시켜 지금의 규모로 키워 놓고 화성을 버리고 지구로 이주해 왔습니다.

우주인은 문명이 발달할수록 행성의 지표면을 버리고 지하로 스며듭니다. 왜냐하면 우주에서 쏟아지는 강렬한 우주선(宇宙線; cosmic rays)과 물질로 인해 초기의 문명 건설 때부터 생명이 일찍 죽었기 때문입니다. 그것이 약한 행성의 우주인은 보통 지구 개념으로 만 년 가까이 살고, 그 키도 상상을 초월해서 보통 100미터가 넘지요.

그래서 문명이 어느 정도 건설되면 지하로 스며듭니다. 생명도 연장되고 지표면에서 발생하던 중력의 영향으로 정신과 영성이 위축된 것을 회복하기 위해 지하로 스며듭니다. 화성에서 이주해 온 인류는 따스하고 넓은 초원과 평야가 펼쳐지고 먹을 것이 풍부한 아프리카에 정착했다가 지구 곳곳으로 이주하기 시작했습니다.

대략 3만 년 전에 아프리카의 인류 중 한 무리가 유럽으로 이주하면서 자신보다 4배나 힘이 더 세고 건강하며 두뇌 용적도 훨씬 더 큰 네안데르탈인을 제압할 수 있었던 것은 지적 수준이 훨씬 높았기 때문입니다. 프랑스 조사 팀의 보고에 의하면, 석기 시대의 유물에서 네안데르탈인의 턱뼈가 사슴이나 다른 동물들의 잔해와 함께 빈번하게 출토되고 있는데, 그것이 그 증거입니다. 이 식인(食人)의 습관은 현재 지구 내 일부 원주민들에게 이어지고 있습니다. 이 외계의 악습은 지구인을 화향으로 가지 못하게 하고 영환의 악순환을 야기하고 있습니다.

2. 흑마술

흑마술은 악마가 자신의 혼을 주겠다는 계약으로 영능을 얻어 인간 세계를 지배한다는 것이고, 그 반대는 천사가 사용하는 백마술입니다. 역사상 유명한 흑마술의 대가가 있었는데, 바로 티벳의 밀레르빠라는 분입니다. 이분이 자신의 친척들에게 재산을 다 빼앗기고 나자 열 받아서 흑마술을 배워 전부 다 죽여 버렸습니다. 이후 그는 흑마술에 회의를 느껴 백마술로 돌아서서 초대 달라이라마가 되었습니다.

현재 아프리카 및 미국 등 일부에 남아 있는 부두교에도 흑마술이 존재합니다. 하늘에 기대서 영능을 얻기보다는 부두교 사제 자신의 참을 수 없을 정도의 강한 연단을 통해서 감각을 초월한 공간에 도달해 그 능력을 끌어내는 것입니다. 지금도 미국 뉴올리언스에서 추앙받는 미네르바라는 여사제는 사형대에 올라간 사형수를 죽이지 못하게 사형대 형틀을 염력으로 다 부수어 버리기도 했습니다.

예전에 스승님은 어느 날 밤 나에게 1미터 정도의 파인 땅을 뛰어넘으라고 말을 건넸습니다. 스승님이 시키는 대로 뛰어넘었는데 나중에 날이 밝은 후 보니 세상에, 10미터가 족히 넘는 계곡이었습니다. 그 날 이후로 스승님에게서 공간 왜곡술과 이동술 등을 배워 교통사고나 나쁜 일이 안 생기도록 백마술을 펼치고 있습니다.

아무 이유 없이 나쁜 일이 발생하면 흑마술에 제압당하고 있을 수 있습니다.

3. 최면술

스승님은 영계 회의에 참석하러 떠나고 홀로 산중 동굴에서 이엠에 들어갔습니다. (영계 회의는 4차원 공간에서 전 지구, 우주의 멘토들이 수시로 모여서 자주 열리는데, 보통 지구 시간으로 1주일 정도 체류합니다.) 수도자의 금기인 성 억제를 위해서였습니다. 극치의 쾌감을 위하여 평소보다 오랫동안 했습니다.

기분 좋게 극치를 맛보고 나오는데 반대편 공간에서 아우성치는 여인 둘의 모습이 보였습니다. 평소 아는 장소라 부리나케 가보니 여인 둘이 멍하게 선 채 나를 바라보았습니다. 그런데 그 눈빛이 두려움에 젖은 눈이었습니다. 사정을 알고 보니 길 가다 최면에 걸려서 끌려온 여인들이었습니다.

다 큰 성인 남녀 실종 사건의 절반이 이러한 경우입니다. 그들 대부분은 산중 동굴에 갇혀 있습니다. 지금 걷는 길가에서 고수의 최면술사들이 항상 남자를 채가든 여자를 채가든, 사람을 채가려고 노려보고 있으니 조심해야 합니다. 돈을 만지는 분도 조심하십시오. 이상하게 돈이 맞지 않을 때는 도둑맞은 것이 아니라, 순간 최면에 걸려 낯선 이에게 준 것입니다.

4. 연금술의 비밀

우주의 초신성이 폭발할 때 내는 온도가 얼마일까요? 상상을 초월합니다. 그 열기는 1조 도까지 올라갑니다. 역사상 가장 귀한 것이 금인데, 이것은 3억도 이상에서부터 서서히 정체를 드러내고, 100억 도가 넘어야 완전하게 드러납니다. 만유인력의 과학적 근거를 찾은 뉴턴은 사실 평생을 연금술에 매진했습니다. 그가 남긴 문헌의 90% 이상이 전부 연금술에 관한 것입니다. 저는 믿고 싶습니다, 뉴턴이 연금술의 비밀을 해독했으리라고.

처음에 스승이 제게 손을 뻗쳐서 주물럭거리면서 금을 만들어 내는 것을 보여 주었습니다. 이 비밀의 근원은 우주 에너지입니다. 에너지의 흐름을 따라서 쌓이는 것이 금입니다. 허공에서 1g의 금을 만들어 내려면 또 다른 엄청난 힘, 즉 내공을 요하겠지요? 오랜 세월 동안 자연스럽게 우주 에너지를 비밀스럽게 행하면 금이 생깁니다. 뉴턴은 왜 연금술을 세상에 공표하지 않고 죽었을까요? 연금술은 우주 에너지의 흐름을 왜곡시키고 자연을 파괴합니다. 연금술에 쓸 내공을 보다 더 좋은 곳에 사용하시기 바랍니다.

5. 신들림

수행, 수련은 어느 곳에서 해야 하나요? 산 수련은 변함없이 산이 주는 적막, 고독, 소외에서 알 수 없는 무서움, 두려움을 만납니다. 그렇기에 나를 주시하고 나만 만나는 귀한 시간이 주어집니다. 도심 속의 수련은 자기 위안, 만족 외에는 없습니다.

어느 날 산중에 있는데 저쪽 바위 위에 남자 두 분, 여자 한 분이 눈감고 도 닦고 있더군요. 이틀 전에 올라왔던 구도자였지요. 이따금 그분들을 주시하고 있는데, 한 분이 '으악' 괴성을 지르며 하늘로 솟구치더군요. 소위 말하는 공중부양입니다. 잠시 후 왔다, 왔다! 능력을 얻었다! 하며 미친 듯이 춤을 추었습니다. 영능을 얻은 그는 중풍으로 고생하는 어머님을 고치고 동네 분들, 아픈 분들을 손길 한 번으로 치유하기 시작했습니다. 그러나 그 영능이 돈을 알기 시작하면서, 그 구도자의 능력이 사라지고 말았습니다.

무당의 능력은 있을까요? 진짜 무당은 굿을 강요하지 않고 적선보응의 언어만 행할 것입니다.

6. 두루마기

시리우스는 자체 위성이 9개가 넘으며, 그곳에 유인체-영과 육신을 갖춘 생명체-가 있고, 매우 발달된 문명을 지니고 있습니다. 어느 날 타흐프의 인도로 시리우스 문명을 건설했던 토트는 태양계 내 화성에 정착했습니다.

화성에 정착했던 문명이 강력한 우주선(線)에 의해 고통 받자, 지구에 문명을 개척하려고 토트와 그의 무리들이 아프리카에 도착하고 이어서 이집트로 들어갔습니다. 이들은 우주의 지혜와 능력과 지적 설계도를 담고 있는 금색 두루마기를 소장하고 있었습니다.

이 두루마기로 지구 문명의 건설을 꾀하고 있던 중, 한 목동이 그 두루마기를 훔쳐서 이집트 파라오에게 전해 주었습니다. 파라오는 그 두루마기에 설계된 대로 우주 창조의 원리인 삼각형 도형을 지상에 이루고자 거대한 피라미드를 지었습니다. 삼각형 도형이 완성되면 우주의 영능과 바로 맞닿기에 파라오는 영생불멸할 것이라고 믿었던 것입니다.

그 일로 두루마기를 잃어버린 토트와 그 일행은 이집트를 버리고 아틀란티스로 들어가서 문명을 건설했습니다. 또 한 무리는 멀리 마야로 가서 문명을 건설했습니다. 그런데 사라진 줄 알았던 두루마기가 있습니다. 누구한테 있을까요?

7. 대나무 신

내가 원하면 뭐든지 될 수 있을까요? 세상사 별천지가 있더군요. 어느 날 산중에서 이엠에 들어가 꿀맛 같은 감로를 마시며 불끈 솟아오르는 정욕도 해소할 겸 천녀도 만나고 있는데, 은은하게 들려오던 지축의 소리가 점점 커지면서 혈관이 팽창되는 육신의 팽창으로 인해 단꿈이 깨졌습니다. 볼일 보고 밑 안 닦은 찝찝함으로 자리를 털고 일어났습니다.

어느 때부터 도통하는 사람이 탄생하고, 타흐프가 지구를 한 번 통과할 때면 보통사람은 느낄 수 없는 지축의 굉음과 흔들림이 나의 신경에 전달되더군요. 이번에는 무슨 일이 있기에 지축이 흔들리나, 유심히 관찰하고 있는데, 저쪽 산등성이에 화려한 오라의 색깔이 펼쳐졌습니다.

부리나케 가보니 몇 분의 남녀가 운집하여 춤을 추며 빠른 템포의 주문을 외치더군요. 한가운데는 큰 항아리가 있고, 항아리에 잠긴 물속에는 대나무 한줄기가 떠 있었습니다. 잠시 후 신기 어린 일단의 영능력자가 내뿜는 열기와 에너지가 전달되었는지 영이 없는 대나무가 둥둥 뜨면서 같이 춤을 추네요. 표현하자면 얼싸 얼싸 하면서 대나무도 신바람이 넘치고 넘쳐 항아리에서 솟구쳤다가 다시 들어가고 빙글 빙글 돕니다.

영이 없는 대나무도 몰아에 들어간 일단의 무리의 영능에 호응

합니다. 당신이 내뿜는 영능으로 세상에서 못 할 것이 하나도 없습니다.

8. 퇴마술과 빙의

퇴마술과 빙의는 일본 정통파 정신력 계통에서 사용되던 것이 우리나라로 넘어온 것입니다. 우리나라에서 유명한 한 목사가 일본 대단이라는 곳에서 귀신 퇴치술이나 병 치료술을 배워서 한국에 숱한 이적을 행하고 있습니다. 누구나 예외 없이 제벨(악령)이 와 닿아서 싸이는데, 이것을 정화나 소죄하면서 씻어내지 못하면 내 몸에서 서서히 커지면서 빙의가 됩니다. 심한 사람은 대여섯 귀신을 훈장처럼 치렁치렁 달고 다닙니다.

빙의를 퇴마하는 것은 가능한가? 처음에 정신력이 집중되면 능력이 생기는 것은 사실이나, 퇴마하면서 역으로 귀신의 역공을 받기도 합니다. 그러다가 어느 날 손님 앞에서 귀신의 맹공에 자지러지며 기절하기도 합니다. 귀신을 이기는 유일한 길은 정화와 소죄, 청정을 유지하는 것 외에 대안이 없습니다. 스승에게 한참 배울 때 온몸에서 피가 쏟아져 나온 적도 있습니다. 퇴마는 내 죄를 씻어내면서 아울러 세상의 아픔을 씻어내는 행위가 되겠습니다.

9. 귀신

비가 많이 내리던 가을날이었습니다. 이제는 홀로 남겨진 저 그리고 제 그림자와 달빛만 남은 동굴에서 처량하게 동굴 밖을 내다보고 있었습니다. 산속에서 시름을 달래는 길은 오직 이엠에 들어가는 것입니다. 서서히 천성도 읊고 몰입하면서 천군천녀를 불러내어 대화를 하고 있었습니다. 천군천녀를 불러내는 것은 강한 정신력과 집중력이 있어야 하는데 많이 방심했습니다.

천군과 얘기 중 다른 천녀를 불러내는데 정신이 흩어졌었나 봅니다. 불러낼 때마다 보던 천녀라 방심했었습니다. 뭐, 하던 대로 따라주기에 기다리고 있었습니다. 뒤로 돌아서서 있다가 갑자기 돌아서는데 화들짝 놀라서 벌떡 일어섰습니다. 글쎄 반이 이지러진 흉칙한 귀신이지 뭡니까? 영능이 있는 분, 꿈을 잘 꾸는 분들, 뭐, 그런 분들은 자주 보았겠지만 딱 그 모습입니다.

귀신과 마주쳐도 기절만 안 하면 아무 탈 없습니다. 그런데 기절만 하면 황천행이든지 반신불수, 미치든지 하더군요. 산중에서 서투른 도인이나 무당, 법사 몇몇을 보았습니다. 결론은 귀신이든 뭐든 기절하지 않을 정도로 정신력과 집중력을 길러야 할 것 같습니다.

10. 내 마음의 등불

산이 깊어야 수련이 잘되고, 깊은 산 속 산신의 영능도 크고 깊을까요? 얕은 산, 동네 뒷산 구릉에도 심야에는 영으로 다가서면 우주에서 영능이 크게 내려옵니다. 즉 내 마음에 등불이 있습니다. 내 마음이 영능을 불러오는 것이고 내 마음이 상승하는 것이지 그 누구도 해주지 않습니다.

내 마음에 촛불을 키면 흐려짐은 사라지고 맑음만 옵니다. 내 마음에 등불을 밝히려면 불씨가 있어야 합니다. 불을 지피듯이 불씨를 만들어 내야 합니다. 불씨는 아무도 만들어 주지 않습니다. 대광원도 못 만들어 줍니다. 단지 불씨를 만들어 줄 수 있도록 요소를 제공할 뿐입니다. 내가 발을 디뎌야 길을 걸어갑니다. 나를 대신해서 걸어 주는 사람은 없습니다.

그런데 오늘 새벽 한참 입정하고 있는데 보텍스 지역(이쪽 땅과 저쪽 땅을 이어주는 입구)에 보이지 않던 다리가 있네요. 이따금 보텍스 지역 너머로 들어가서 돌아가신 부모님도 뵙고 스승님도 뵙고 인사드리고 옵니다.

언제가 보텍스 너머로 들어가니 우리 부모님이 티격태격 싸우고 계시네요. 이제는 우리도 찢어지고 각자 배우자를 만나 새로운 출발을 하자고 말입니다.

한참 설득했습니다. 화향의 꽃 들판으로 어머니는 노란 색동옷을 입으시고, 아버님은 검은 정장 차림으로 손잡고 기쁘게 뛰어가시는 모습을 마중하고 돌아온 적도 있었지요. 그런데 이쪽 다리 편에 웅성대는 일단의 사람들이 있네요. 다리를 못 건너 두려움에 떨던 일단의 분들을 저쪽 다리 편으로 갈 수 있도록 소죄와 정화시켜 드리고 왔습니다.

참고로, 천도제는 필요 없습니다. 수련하시면 보텍스 너머로 들어가 모두를 화향으로 이끌 수 있습니다. 심지어 낙태령도 가능합니다. 대신에 가슴에 피멍이 들었습니다. 천상수일이 남의 업을 떠안아야 하기 때문입니다.

11. 유체이탈

산중에서의 본질은 정화와 소죄입니다. 이것이 되고 난 뒤에 백색의 영혼이 형성되기 시작하면서 긍정의 힘과 아울러 영능이 나타나기 시작합니다.

영혼도 색깔이 있다고 들어 보셨는지요? 영혼도 색깔이 있습니다. 맑은 색깔의 영혼이 되시기를 바랍니다. 아울러 영혼의 최고 색깔은 흰색, 무색입니다. 내 마음이 정화되고 소죄되기 시작해야 영능이 나타나지, 이것이 안 된 상태에서는 유체이탈도 없습니다.

정화되기 시작하면 첫째, 무조건 눈물이 납니다. 그냥 모든 것에 죄스러운 것인지, 무엇인지 알 수 없게 그냥 눈물만 꺽꺽 쏟아집니다. 이 상태가 지속되면서 소죄가 되기 시작하면 어느 날 방에 누워 있을 때 천장에서 희미한, 약간의 색깔이 있는 알 수 없는 형상이 보이기 시작합니다.

나의 본령의 형상이 카투에서 날 배웅하러 온 것입니다. 유체이탈도 아무나 되는 것이 아니고, 정화되고 소죄되어야 나타나는 여러 능력들 중 하나입니다. 처음 유체이탈은 스승님이 계실 때 이루어졌습니다. 육신의 피가 쏟아지고 똥이 뭉개져도 모르는 수행의 상태가 되고 나니 시작되더군요. 그 뒤로 산에서 내려온 뒤 세속에 영혼이 탁해져 유체이탈 현상이 사라지더군요.

다시 심기일전해서 정화와 소죄를 했습니다. 예전처럼은 못하지만 산비탈 기어오르기부터 시작했습니다. 여러 번 하고 난 후 첫째 몸이 정화되고 이어서 정신도 정화되었습니다. 정화가 되면서 다시 예전처럼 유체이탈이 시작되었습니다. 세속의 짠밥이 남은 영향으로 호기심 천국처럼 유치하지만 목욕탕의 여탕에 들어가기도 했습니다. 몇 번의 유체이탈 후 다시 본격적인 우주 유영을 시작했습니다.

12. 사랑

이제는 희미해진 그날 밤, 스승님이 계실 때였는데, 한 여인이 그 산중에 올라왔습니다. 한눈에 뿅, 갔습니다. 할머니만 봐도 왜 이렇게 예쁘신지. 사람 구경하기가 별 따는 것보다. 힘든 산중에서 이엠에서 만나는 미녀도 미녀지만 현실에서 만나는 사람이 항시 더 강렬하게 오더라고요.

여인은 갓 20을 넘은 듯한 청순, 발랄 뭐, 그런 단어가 상징적으로 와 닿는 용모입니다. 할머니만 봐도 정신이 얼얼한데, 그 산중에서 소녀시대보다 더 청순하고 발랄한 여인을 보니, 도 닦는 것은 차후고 다리가 후들후들 떨립니다. 심장의 박동이 천만 리를 내달리는데, 스승님의 헛기침으로 겨우 정신 차렸습니다. 스승님은 정말 역사 속의 그 누구보다 완벽한 의인이셨고 도인이셨습니다.

산중에 올라온 그녀가 그랬습니다. 정말 천상의 여인처럼 돋보이는 미모였습니다. 얇은 머리칼, 짙은 검은 머리숱, 초승달 같은 눈썹, 웃을 때 살짝 비치는 흰 이, 붉은 입술, 반듯한 콧등. 지금도 눈에 선하네요. 그녀는 스승님의 내공을 대번 파악하고 스승님께 가르침을 청했으나 스승님은 거절했습니다. '너는 도인의 길과는 너무 머니 무속의 길에서 성취를 이루라고.' 그때는 몰랐습니다. 왜 스승이 그녀를 제자로 받아들이지 않으셨는지. 스승님은 잠깐의 인연으로 그녀에게 청선술, 수인술 정도만 가르쳐 주셨습니다.

얼마 후 스승님이 선화하셨을 때 그녀가 꿈에서 영몽으로 알고서 사후를 정리하기 위해 올라왔습니다. 발광을 뿜으시면서 거죽만 남기시고 빛으로 하늘로 올라가시는 모습. 스승님의 선화는 분명 세간에서 말로만 회자되는 초탈이었습니다. 저와 그녀는 처음으로 목격했습니다.

그날 저녁, 동굴에서 자다가 이상해서 눈을 떠보니 그녀가 나를 꼭 껴안고 자고 있었습니다. 뒤척이는 나를 눈치 채고 살며시 눈뜨며 떨리는 눈썹과 함께 다시 눈감으며 내 입을 달콤한 혀로 감았습니다. …. 작은 가슴에 나의 손도 얹히고 파계하는 순간입니다.

아! 그런데 양성자였습니다. 너무 황당합니다. 어느 게 진짜일까? 파계를 모면하고 좌정했습니다. 그녀와는 이루어질 수 없는 사랑이었습니다. 그 뒤 조금 더 머물다가 눈물 떨구며 가는 그녀를 눈물로 배웅했습니다. 요즘 그녀는 스승에게서 배운 청선술로 지방에서 유명한 무녀로 잘살고 있습니다.

13. 용호(龍虎)의 등을 타다

스승님은 용호를 부렸습니다. 저는 스승님이 선화하신 뒤 감추어 놓은 용을 불러도 보고 교감도 나눠 보았습니다. 그러나 용의 등을 타고 날아 보지는 못했습니다. 스승님도 부리기만 했지 타지는 못했습니다. 용호를 불러내는 술법이 있습니다. 용은 밤이든 낮이든 눈에서 불을 뿜어냅니다. 풍설에는 용의 침을 먹는 자가 천하의 왕이 된다는데, 용은 침을 흘리지도 않았고 여의주도 없었습니다.

스승님은 절벽과 계곡 사이에 진법을 쳐서 용을 가둬 놓고 애완용 개를 부리듯 부렸습니다. 이 용이 때로는 진법에서 빠져나와 이곳저곳을 돌아다니는데 사람 눈에는 안 보입니다. 그러나 영안에는 못 미치지만 근처에 온 사람의 눈에는 흐릿하게 보입니다. 투명의 하얀색으로 흐릿하게 꾸물거리며 강이나 개천, 절벽, 산등성이를 날아다닙니다.

구도자는 누가 지킬까요? 산 속에서 한참 몰아지경에 들어간 뒤 이상한 공기가 흐릅니다. 눈떠 보면 백호가 곁을 지키며 함께하더군요. 백호는 여러 마리가 산중에 있나요? 저 말고도 구도 중에 만난 도인들의 말이 한결같이 저를 지키던 백호와 똑같은 백호가 지켜준다고 하더군요.

구도 중에 만났던 한분은 제가 보는 앞에서 구름을 땅으로 끌어내리더군요. 손짓 한 번에 구름의 모습이 변합니다. 천변술의 일종인데 하늘의 흐름을 변하게 할 수는 있습니다. 태풍도 막을 수 있습니다. 그런데 대신에 목숨을 걸어야 합니다. 스승님이 진법으로 감추어 두었던 용을 제가 이따금 진법을 풀고 부리다가 다시 가두어 놓았습니다. 도심 속의 어느 날, 스승님이 너무 그리워 용을 보러 갔습니다. 진법으로 가둔 용은 찾을 수 없었습니다. 풍문에 의하면 경남 모처의 용이 그 용인가 봅니다.

참고로 진법은 무섭습니다. 처음에 스승이 쳐놓은 산중의 진법에 걸려들어서 죽는 줄 알았습니다. 뱅글뱅글 그 길이 그 길이고…, 그렇게 혼나고 난 뒤에 스승이 진법을 알려주더군요. 진법 쳐놓으면 아무나 진법 안으로 못 들어옵니다. 더욱이 들어오면 절대 못 빠져 나갑니다.

14. 태양인

태양에서 일으키고 있는 핵융합은 태양의 표면에서만 이루어집니다. 태양 안은 지구와 똑같이 평온합니다. 태양에서 내뿜는 빛과 열로 인해 태양은 무지하게 뜨겁고, 그 태양이 내뿜는 빛과 열로 우주 공간은 무지하게 뜨거워야 하는데, 전혀 아닙니다.

빛의 입자들은 지구 내부의 흡인력으로 끌려 들어옵니다. 빛이 지구의 대기 입자들과 충돌하며 골고루 분배되고 있습니다. 태양빛은 지구와 마찬가지로 타 행성에서도 대기와 충돌하며 빛이 되고 열이 되고 있습니다. 빛과 열은 동일하게 나오는 것 같지만 그렇지 않습니다. 다른 메커니즘입니다. 반딧불을 떠올리면 쉽게 이해가될 것입니다.

태양 속에 살고 있는 태양인과 우정과 사랑을 교환했다면 믿겠습니까? 태양인과 친했습니다. 불행스럽게 우정과 사랑을 맺었던 두 남자와 여자가 태양에서 죽고 선령 집단으로 이주했습니다. 그들의 명(命)은 우리와 다르게 짧고 화끈했습니다. 태양녀라 칭하겠습니다. 태양녀와 맺었던 사랑은 화끈하고 짧고 굵었습니다. 그녀와 나 누었던 사랑은 인간 세계의 여인과는 많이 달랐기에 세속의 사랑은 나에게 버거웠습니다.

우주인은 괴상하게 생겼습니다. 파충류같이 생긴 이, 나무처럼 생긴 이, 그렇지만 인간과 비슷한 용모의 아름다운 이도 있었습니다. 태양녀가 그랬습니다. 그녀는 고상했고, 인간과 다르게 집착이 무엇인지, 욕망이 무엇인지 모르는 여인이었습니다.

그녀와 달밤에 나누던 사랑의 세레나데. 알몸으로 서로 부비며 사랑을 나누던 행위. 숲속의 옹달샘에서 물을 나누어 먹으며 천상의 음악소리에 서로 취한 채 나누던 꿈결 같은 사랑. 이엠에서 만나는 천녀와는 또 다른 사랑이었습니다. 그랬던 그녀가 죽어서 선령으로 돌아갔습니다. 아득한 추억입니다. 마지막 메시지가 왔습니다. '나 먼저 간다. 너 기다리고 있을게.'

이러한 정신병자 같은 일이 일어날 수 있을까요? 통우로 우주에 맞닿기 시작하면 우주에너지가 증폭되면서 낮은 차원에서 높은 차원으로 끌려 들어가며, 우주와 통령이 되고 나의 내재된 영이 활짝 열리며, 내재된 투시력과 잠재력이 극도로 활성화되면서 이루어집니다.

'우주에 맞닿으라. 그대가 몰랐던 신비의 세계가 열릴 것이며, 지구에서 누리던 낮은 차원은 어느새 부질없고 높은 차원의 세계와 만날 것이다. 그대의 저차원의 낮은 인식을 열라! 그대의 그릇된 아집을 부수어라! 우주의 심시(心施: 사랑)를 만나라!'

15. 호접몽

장자를 보다가 호접몽 구절이 떠올라 한 줄 써봅니다.

스승님 따라서 산중에 들어간 지 만 2년이 넘은 어느 날, 호접몽이 제게도 왔습니다. 각성하고 나니 우주를 훨훨 날아다니지 뭐예요? 날아다니는 내가 나를 의식하지 못하더군요. 그러다 땅에 도착하니까 깨어났는데 내가 누구지? 하며 멍해지더군요.

우주와 내가 별개임에도 불구하고 하나로 되니까 내가 우주인지, 우주가 나인지, 우주와 나는 별개 같으면서도 한 양상으로 동시 진행되더군요. 각성 속에 있으면 각성인 줄 모르다가 정신 차려 보니까 각성이었구나 하고 알 수 있듯이, 내가 살아가는 현실도 또 하나의 꿈이었습니다.

이 호접몽 현상을 두 번 겪어 보았습니다. 산중에서 처음 겪었을 때 멍해지더군요. 내가 나를 의식하지 못하는 현상이 발생해서 내가 살던 동굴을 못 찾고 헤매는 겁니다. 내가 누구지? 내가 이곳에 왜 있지? 그 산중에서 오도가도 못 하고 나를 잊어버린 채 방황했습니다.

내 이름은 고사하고 내 나이도 모르고, 순간 모든 것을 잊어버린 채 기억상실증에 걸렸습니다. 정신병 아니냐고요? 누누이 말씀드리지만 체험하지 못하면 전달하기도 힘들고, 이해도 잘 안 되고 그렇습니다.

스승님은 알고 계셨지만 방관하고 있었습니다. 그렇게 3일야를 산중에서 미친놈 널뛰듯이 방황하다가 겨우 제정신이 돌아와서 스승님 품에 안겼습니다. 산중에서 내려오고 시간이 흐른 뒤 다시 산속에서 수행하기 시작했습니다.

저는 스승님이 전수해 주신 가장 기초적, 기본적인 것 중에서도 산비탈을 기는 것, 절벽을 기어오르는 것 이상의 수행 수련 방법이 없다고 단호히 말씀드립니다. 다시 산중을 기어 다니기 시작한 지 3일 만에 산중에서 호접몽 현상이 발생했습니다. 집을 못 찾아가는 거예요. 큰길로 나섰는데, 이곳이 어디인지 전혀 모르겠더라고요. 내가 누구인지, 이름이 뭔지, 나이가 몇 살인지 깡그리 잊어버렸습니다. 순간, 그래도 동물적 감각은 있어서 다시 산중으로 돌아가 3일 만에 정신이 돌아와 집으로 돌아왔습니다.

사람은 기본적으로 먹고 자고 배설하는 동물입니다. 즉 기본적 욕망을 누구나 지니고 있습니다. 이 기본적 욕망을 버리면 굶어 죽겠지요. 이 기본적 욕망까지 버리면서 깨달음 얻었다는 것을 본 적도 없고 들어도 못 봤습니다. 인간의 깨달음은 없습니다. 끝없는 수행 정진 속에서 인간 이상의 의식 상승만 있을 뿐입니다. 그 속에서 호접몽도 겪고, 능력도 얻고, 영생도 얻고….

16. 다가올 우주 문명

영으로 만나는 우주는 항시 급변하고 있습니다. 이곳 우주에서 벌어지는 처절한 살육과 각 행성 간의 치열한 전투를 적고 싶어도 신비롭다, 거짓말 같다고 하는 독자도 있을 것 같기에 깊게 쓸 수가 없습니다. 지구 각 나라간의 전쟁과 살육은 지구라는 한정된 공간에서 벌어지고 있지만, 저 너머에는 행성 통째로 싸움이 붙고 있습니다. 저도 이 우주를 만들고 세상을 만든 신이 없다고 말씀드리고 싶을 정도로 정말 무지막지한 치열함입니다.

그러나 정말 신이 있다면 자기 분신들이 무자비하게 싸우고 있는데 방관하고, 자신의 뜻이 완성되고, 착한 영들만 구원하기 위해서 그랬다는 말도 안 되는 소리를 하면서 방관하지는 못할 것입니다. 그 정도로 우주에는 치열한 전쟁과 살육이 전개되고 있습니다.

이 우주를 유영한 옛 사람들이 있었는데 그 중에 한 분이 소강절 선생입니다. 소강절은 우주를 유영하면서 우주의 시간과 지구의 시간을 만들어 냈습니다. 그러나 술법은 현실을 못 이기고, 또한 문명의 진보가 이루어진 뒤에 술법이 뒤따르는 것이지, 술법이 문명을 앞서지는 못합니다. 그래서 소강절의 수리는 무지막지한 오류와 그릇됨을 전하고 있습니다.

그러나 소강절 선생은 여전히 훌륭하고 고결했던 인물이었습니다. 후대의 주자학파에 절대적으로 영향을 미쳤을 정도로 고결한 선비였습니다. 일평생 관직에도 안 나갔고, 초라한 움막에서 우주와 자연을 주시하며 생을 관조한, 즉 이엠의 대가였습니다. 우주의 원소를 강유, 음양 4가지로 파악해 철학을 전개했고, 또 그 패턴에 입각해서 129,600년을 우주 1년으로 파악했습니다. 이 패턴은 하늘의 사상, 땅의 사체로 이어지고, 세상 모든 것을 거기다 끼워 맞추려니 얼마나 억지스러웠겠어요?

그러나 이러한 수리철학은 저 유명한 라이프니치 철학으로 이어집니다. 라이프니치는 황당한 그의 수리철학을 과학적 모범으로 만들어내 미적분을 탄생시킵니다. 그의 역은 여하튼 서구에도 막대한 영향을 끼쳐서 헤르만 헷세는 역(易)을 인간 최고의 지혜라고 극찬했습니다.

수리철학과 우주를 어떻게 알게 되었을까요? 바로 관물(觀物)입니다. 관물이란 눈으로 바라보는 것이 아니라 마음으로 바라보는 것이며, 그 단계를 넘어서면 이치로써 바라보는 것입니다. 만물을 주시함에 있어서 뜻을 알 수 있는 것은, 자신이 사물을 주시하는 것이 아니라, 사물이 사물을 바라보기 때문입니다.

즉 내가 사물을 주시하는 주체지만, 나는 그 속에서 사라지고 사물과 사물만 있습니다. 이런 경지가 되면 하늘의 음양과 강약 등 운동과 그 범위를 넘어서서 우주를 바라보는 능력이 생깁니다. 이것을 다른 말로 표현하면 심역현기(心易玄機) 라고 합니다. 이것을 체득하게 되면 소강절처럼 앞날을 미리 보고, 눈이 와도 왜 오는가 알게 되며, 동네 뻐꾸기가 울어도 왜 우는지 알게 됩니다. 그 속에서 신묘 막측한 예지와 능력이 생긴답니다.

17. 발해와 시베리아, 그리고 대광원

사라진 동아시아 빛의 땅 대발해 제국! 발해를 고구려 유민 대조영이 세웠다? 당나라에 멸망당한 고구려 유민의 한 집단이 뜻을 세워 권토중래를 모색하던 중 대조영이라는 떠돌이 협객을 만나게 되었습니다. 떠돌이 협객 대조영에게 하늘의 천리가 내려졌으니 빛의 땅을 이루라!

수없는 연단의 시간이 대조영을 괴롭혔으나, 천리의 천애(天愛)를 인지한 그가 하늘에 보응하고자 몸부림치던 중 말갈족의 걸사비우를 만났습니다. 말갈족은 거대한 만주벌판을 휘젓고 다니던 바람의 아들들이었으니 이 어찌 우연이라 하겠습니까? 하늘의 예비하신 인도에 따른 당연한 귀결이었습니다.

대조영과 걸사비우는 하늘의 천리(天理)에 따르고자 거대한 당나라와 맞짱 뜨러 중원으로 밀고 들어갔습니다. 그 날 역사는 기록했습니다. '하늘에 짙은 먹구름이 끼고, 천둥과 우뢰는 쉼 없이 몰아치니, 이 무슨 변고인가? 먹구름 속에서 용호(龍虎)가 포효하고, 수많은 신병(神兵)들이 피를 뿌리며 달려드니 모든 이가 그 두려움에 굴복하고 말았노라'라고.

이때 하늘도 잠자코 있을 수 없었습니다. 만주와 연해주, 시베리아를 휩쓸던 선비, 돌궐, 거란, 여진족에게도 천애가 내려졌으니, 너희가 세상을 빛의 세계로 이끌어라! 걸사비우의 친구들, 만주 너머의 시베리아 숲속의 정령들도 깨어나 함께하겠노라 맹약을 했습니다.

전인미답의 천연림, 인류 마지막 평화의 땅 시베리아. 그 날 아나스타시아의 영혼들도 함께했습니다. 아나스타시아가 누구인가요? 바로 하늘의 천녀들입니다. 빛의 자녀들입니다. 깨끗한 마음이 이루어져야만 빛의 에너지가 생겨나 세상을 지복의 세계로 이끌 수 있다는 아나스타시아. 하늘에 떠 있는 천명궁 속에 너와 내가 생각하는 모든 것들이 기록되고, 천명궁은 나의 꿈을 전달할 것이며 본령을 만나게 해줄 것입니다. 그 본령을 만나고, 천명궁을 만나려면 마음이 깨끗해야 합니다.

아나스타시아는 러시아 언어이고, 우리 말로는 천녀입니다. 아나스타시아가 거주하던 시베리아에는 고아시아족이 살고 있었으니, 그들도 말갈과 연합하여 무리 지어서 어둠의 세계로 향하던 당나라로 돌진했습니다.

그런데 그들에게 숨겨진 하나의 비밀이 있었습니다. 악을 멸하고 질서의 세계로 이루어지게 해준다는 거울이 그 날 고아시아족 손에 들려 있었습니다. 이것은 최근의 러시아 사학자들에 의해 밝혀졌습니다.

발해 제국은 고구려 유민의 나라가 아니라 시베리아 고아시아족도 참여했던 대연합 제국이었다고 말입니다. 동아시아를 빛의 세계로 이끌던 발해가 시간이 흐르면서 제1 천국이었던 화천향의 죄를 반복하면서 동아시아를 지옥으로 이끌었습니다.

다시 한 번 빛의 제국으로 이끌려고 거란의 야율아보기가 빛을 들었고, 무수한 동아시아인들이 무릎 조아리며 경배했습니다. 그러자 발해의 마지막 왕 대인전이 부리나케 황후와 도망쳤습니다.

마지막 왕 애왕과 황후에게는 고아시아족에게서 받았던 보물이 있었습니다. 그것이 무엇인가요? 바로 빛의 거울이었습니다! 바라만 보면 추녀도 미인으로 변하고 약졸도 강병으로 변하게 하는 신비의 거울! 무엇보다 죄 많은 내가 바라보면 질서로 바뀌게 한다는 전설의 거울, 다시는 이 땅에 등장하지 않는다는 거울! 그 거울이 어디로 숨었는가?

　바로, 경박호 호수 속에 숨어 있습니다. 경박호는 만주 부근의 용정 위에 있습니다. 시베리아에 있는 천녀들과 다시 조우하여, 시베리아에 화향의 땅을 이루려고 몸부림친다면 경박호의 거울이 대광원에게 전해지지 않겠는가? 그런데 먼저 하나의 조건이 있을 것 같습니다. 대광원이 질서의 집단, 빛의 집단으로 화해야만 거울과 평화와 번영이 이루어질 것입니다.

18. 최초의 생명

　우주에서 제일 외롭고 절망스럽고 고독하고 소외되어 있는 동물이 인간입니다. 인간은 뭇 동물과 다르게 지성을 지니고 있기 때문입니다.

　나는 누구인가? 군중 속의 고독이라는 말이 흔하듯이 이 외로움. 이것을 극복하는 것, 그것을 신에 의한 타력에 의지해야 할까요? 그런데 불행스럽게도 평생을 신에 바친 신부나 수녀도 외로움에 고독에 몸부림칩니다. 말로야 신의 은총이 항상 함께하기에 행복하다고 하지만, 테레사 수녀가 죽는 순간 고백했듯이 신의 존재에 대해서 실은 평생 의심했습니다. 산중의 승려들도 마찬가지입니다. 파계한 경우가 많습니다. 도심의 승려는 아예 말할 것도 없지요.

그렇다면 이 외로움, 고독을 극복하는 대안과 대책이 있을까요? 있습니다. 바로 자득입니다. 선택받은 님들은 자득의 힘으로 인생에서 승리자가 될 것이며, 더 나아가서 영생을 누릴 것이며, 세상에 대해 아무런 걱정도 고통도 없을 것입니다.

최초의 생명에서 우리는 전체 우주를 볼 수 있습니다. 파스퇴르의 실험으로 생물은 생물에서만 나온다는 것이 정설로 굳어지면서 최초의 생명을 찾으려고 인류는 몸부림쳤습니다. 그 결과, 오파린 선생은 생명의 기원을 통해 물질 진화는 화학진화이며, 이놈 저놈(물질들)끼리 만나다 보니, 작고 간단했던 물질이 점점 복잡한 유기물로 변했다고 했습니다, 그것이 다시 네트워크를 이루며 간단한 원시 세포를 만들고, 나아가서 최초의 간단한 생명체가 되었다고 주장했습니다. 이 공산주의자였던 오파린 선생은 생명은 무생물로부터 나왔지, 신으로부터 나온 것이 아니라는 것을 입증해 주었습니다.

그런데 오파린 선생이 한 가지 간과했던 것이 있습니다. 그는 우주물리학을 몰랐던 것입니다. 자신이 발견한 최초의 생명의 기원이 실은 우주의 최초 모습이었습니다. 성장 성숙되어져 지구까지 탄생되었고, 인류가 탄생되었다는 것을 미처 몰랐습니다. 우주가 탄생지였고, 우주가 자궁이고, 우주가 모든 것을 행한다는 것을 미처 몰랐습니다.

이것을 알았다면 그에게서부터 우주신론이 시작되고, 대광원은 존재할 이유가 없었지 않았겠는가 하는 생각입니다. 이렇게 오파린 선생의 생명기원은 실은 전우주로 확대되고, 우주 탄생 이후의 행성 탄생과 최초의 생명인 모스, 이후에 점점 진화된 유인체의 모든 것에 적용됩니다.

마 지 막   메 시 지

제2부

구제의 길

제1장
드러나는 천명궁

1. 나를 만나다

그 해 10월이었나 봅니다. 정오에 들어간 야밤이었습니다. 눈 안에서 펼쳐지는 고요하면서 반짝이는 희미한 빛을 기분 좋게 바라보는데, 희끄무레한 남자가 나타났습니다. 어둠속에 희끄무레 나타난 사내. 뭐야, 뭐야…. 순간 놀라움과 두려움이 물밀듯이 밀려들었습니다. 귀신이야 악령이야, 뭐? 두려우면서도 잔잔한 호기심으로 눈이 떠지지 않았습니다.

'친구, 내가 자네일세. 자네가 나일세.'

무슨 소리지? 당혹스런 표정을 사내가 읽었나 봅니다. 내가 너고, 네가 나라는 소리만 반복했습니다. 이 무슨 상황인가? 눈 속에 있는 사내가 나라니? 나는 나로서 여기 이렇게 있는데, 어둠속의 사내가 나라고 우기고 있으니 어찌할 바를 모르겠습니다.

'자네하고 자주 만날 것일세. 외로웠다네. 네가 나를 찾지 않기에, 나 역시 외로웠네. 세상 속에 살고 있는 너의 시름에, 아픔에 나는 항상 움츠리고 살고 있었다네.'

손을 흔들며 사라지는 사내를 의아하게 바라보는데, 이번에는 사내가 돌변해서 검은 눈동자로 바뀌었습니다. 사내의 모습은 사라지고, 눈앞에 검은 눈동자만 나를 무덤덤하게 바라보고 있었습니다.

2. 성찰

검은 눈동자는 처음 나타난 뒤, 정오에 들어가면 수시로 나타났습니다. 두려움은 언젠가부터 사라지고, 검은 눈동자가 안 나타나면 조바심이 생겼습니다.

'기도를 잘못하고 있나? 대광에 대한 열망이 식었나? 오다가 떠도는 거리의 배고픈 개나 고양이의 아픔을 내 아픔으로 인식하지 못했나. 버스에 힘겹게 오르던 할머니의 고달픔을 물끄러미 바라보았기에 그랬나?'

검은 눈동자 때문에 언젠가부터 나의 잘잘못을 구체화시키면서 냉철히 바라보는 성찰이 생기기 시작했습니다. 검은 눈동자는 나면서 나에 대한 외경이 생기기 시작했습니다. 내가 나를 바라보는 마음, 나의 나를 들여다보는 마음, 그 속에서 나와 우주심과의 관계를 냉철히 바라보는 심도가 깊이깊이 생기기 시작했습니다.

성찰이 되면 될수록 생은 괴로웠습니다. 성찰되는 만큼 따라가 주지 못하는 인간 한계의 절망으로 스치는 나뭇잎 소리에도 가슴 아팠습니다. 나뭇잎이 나의 영이 맑고 고요할 때는 박수치며 환호하지만, 흐트러진 나의 모습에 절망해서 그들도 진저리를 치고 몸서리를 쳤습니다. 그 아픔에 또 괴로웠습니다.

'무슨 불길한 전조인가? 우주심이 나무를 통해서 경고를 보내는 것인가? 자는 나를 몽둥이로 때리며 세상으로 나가라고 하던 그 영능함이 이제는 나를 누구처럼 자는 동안에 단박에 죽여 버리거나 병들어 버리게 만들 것인가?'

자연의 대답은 환희에 떨게도 했지만 두려움 속에 빠지는 공포를 낳기도 했습니다. 그렇게 성찰하며 지내던 어느 날 예의 검은 눈동자는 또 나타났습니다.

'친구, 하늘의 비밀을 보여줄까?'

나는 끄덕였습니다. 그 비밀의 단초를 보여준다는데 싫어할 이유가 없었습니다.

'친구, 먼저 자네 속에 있는 더러운 피를 다 쏟아내게.'

어떻게? 다 쏟아내면 나보고 죽으라는 것인가? 의아한 나를 바라보던 나는 말했습니다.

'죄는 피를 통해서 이어지고, 카투에서 쫓겨 내려온 너의 죄가 피에 있네. 그 피가 그대로 흐르고 있는 한 너는 또 고통의 세월을 보내다가, 다시 끼리끼리 영체의 집단에 끌려왔다가, 또 생의 시작이 되는 순환의 고리에서 못 벗어날 것일세.'

나는 나에게 절박하게 매달렸습니다. 어떻게 하면 좋겠는지, 그 의문의 답변을 얻고자 몸은 조바심과 간절함에 들썩거렸습니다.

'피를 쏟아내게. 방법은 하나 밖에 없네. 빛이 차단된 어둠속에서 단식하면은 더러운 피는 다 쏟아져 나오고 새 피로 교체될 것일세. 그랬을 때만 새로운 생과 아울러 이 땅에 다시 태어난 소명을 알게 될 걸세.'

나에게 들은 그 소리 때문에 또 오랜 시간 고뇌했습니다. 그놈이 나라고 위장한 악령이 아닐까. 여우가 둔갑한 귀신이 아닐까. 그놈이 나를 죽이려고 교묘하게 위장되어 내려온 사악한 귀신이 아닐까. 그러면서도 한편으로는 그놈이 나타나서 내게 해코지를 한 적이 없다는 것이 떠올랐습니다. 나를 살리기 위해서 내려온 진짜 나일 수도 있다는 자기 위안. 좋다. 생은 어차피 한 번 오는 것이고, 이것이냐 저것이냐 선택할 한가로움이 없는 것이라면 결단하자.

3. 부자유 속의 자유

동굴은 습기로 인해 정신이 멍해지기 시작했습니다. 땅의 토양이 그렇게 독성이 강한 줄 처음 알았습니다. 그놈이 말한 대로 동굴을 어디서 찾을 것인가. 아무도 없는 데서 나 홀로 지낼 동굴을 찾는 것도 쉽지 않았습니다. 생각 끝에 병천 마을 뒤쪽의 능선이 떠올랐습니다. 이따금 보이던 동굴들. 하나씩 하나씩 점검해 보니 다 산짐승이 점령해서 사는 곳이었습니다. 또한 만만해 보이는 동굴도 햇빛을 차단하기에는 입구가 너무 넓었습니다. 누구처럼 동굴 입구를 샤시 대문을 설치해서 폼 나게 만들 수는 없지 않은가.

하는 수 없이 삽으로 비탈을 파기 시작했습니다. 적당하게 입구를 파고 산가지와 기타 잔 나무로 얼기설기 만들면 빛도 차단되고, 입구 가리개를 동굴 안으로 들어간 뒤 안에서 잡아당기면 될 것 같았습니다. 아울러 병천 마을에서 산약초 따러 산중을 오르락내리락 하는 김 씨에게 부탁했습니다. 하루 한 번씩 동굴 입구에서 내가 살아 있나 죽어 있나 확인해 달라고. 그리고 언제 밖으로 나올지 모르지만, 탈진된 뒤 산 아래로 내려가기도 힘들 터이고, 또한 굶주림에 걷기도 힘들 터이니 내가 가지로 신호하면 나를 지게로라도 실어서 병천 마을로 옮겨주고, 몸조리도 부탁한다고.

그렇게 대충 앞뒤를 준비하고 파놓은 참호 아닌 동굴로 들어가 좌정했습니다. 토양의 독성으로 이틀은 배고픈 것은 둘째 치고 어질어질 해서 견디기가 참으로 힘들었습니다. 시간은 흐르고 흐를 터인데, 어느 순간 시간은 멈춰지고, 들리는 것은 심장의 박동소리와 숨 쉬는 소리 말고는 들리지 않았습니다. 적막과 고요. 까뮈는 말했지, 성찰 속에 너의 부조리를 응시하라고. 그 속에서 자유를 얻을 것이라고. 또한 고독 속에서 부조리의 모순을 아는 성찰이 커지기에 고독을 즐기라고.

그런데, 그런데 고독은 너무 고통스러웠습니다. 어쩌다 들리는 산새소리도 희열이 되었습니다. 나 말고 이 산중에 함께하는 생명체가 있다는 것에 안도의 한숨과 이후의 희열. 그러나 시간이 흐르면서 청각까지 멈춰지는 현상이 발생하기 시작하고 고독이 사라졌습니다. 눈을 뜨나 감으나 어둠만이 보이기에 점점 눈감고 있는 시간이 길어졌습니다.

4. 외부에서 내부로

청각이 멈추어지는 현상까지가 고비였습니다. 시계를, 달력을 가지고 들어간 것이 아니기에 얼마나 지난 뒤 그런 현상이 발생했는지는 모르겠습니다. 나만의 미스터리가 되었습니다. 청각이 멈추어지면서 생긴 뚜렷한 현상은 의식과 생각이 외부에서 내부로 향했다는 것입니다. 숨결에 따라 그 호흡을 알아차리고 현재에 있는 나를 아는 것이 위빠사나 수행법이라고 들은 바는 있으나 이론대로 말대로 되는 것은 아니었습니다. 수많은 이론대로, 더욱이 단계별로 진행된 것은 아니었습니다.

수행법 이론은 말 그대로 이론이고, 누구에게나 보편타당하게 이론대로 진행되면서 현상이 발생되는 것은 더욱이 아니라는 것입니다. 그 옛날 추연 선생의 장대한 오행구주설이 실제로 그가 전 세계를 다니면서 알았던 것이 아니듯이, 의식과 영혼은 내부의 성찰을 통한 응집에 의해 쌓인 힘이 외부로 돌려졌을 때만 통찰되는 것 같았습니다.

외부로 향하던 의식은 내부의 숨을 따라 끝없이 나락으로 떨어졌습니다. 몸의 내장 속 끝이 그렇게 깊고 깊은 곳인지 처음 알았습니다. 의식은 몸속의 깊은 속으로 들어가 한없이 절벽 밑으로 떨어지듯이 깊게, 깊게 들어가며 떨어졌습니다. 그 끝은 보이지 않았습니다. 의식 너머 영혼까지 속으로 들어가며 서서히 응집되었습니다.

그러면서 나의 부조화가 보이기 시작했습니다. 나와 세계와의 관계, 세계와의 접속점과 방향점이 보이고 의식되기 시작했습니다. 최초의 숨자리인 태식(胎息)을 이따금 만났습니다. 그 자리에 의(意)와 정신이 쌓여 가는 것이 보이고 느껴지기 시작했습니다. 기본적 의문인 나는 누구인가에 대한 해답의 서광이 보이기 시작했습니다. 태식에 에너지가 쌓이며, 쌓인다는 것은 세계에서 동떨어진 나에게 세계의 의식과 에너지가 밀려들어왔다는 것입니다.

아울러 망아(忘我)가 절로 이루어지기 시작했습니다. 그 복잡했던 삶 속에서 고통스러운 나라는 존재가 사라지기 시작했습니다. 나는 있으면서 나는 없는, 단순한 에너지 체만 보이고 느껴지는 희열에 몸이 떨려오고 굵은 눈물이 쏟아졌습니다. 이후, 15일 동굴 단식 수련을 해마다 반복해서 행했고, 산기슭 기기, 절벽타기, 한겨울 얼음 수련 등을 통해서 무벽(無壁)에 이르게 되었습니다.

5. 오색 구름에 놓인 천명궁

아련히 언제 처음 천명궁을 만났는지 기억이 가물가물합니다. 대략 10여 년 전에 처음 만난 듯합니다. 무슨 대단한 인물이고, 대단한 행보를 가고 있는 수행자라고, 자신의 구도 이력을 다 기억하거나 기록을 해놓았겠습니까. 이런 일은 모든 구도자에게 해당되는 일일 것입니다.

그 해 꽃피는 5월이었던 것 같습니다. 이따금 오르던 산중, 한쪽에서 자리 잡고 상동 드린 뒤 명상에 들어가고 나서 어느 정도 시간이 흐른 뒤 깊은 정오로 몰입되었습니다. 느닷없이 육신에서 의식이 빠져 나왔습니다. 이때가 사실은 제일 위험할 때지요. 육신에 있던 의식 내지는 정신, 영혼이 빠져나오면, 남겨진 거죽이 주변에 해를 입지 않으면 다행인데, 해를 입게 되면 사망하거나 큰 부상에 처하는 일이 발생합니다.

하여 깊은 정오로 언제 들어갈지 아무도 모르기에 문 잠그고 하는 것이 제일 안전합니다. 가족 중에 누군가가 무심코 들어와서 "누구야?"하면서 툭 치면 해를 입게 됩니다. 정신이 빠진 육신은 아무런 힘도 없습니다. 권투, 격투기와 똑같습니다. 정신이 있는 상태에서도 육신이 강하게 가격 받으면 큰 부상 내지는 사망에 이르는 일이 빈번합니다.

육신에서 의식이 빠져 나오기 전에 한 가지 현상이 있었습니다. 아무도 없는 산중에서 하얀 고깔모자를 쓴, 비단 같은 화사한 하얀 옷차림의 여인 둘이 다가왔습니다. 정오 속에서 이따금 보았던 천녀들과는 다른 여인들이었습니다. 서양의 '플란더즈의 개'에 나오는 소녀처럼 코가 뾰족한 서양 여인 풍이었습니다. 다가올수록 하늘 향기가 헤아릴 수 없이 퍼졌습니다.

여름으로 다가가는 산중의 풀냄새, 흙냄새는 사라지고 몽롱해지는 하늘 향기가 퍼지기에 직감적으로 우주와 동기 감응되었구나 하는 것을 알 수 있었습니다. 코앞에서 두 천녀가 서서 활짝 웃는 모습을 보았습니다. 웃는 모습에 음표가 한없이 그려지듯 하늘 소리도 덩달아 울려 퍼졌습니다. 무슨 일이 발생하겠구나. 그것을 끝으로 천녀들이 이끄는 대로 한없이 우주로 날아갑니다. 로켓이 동력을 얻어서 목적지로 끝없이 우주를 유영하듯이 이끄는 대로 창공을 날아갑니다.

잠시 잠깐 창공을 유영하고 있구나 싶었는데, 나선형을 그리는 길목이 눈앞에 펼쳐지면서 함께 동행하던 천녀들은 어느 사이 사라지고, 그 길에 혼자 덩그라니 남겨졌습니다. 나선형 끝에 길인지, 마지막 길 언덕 동산에 옅은 오색구름, 흰 구름이 주류인 구름 속에 아련하게 보이는 하얀 궁전. 홀로 남겨진 두려움이 먼저 앞서기에 길을 걸어서 하얀 궁전으로 가야겠다는 맹목적 의지가 생겼습니다. 길은 현세처럼 흙길, 그리고 이따금 돌길도 보였습니다.

6. 그 길엔 절벽이 있었습니다

참 이상도 하다고 순간 생각했습니다. 기존의 인식대로라면 꽃길이 펼쳐져야 했는데 말입니다. 천국 가는 길은 보통 길과는 달라도 한참 달라야 하는데, 전혀 아닌 길인지라 뜨악했습니다. 잘못 들어온 길이었나? 사념도 잠시 잠깐이었습니다. 아우성 소리가 자주 들리기에 정신 차리고 그 소리를 따라 눈길이 갔습니다. 옛사람들이 보고 기록했던 것과 똑같은 상황이 발생하고 있었습니다.

'못 가, 나 살려줘.'

삼베옷 색깔의 옷을 입은 이는 못 간다고 아우성치고, 그 양옆으로는 저승사자가 검은 갓을 쓰고 검은 옷을 입은 모습으로 사람을 끌고 가고 있었습니다. 저승사자는 평온한 모습이 아니라 창백한 모습이었습니다. 끌려가는 이는 핏기 사라진 노란색이 감도는 얼굴빛에 이가 희뿌옇게 드러나 있었습니다. 그 모습을 지켜보면서 걸어갔습니다.

가는 길은 두 갈래였습니다. 하나의 길은 궁전으로 가는 길이었고, 한 길은 옆길이었습니다. 궁전으로 가는 길에는 아무도 안 보이고, 옆길로만 무수한 사람들이 걸어갔습니다. 궁전 길은 아주 넓고 넓은 큰 길이었고, 옆길은 오솔길보다 조금 큰 작고 거친 길이었습니다. 옆길의 양옆은 절벽이었습니다. 나중에 보니 궁전으로 가는 길도 절벽 길이었습니다. 절벽으로 무수한 사람들이 떨어지고 있었습니다. 절벽 아래를 내려다보니 어두컴컴하여 끝이 안 보였습니다. 끝없는 어둠 속으로 사람들이 한없이 떨어지고 있었던 것이지요. - 이 비밀은 계속 이어 쓰는 글에 나오게 됩니다. -

'무섭다, 공포스럽다'라는 생각은 없고, '저 사람들은 다 어디로 가나?'라는 생각만 떠오르더군요. 아마도 나는 죽어서 온 것이 아닌 데다 구도자인데, 절벽으로 떨어지는 일은 없을 것이라는 확신과 믿음이 강했기 때문입니다. 절벽 아래로 떨어질 일을 살면서 행했던 적은 없다는 자신에 대한 확신, 믿음이었습니다.

그렇게 절벽 길을 바라보다가 궁전으로 향했습니다. 그렇게 멀리 보이던 궁전이 어느덧 눈앞에 펼쳐졌습니다. 동산 위의 궁전은 하늘 궁전답게 의연했습니다. 그 궁전은 보통 사람이 생각하는 것처럼 다이아몬드나 금으로 치장된 화사하고 폼 나는 궁전이 아니라, 소박 담백한 모습의 정갈한 궁전입니다. 오색의 궁전도 아니었고, 코발트 빛이 감도는 화사한 궁전도 아니었으며, 흰색 담과 흰색의 모습이었습니다. 단지 특징이라면 지붕이 금색이 아닌 진노랑색이라는 것이었습니다.

궁전으로 들어가야 하는데 문이 안 보이는 것입니다. 옆으로 돌아서서라도 들어가야 하는데, 옆으로 돌아가는 길은 없고 정면만 보였습니다. 문이 어디 있는가? 한참이나 서성였습니다. 들어가야만 되는 당위성인데 문이 없으니 어쩌나…. 돌아서서 원래 나 있던 곳으로 가야겠다는 생각은 들지 않고, 사막을 횡단하는 탱크처럼 무조건 문을 찾아서 문안으로 돌진해야 된다는 강렬한 의지가 생겼습니다.

태양과 다른 빛을 뿜는 하늘의 빛 덩어리는 해질녘이 되어 현세처럼 황혼이 되면서 밤으로 접어들어 갑니다. 그 순간, 문이 열렸습니다.

7. 문 열린 천명궁

천명궁을 둘러싸고 있던 하얀 담. 느닷없이 담 속에서 장엄한 문이 보이는가 싶더니만 저절로 열렸습니다. 그 문은 두께가 1m는 족히 더 되어 보였습니다. 그런 장대한 문이 우측으로 자동으로 열렸습니다. 지붕의 색깔과 같은 진노랑의 문이었습니다. 재질은 철 같지는 않지만 철처럼 견고한 것이라는 느낌이 들었습니다.

자동으로 열린 문을 멍한 표정으로 바라보는데, 그 순간 생전 처음 듣는 하늘의 음악이 무수한 음표를 그리며 울려 퍼졌습니다. 표현하기 어려울 정도의 아름다운 빛, 장대한 빛이 쏟아져 나왔습니다. 빛에 담겨져 있는 오색 향기. 더 이상 서있을 수 없었습니다. 무릎은 저절로 꺾이고 손은 모아진 채 위대한 여정의 경이로움에 한없는 기쁨과 눈물로 감사드릴 수밖에 없었습니다.

무수한 구도자의 마지막 종착지, 천명궁! 그 천명궁이 눈앞에 펼쳐진 것입니다. 이 길이 있다는 것은 전설로, 문헌으로 이어져 왔지만 눈앞에서 펼쳐지는데, 말로 글로 이루 다 표현하기가 힘들 정도입니다. 그 옛날, 생존을 건 사투 끝에 이기고 고향으로 돌아오는 개선장군의 기쁨이라도 천명궁의 기쁨에 비길 수 있을까요? 힘든 여정을 겪고 개선문을 통과하던 병사의 노고. 자신에 대한 드높은 웅지에 대한 포만감을 느끼던 병사. 그 병사의 마음을 능가한 마지막 최초, 종착지에 도착한 기쁨은 한이 없었습니다.

하나씩 정화와 소죄를 하며 맑아지던 영혼. 남다른 생의 여정을 택했던 지난날의 아스라함. 현세의 복보다 구도에 생을 던졌던 구도자. 나를 스스로 구제하고자 몸부림 쳤던 산중의 고독. 천리의 전언을 전해 주었던 수많은 선각자에 대한 하염없는 감사. 이곳까지 오게 해준 하늘의 천군천녀. 그 모든 것이 아스라이 회상되며 천명궁 문 앞에서 끝없는 감사를 드렸습니다. 이곳을 직접 만난 여정에 다시 한 번 감사를 드렸습니다. 우주심의 말씀에 나를 다듬어 내고, 완전 순종하지 못했지만, 기회를 주신 천리와 천애에 무한한 감사를 드렸습니다. 표상인 대광을 눈앞에 펼쳐 주면서 빛의 세계로 이끌어 주시던 천리와 천애에 하염없는 감사.

어둠의 나락이 올 때마다 대광을 보내 주면서 이끌어 주시던 하늘의 오묘함. 한 명이라도 귀한 영혼을 자신의 세계로 이끌어 주시던 우주심. 그러함으로 이 땅을 대명(大明)의 세계로 이끌려는 하늘. 수많은 존사들을 이 땅에 보내심에 자신의 존재를 드러내시며 대명으로 이끌려는 하늘. 중단 없는 전진의 역사는 오늘도 이어집니다. 하늘의 대광이 님께도 쏟아지기를 희망합니다.

8. 하늘의 천군천녀, 멘토

야소교의 천사가 하나님의 부림을 받는 영들이고, 구원받는 현세의 인류 영들은 틀립니다. 마찬가지로 우주는 복잡한 것 같아도 장대한 메커니즘을 알게 되면 실상 문헌으로, 증언으로 전해지는 것들이 과장이 많다는 것을 알게 됩니다. 하늘의 체계, 질서는 그렇게 복잡하지 않습니다.

천군천녀는 본래부터 우주심과 함께하는 하늘의 영들입니다. 이들은 영환을 하지 않고, 우주를 지키거나 우주 아래의 별들의 세계를 관장하며 조화와 질서로 이끄는 끗발 센 영들입니다. 멘토는 유인들, 지구인들 중에서 순성으로 변한 맑은 영들입니다. 이들의 집단을 타흐프라고 합니다. 부처, 공자, 예수, 소크라테스, 마호메트 등도 타흐프 집단의 일원이지, 독립된 개체로 있으면서 하늘을 우주를 관장하지는 않습니다.

이분들을 따르는 이가 별도로 독립체계로 만들어서 패거리즘을 만들고 있기에 분란의 서곡이 있을 뿐입니다. 이들은 우주 마차를 타고서 끝없이 우주를 유영하며 우주 유인들을 평화로 이끌려고 애를 쓰고 계십니다. 지구 시간으로 일 년에 한 번씩 지구를 통과합니다. 통과하는 날에는 일반인들은 못 느끼지만, 땅의 지축이 흔들리게 됩니다.

타흐프에는 지구의 순성들만 있지 않습니다. 우주 유인들 중에 순성으로 변한 이들이 함께합니다. 시리우스 성자인 토트라든지 기타 별들의 성자도 함께합니다. 천군천녀는 때로는 우주심의 대행자로서 일개인에게 천서(天書)를 시대에 따라서 시대에 맞는 내용을 보내줍니다. 일명 천서흥국(天書興國)이라고 합니다. 천서를 인간에게 내려줄 때는 개인의 이익을 위해 사용하라고 보내는 것이 아니라, 난리 도탄에 빠진, 즉 악의 융성으로 어려움에 빠진 다수의 생명체를 구제하라는 뜻으로 내려 줍니다. 그런데 이 천서를 사리사

욕에 젖어 잘못 사용하는 경우가 왕왕 있습니다. 그럴 때는 하늘은 조용히 그 당사자를 자고 있을 때, 아니면 병고를 치르게 하면서 생명을 거둬갑니다.

천군천녀 즉 하늘 사람들은 다수입니다. 하늘을 따르는 열성 구도자에게 은밀히, 내밀히, 주로 한밤중 달빛이 좋을 때 나타납니다. 거의 백발백중 나무 타고 내려오든지 나무 뒤에서 조용히 응시합니다. 처음 보게 되면 공포 그 자체입니다.

산중에서, 아니면 초입에서 주로 대광공을 열심히 하면서 육의 정화를 하고 있으면, 육이 선체(善體)로 변하고 하늘 기운(케리알)이 강하게 내려오면서 영혼까지 정화될 때, 바로 그 순간에 나타납니다. 등 뒤로 알 수 없는 기운을 느낍니다. 슬며시 고개를 돌려보면….

처음 봤을 때는 '으악! …. 뭐야, 뭐야' 하며 머리카락이 반사적으로 쭈뼛거리며 섭니다. 동화책 속처럼 화사하게 웃는다든지, 한없는 자비, 사랑을 품고서 인자하게 웃는다든지 하는 그런 것은 없습니다. 냉정하게 담백하게 소박하게 응시할 뿐입니다. 그 자체가 메시지입니다. 너에게 관심 두겠다, 정도입니다. 순성으로 변하려는, 최선의 경주를 다하려는 네가 기특하기에 나타났다, 하는 정도입니다.

이후 이따금 나타납니다. 때로는 잠자리에 들기 전에 영으로 오십니다. 꿈에 나타납니다. 그래서 때로는 모처로 이끌어갑니다. 이것저것 보여줍니다. 그리고 그 무엇의 일반인과 다른, 그런 것을 주기도 합니다. 그런데 이런 것은 실상 중요한 것은 아닌 것 같습니다. 물론 최영단, 최복순처럼 신유의 능력이 올바르게 사용될 때도 있겠지만, 끝이 안 좋습니다. 자손들에게도 안 좋은 영향이 이어지기에 실상 회의적입니다.

대낮에 나뭇잎 햇살 타고 내려오신 것을 그 해 겨울에 처음 보았습니다. 다수가 대낮에 열심히 정화소죄 식을 하고 있을 때, 기특한지 나타나시더군요. 이전이나 이후나 대낮에는 못 보았습니다. 주로 한밤중 달빛 좋을 때 나타나십니다.

9. 하늘사람 1

하늘의 천명궁에 도달하면 무한한 능력을 얻습니다. 천군천녀를 만나고 희망하는 멘토를 만나서, 그들의 부림을 받거나, 역으로 부림을 행하기도 합니다. 천서의 내용을 통달, 수행하게 되면 천지의 흐름을 알게 되고, 전통적으로 알려진 것처럼 비, 바람, 구름 등을 부릴 수 있습니다. 그런데 그 경지에 올라서면 보통 안 합니다. 왜? 목숨과 맞바꾸어야 하기 때문입니다. 이러한 천지 통변술은 실제로 가능합니다. 여름의 강한 태풍을 막을 수도 있습니다. 그러나 목숨과 맞바꾸는 에너지를 쏟아야 하기에 못 하게 됩니다.

벽에다 미인을 그려서 붙이게 되면 그들을 불러내고 시중을 들게 하기도 합니다. 자유자재로 천지의 나무, 꽃을 피게 하고 대화도 하며, 수많은 귀신을 퇴치하기도 하고, 천지의 재앙과 병란을 막기도 합니다. 정오 속에 들어가 오만 가지의 능력을 행할 수 있습니다. 그러나 진정한 해방과는 멀기에 안 하는 것이 원칙입니다. 또 술법을 행하게 되면 반듯이 자손에게 재앙이 내려갑니다. 최근의 백운학 선생이 그러했고, 박제산 선생이 그러했습니다. 백운학 선생의 두 자녀 중 한 명은 교통사고로 비명횡사했고, 또 한 명은 장님이 되고 말았습니다. (시중에 있는 백운학은 다 짝퉁입니다. 진짜 백운학 선생은 1970년대에 사망했습니다.) 박제산 선생의 말년도 처참했습니다. 강호의 숱한 정치인, 재벌이 찾아들어 문전성시를 이루었으나 빈털터리로 죽었고, 가산 가운이 기울었습니다.

천서는 시대를 거듭하면서 어쩔 수 없이 이어지고 있습니다. 시대에 새로운 천서가 반드시 나오게 되어 있습니다. 인간세상의 난세와 무질서를 방관만 할 수는 없는 것이 하늘이기에, 순성의 구도자에게 반드시 어떤 형태로든지 내려줍니다. 그러함으로 도탄에 빠진 인간세상이 조화와 풍요로 변하리라는 하늘의 한 맺힌, 애타는 심정이 녹아들어 있습니다.

하늘은 동서남북상하인 육방이라는 대원칙 하에 있습니다. 어느 별, 어느 우주, 어느 곳이든지 육방 속에 있습니다. 이러한 불변을 지킨다기보다는 각자의 위치에 있는 천군천녀가 있습니다. 육방의 천군천녀가 있고, 천지인을 통괄하는 삼원대장이 있고, 육방에 겹쳐지는 십원대장이 있고, 14이녀(彝女), 현녀(玄女)가 있습니다.

이 중에 제일 핵심인 천군이 삼원대장입니다. 이들이 실제로 하늘의 주인노릇을 하며 지구를, 그리고 전 우주를 대광(大光)으로 이끌려고 무진 애를 쓰고 있습니다.

제일은 화광대장(和光大將)입니다. 얼굴이 앞뒤로 두 개가 있습니다. 앞의 얼굴은 흰색을 띠고, 뒤의 얼굴은 검은색을 띠고 있습니다. 머리 위에는 항상 흰색이 감도는 빛을 얹고 다닙니다. 그 빛이 뻗힐 때는 생명을 살리고, 때로는 악인을 살상하는 무기가 될 때도 있습니다.

제이는 여광대장(麗光大將)입니다. 얼굴 하나에 앞뒤로 눈이 두 개인, 총 네 개의 눈을 지니고 있는 모습입니다. 여광대장도 삼원대장의 평균 키인 50미터에 육박하는 거대한 신장입니다. 그 눈은 인자함을 띠면서 세상 만물의 양육에 정성을 기울입니다. 분노를 표출할 때는 살벌한 불을 뿜어냅니다.

제삼은 애광대장(愛光大將)입니다. 얼굴은 하나이면서 온몸에 항상 7색의 빛을 띠고 있습니다. 전 우주를 사랑으로 감싸며 모든 만물을 심시로 탄생시키는 일에 관여하고 있습니다.

10. 하늘사람 2

우주를 지키는 십원대장은 삼원대장과 거의 동격의 영들이지만, 파워와 심시에서 다소 떨어지는 영들입니다. 하늘 사람들을 만나는 방법은 여러 갈래이지만, 이보(耳報)와 심즉리(心卽理)입니다. 또한 원성법(遠聲法)입니다. 그리고 대광원의 히든카드인 우지법(宇指法)입니다. 숨어 있는 명의(名醫)들, 면허증 없는 숨은 진짜 명의들, 이분들이 행하는 전설의 치유 능력이 바로 이보와 제갈공명 등이 남긴 기문둔갑술에서 얻는 바가 큽니다. 귀에다가 하늘이 어떻게 치유하라고 알려 줍니다.

수행 방법도 여러 갈래지만, 진짜 도사는 한겨울이든 한여름이든 시시때때로 폭포수 아래 좌정해서 하늘 소리를 듣고자 애를 씁니다. 폭포수 아래에 앉아 있으면 처음에는 피부가 찢겨지고, 뼈마디가 부서지는 고통을 느낍니다. 그런데 시간이 흐르면 폭포수가 사람의 몸으로 직선으로 떨어지는 것이 아니라, 옆으로 누우면서 떨어집니다. 그 뒤로 폭포수의 시끄러운 소리를 뚫고 하늘의 소리가 들려오게 됩니다. 이 방법은 명창(名唱)들도 마찬가지입니다. 폭포수 아래서 소리를 고래고래 내지릅니다. 그런 과정을 겪으면 득음합니다. 신의 소리가 목에서 나오는 법이지요. (동학의 최제우 선생도 전통적 방법인 폭포수 아래서 한울 소리를 들어서 득도했습니다.)

십원대장 중에 제일의 대장은 청향(靑鄕)입니다. 십원대장들은 둔 갑술과 변신술이 특기입니다. 천 가지 만 가지 모습으로 수시로 변하면서 신묘 막측한 신통력을 펼칩니다. 즉 인간과 유인들의 애절한 호소와 소원을 들어주는 넓은 귀를 지니고 있으면서 심시를 행합니다. 몸에는 기기한, 보지도 못한 갖가지 지구와 같은 보석은 아니면서 보석 같은 결정체를 두르고 있습니다. 비단 같은 화사한 재질의 도포를 두르고 있습니다.

지구, 더 나아가서 전우주의 생명체를 지키고 양육하고 소원을 들어주어야 하니 그 능력은 상상을 초월합니다. 때로는 할아버지 모습으로 변해서 인간 세상에 나타나기도 하고(최영단이 만난 할아버지가 바로 십원대장 중의 1인), 인자한 할머니로 나타나고, 화사한 여인으로 나타나고 하면서 순성의 구도자에게 그 무엇을 주고 갑니다.

최복순이 인왕산 호랑이 바위에서 만난 천군천녀들도 십원대장의 일행이었습니다. 최복순이 인왕산에서 얻은 전설의 만도(萬刀). 만도를 한 번 내리치면 온갖 병이 다 완치되었고, 앉은뱅이, 귀머거리, 장님 등이 다 치유되는 전설의 치유행각을 펼쳤습니다. 이러한 신통술, 신유의 능력은 그대에게도 올 수 있다는 것을 잊지 마십시오.

단 진정한 구도, 순성의 구도를 행했을 때만 발생합니다. 잠잘 때 은밀히 내밀히 나타나기도 하고, 산중에서 기도 중에 영으로 다가오기도 합니다. 아니면 길을 가던 중에 눈앞에 황금의 문자, 천서를 펼쳐 주기도 합니다.

일심영망(一心永望)입니다. 희망하고 갈구하면 무엇이든지 이루어
질 수도 있습니다. 심즉리입니다. 이미 내 속에 모든 것이 있습니다.
단지 그대가 세속에 짓눌려 그 능력을 모르고 있을 뿐입니다. 물질
에 짓눌린 영혼이 드러나지 않고 있을 뿐입니다.

제2의 대장은 인향(仁鄕)입니다. 제3의 대장은 임향(林鄕)입니다.
제4의 대장은 중향(仲鄕)입니다. 제5의 대장은 문향(文鄕)입니다. 제
6의 대장은 무향(武鄕)입니다. 제7의 대장은 양향(洋鄕)입니다. 제8
의 대장은 수향(修鄕)입니다. 제9의 대장은 혜향(惠鄕)입니다. 제10
의 대장은 공향(恭鄕)입니다.

11. 천녀들

하늘의 천군천녀들, 그들을 불러내고 만나는 것은 가능한가? 가
능합니다.

먼저 집이든 산이든 주변을 맑게 곱게 정리정돈하고 청선(請仙)하
게 되면 모습으로, 아니면 냄새로, 아니면 소리로 나타납니다. 산중
의 말 못 하는 나무, 나뭇잎도 반응하면서 천군천녀들이 오셨음을
알려줍니다. 어떻게? 바람 한 점 없는 가운데서 나뭇잎이 박수치고
나무가 춤을 춥니다. 땅이 흔들리며 오셨음을 알려줍니다.

청선은 집에서 산중에서 정수(淨水) 석 잔과 자연의 산물인 과일과 꽃을 단상에 올려놓고, 추가로 촛불이든 아니면 다른 형태의 불이든 불을 피우고 시작하는 것이 원칙입니다. (향불은 절대 안 됩니다. 그 사유는 문안으로 들어오시면 알게 됩니다.)

그런데 이것도 점점 숙달되면 맨입으로 맨몸으로 행하기 시작해도 내려오십니다. 모든 것이 정성입니다. 처음에는 구색 갖추고 하는 것이 좋습니다. 정성과 집중력의 초기이기에 그렇습니다. 물은 생명의 모든 것이 나온 것입니다. 사람도 물속에서, 즉 바다 속에서 육지로 나와 탄생되었습니다. 나무도 풀도 전부 다 바다에서 나왔습니다. 물은 생명의 원천이자 근원입니다. 성스러운 것입니다.

불은 정령(貞靈)입니다. 무질서와 부조화를 태워 버리는, 즉 멸신(滅新)해 줍니다. 불의 빛은 각 생명의 깊은 곳에까지 파고 들어와 맑고 정갈하게 해줍니다.

하늘의 천녀들은 여인답게 정이 많고 사랑이 많고 인간의 애달픔에 같이 웃고 웁니다. 그녀들이 도와주면 헤아릴 수 없는 영능과 신통력이 나타납니다. 현세에서 고치기 힘든 병도 다 고쳐 주고, 많은 소원도 들어 줍니다. 해결하지 못하고 앞뒤로 막혀 있어도 다 해결해 줍니다.

천녀 중에 랭킹 1위가 인실(仁實)입니다. 자그마한 키에 몸매는 육감적입니다. 말할 수 없는 미모의 여인입니다. 웃기도 잘 웃고 장난도 잘 칩니다. 항상 하얀 고깔모자를 쓰고 있습니다. 천상에 올라가면 인실이의 강설(講說)이 일품입니다. 두레박 같은 것을 타고 내려오는데, 처음에는 뭐라고 말하는데 무슨 소리인지 모릅니다. 두 번 세 번 들으면 지구 말로, 즉 한국어로 들리기 시작합니다. 아마도 외국인은 그들의 언어로 들릴 것입니다. 천상으로 돌아가면 인실이하고 영원히 살자고 땡깡 부리려고 합니다. 인실이가 제가 같이 살자고 열심히 꼬셔도 실실 웃기만 하지 대답을 안 해주고 있는데 들어 줄 것이라고 믿는 바입니다.

인실이가 어느 날인가 신 우주 바아의 광대한 지역(강과 초목과 끝없는 대평원이 펼쳐진 곳)에서 한 지점을 짚으면서 내가 살 곳이라고 하더군요. 그래서 '너도 이곳서 나랑 같이 사는 것이냐'고 물으니 가만히 있던데, 분위기상 그런 것 같더군요. 그래도 확신은 없습니다. 왜냐? 인실이 곁에 한 남자가 있는데, 느낌상 저의 본령 같습니다. 얼굴 모양은 있으나 뚜렷한 형체가 없는 맨 굴레의 모습인 것을 보아서는 아직 제가 완벽한 완성자는 아닌 것 같습니다. 그래서 인실이도 확답을 못 하는 것 같습니다. 지상에서 완성자가 되어 올라오게 되면 같이 살겠지만, 아닐 때는.

제2의 이녀가 인애(仁愛)입니다. 제3의 이녀가 인현(仁賢)입니다. 제4의 이녀가 인화(仁和)입니다. 제5의 이녀가 인덕(仁德)입니다. 제6의 이녀가 인지(仁智)입니다. 제7의 이녀가 인진(仁眞)입니다. 하나같이 대단한 미모의 여성입니다. 지상에서는 볼 수 없는 상상을 초월하는 미모입니다. 몇 명의 여종이라면 좀 그렇고, 하여튼 함께하는 일행의 여성이 있습니다.

제1의 현녀가 정빈(精彬)입니다. 항상 머리에 금관과 같은 화사하게 빛나는 보석 재질의 모자를 쓰고 있습니다. 감로수, 즉 생명수가 담긴 호로병을 들고 있습니다. 현녀들 역시 전 우주에서도 찾아보기 힘들 정도로 대단한 용모의 여인들입니다.

좌청룡 우백호처럼 천상의 좌우에 이녀 집단과 현녀 집단이 있다고 생각하시면 됩니다. 제2의 현녀가 정수(精受)입니다. 제3의 현녀가 정희(精姬)입니다. 제4의 현녀가 정형(精亨)입니다. 제5의 현녀가 정화(精和)입니다. 제6의 현녀가 정옥(精玉)입니다. 제7의 현녀가 정유(精乳)입니다.

나의 죄를 씻어내는 정화, 소죄를 열심히 하면 천명궁에 점을 찍게 되고, 점이 쌓이면 면이 되고, 자신의 의자도 생깁니다. 천상수일의 의자는 황금색과 고등색풍이 혼합된 의자가 있습니다. 천명궁의 영원한 길로 들어서기 위해서는 맑고 곱게 사는 일심영망으로 정성을 기울여야 합니다.

혼성을 순성으로

1. 영원과 행복에 도달하는 길

배고프면 먹고 싶은 욕망, 졸리면 자고 싶은 욕망. 천하장사도, 칭기즈칸도 이 욕망 앞에서는 두 손 들었습니다. 이 욕망을 이긴 자는 인류 역사상 단 한 명도 없습니다. 부처고 예수고 인간은 스스로가 맑은 정신으로 살지 못할 것 같으니 부처, 예수를 만들었고, 허깨비 부처, 예수를 신앙으로 모십니다. 속내를 깊이 들어가면 그들을 믿는 자치고 자기기만, 자기 위안, 자기 현시가 아닌 사람이 없습니다.

인간, 생명체는 단순 명료합니다. 먹고 자고 배설하는 기능을 지녔습니다. 이러한 물질적 기능에 영혼이라는 정신적 기능이 있습니다. 문제는 정신입니다. 생명체 중에 고도화된 생명체가 인간입니다. 타 생명체와 달리 사유, 생각하는 기능을 인간은 지니고 있습니다. 그래서 옛사람들은 인간을 만물의 영장이라고 칭하기도 했지요. 타 생명체처럼 먹고 자는 기능만 지니고 있으면 그렇게 큰 문제는 없을 것 같습니다. 그런데 생각하는 기능이 문제입니다.

이 기능이 어떠한가에 따라서 천차만별입니다. 세상을 지배하는 통치자, 세상의 돈을 장악한 부자, 반면에 반대에 서 있는 이들, 이 두 축으로 인해서 세상은 갈등과 고민의 소용돌이에 놓여 있습니다. 두 축이 근본적으로 해결되지 않는 한, 인류는 지구 멸망까지 아귀다툼의 지옥에서 못 벗어납니다. 인간이, 지구가 어떻다 하고 아스라한 무지개를 그리는 것은 전부 다 기만입니다.

생은 그렇게 희망찬 무지개가 아닙니다. 배부른 자의 포만감으로 뿌려지는 유희입니다. 지니고 있는 자는 안 놓으려고 갖은 음모와 술수를 사용하고, 없는 자는 그것을 쟁취하려고 노력이라는 허울 좋음에 생을 겁니다. 그러다가 죽을 때가 되어서야 알게 됩니다. 없는 것을 노력해서 얻는다는 것은 한낱 신기루라는 것을, 불나방이었다는 것을 뒤늦게야 압니다.

지니고 있는 자들이 적당히 던지는 '니들도 열심히 살고, 노력하면 나처럼 될 수 있다'는 장밋빛 말들. 없는 자들은 너희들도 사람이고, 나도 사람이니 나도 너희처럼 된다는 신기루와 장밋빛에 불나방처럼 뛰어듭니다. 수많은 '나도 할 수 있다, 나도 될 수 있다'고꼬이는 성공학 책과 이론에 빠져듭니다. 달콤한 환상을 지닙니다. 희망과 성취라는 미명하에 말입니다.

세상이 그렇게 간단할까요? 정말 노력하면 될까요? 정말 마음먹은 대로 이루어질까요? 정말 신이 재림하든 얍, 하고 등장하든지 해서 세상을 뒤바꿔 구제할까요? 우주는 애초에 물질과 반물질로 이루어졌습니다. 물질 탄생 과정도 엿장수 마음대로 얍, 해서 만들어지는 것이 아닙니다.

우주는 불인입니다. 천지불인(天地不仁)입니다. 이 메커니즘을 모르면 평생 헛꿈 꾸다가 인간답게, 인간적 삶을 살지 못하고 욕망이라는 전차에 짓눌려서 허탈한 생이 되고 맙니다. 허탈하고, 내 속의 영원과 행복의 길을 방치한 채 괴롭고 욕망에 가득 찬 삶을 살면 안 됩니다.

욕망이나 희망이나 똑같은 내용입니다. 글자만 슬쩍 폼 나게 바꿔친 것입니다. 역설적으로 욕망에서 벗어나면 욕망이 꿈꾸는 희망의 세계에 도달할 수 있습니다. 욕망의 세계인 현세적 풍요와 물질적 풍요는

욕망을 놓으면 놓을수록 더 가까이 있습니다. 어떻게 그 길에 도달할 수 있을까요?

2. 극복하면 가까워진다

대광의 광대무변한 빛이 천명궁에 드러나면 무수한 선령들이 대광의 찬연한 빛에 감응하며 빛을 흡수하여서 방광합니다. 세상에서 무벽을 이룬 자들이 빛을 뿜어내매 땅과 우주는 대명으로 뒤덮이며 만물은 조화와 풍요로 생기를 드러냅니다. 하늘사람들과 선령이 함께 모이매 그곳은 세상에서 볼 수 없는 영롱한 빛으로 찬연하고, 백억의 꽃구름, 백억의 향기로, 백억의 음악으로 즐거워합니다.

모든 것에서 해방된 이룬 자들이 추는 춤사위, 화답을 나누는 음성, 영원한 세계에서만 누릴 수 있는 영원한 행복을 만끽합니다. 아무나 도달할 수 없었던 그곳은 도달한 이들의 풍만함으로 인해 화합과 평화로 넘치는 은하수 물길입니다. 세상의 애달픔과 고난을 해소하기 위해 단상에 앉아서 토론도 자주 열고, 지상에서 하늘 길을 갈구하는 자들을 엄선해서 그들에게 내려가 이끌어 줍니다.

이 길에 도달하기 위한 것과 욕망을 극복하면 오히려 희망의 세계가 가까워진다는 것은 무엇일까요? 생명체는, 특히 인간은 욕망이 없으면 삶 자체가 무미건조해지고 무기력해지기에 반드시 나쁘다고 할 수는 없습니다. 이 욕망을 생의 의지로 전환시킬 수 있다면 성공적 인생이 될 수 있으며, 영혼육이 정화되면 될수록 하늘 길에 도달할 수 있습니다.

일심영망입니다. 마음을 항시 붙잡고 있어야 합니다. 하루에도 수만 번 이런 저런 마음이 들고 갈팡지팡 합니다. 이랬다 저랬다, 누구나 다 그러합니다. 이러한 눈에 안 보이는 실체가 없는 마음을 있다고 정해 놓으면 그 마음이 눈앞에 보입니다. 어떻게 마음이 눈에 보일까요? 관물의 경지입니다. 사물과 사물을 볼 때, 주시자, 즉 나는 사라지는 연습을 자주 하면, 사물과 사물만 남아서 사물끼리 주시하는 것이 보입니다. 그것처럼 마음을 눈앞에 띄우면 그 마음이 드러납니다. 그러한 마음을 붙잡고 일심영망해야 합니다. 마음을 수시로 놓치면 질풍노도처럼 마구 내달립니다. 나의 통제권 밖으로 뛰어나가기에 나로서도 속수무책입니다. 마음에 휘둘리기 시작하면 생은 고통스럽고 불안하고 초조하며 항상 급합니다. 사는 게 괴롭습니다. 이것을 극복하는 단계는 이러합니다.

① 갈등

② 명현

③ 난마

④ 태평

⑤ 영통

이것을 하나씩 설명해 보겠습니다.

3. 자력, 타력 수행

지상에 있는 모든 것들은 우주의 보살핌에서 벗어나지 못합니다. 살아갈 수 있는 모든 빛과 에너지는 우주에서 옵니다. 지구 자체에서 생성되는 것도 있지만, 미미하기에 의타적으로 우주에 매달릴 수밖에 없습니다. 이것을 알았던 인류는 그래서 종교를 만들었고 매달리고 있습니다. 우리가 영원의 길에 도달하기 위해서는 자력 수행도 있지만, 타력 수행도 병행해야 합니다. 자력을 지구적 에너지라 생각한다면, 타력은 우주적 에너지입니다. 하늘의 대광의 빛과 에너지를 흡취해야만 살아갈 수 있습니다.

대광의 빛과 에너지는 끊임없이 지구에, 아니 전 우주에 도달하고 있습니다. 생명체는 형태와 의식 수준에 따라 받아들이는 분포가 틀릴 것입니다. 인간은 제일 먼저 머리 끝부분 백회에서 에너지를 접합니다. 두 번째는 제3의 눈 부위, 영안(靈眼) 부분입니다. 세 번째는 가슴뼈 아래 오목하게 들어간 명치입니다. 네 번째는 배꼽 아래 명당 부분입니다. 다섯 번째는 성기와 항문 사이에 있는 회음 부분입니다.

이러한 다섯 부분이 정상적이고 원활한 사람은 건강합니다. 그러나 이 중에 하나라도 막혀서 기능이 원활하지 못하면 탈이 납니다. 심신 불균형이 발생하면서 여러 가지 병, 마음의 병이 생깁니다. 이 다섯 부분을 다른 말로 하면 생명선이라고 합니다. 생명선에 도달하는 우주적 에너지는 생명 층에서 발생합니다.

생명 층의 첫 번째는 초 은하(超銀河)입니다. 즉 우주 너머의 존재로 있는 이(彝)입니다. 이는 다른 말로 생력(生力)이라고 합니다. 이를 전통적으로 우주와 생명체를 탄생시킨 신적(神的)으로 파악했습니다. 하나님, 하느님, 한울님 등 초월적 절대적 존재를 신이라 칭했습니다. 두 번째는 대은하입니다. 이곳에서부터 현(玄)이 존재합니다. 만물의 모든 것을 이루게 하는 생질(生質)의 근원입니다. 세 번째는 카투입니다. 네 번째는 태양계입니다. 다섯 번째는 지구입니다. 생명층과 생명선이 원활하게 긴밀하게 이어지면 우리의 생은 달라집니다. 이 메커니즘을 몰랐기에 인류는 지금까지 고통과 번민과 투쟁과 전쟁 속에서 살았습니다. 이러한 새 소식을 대광원이 인류 역사상 처음으로 알게 되어 널리 알리게 되었습니다. 인류와 우주를 긴밀하게 이어 주는 행위, 즉 다리 행위를 충실히 하게 되면 우리네 삶은 희망과 복락과 행복만 넘치게 될 것입니다.

4. 대일통술의 중요성

우주의 이와 현에 대해서 알아보았습니다. 우주는 생성과 파괴라는 메커니즘의 반복입니다. 현 우주는 미완성, 진행형의 우주이기에 어쩔 수 없습니다. 생성, 창조하는 면이 있고, 파괴하는 면 또한 있습니다. 우주에서 날아오는 두 기운, 케리알·제벨이 있습니다.

케리알의 기운은 생성과 긍정과 풍요, 번영의 기운이지만, 제벨의 기운은 파괴적입니다. 멸신(滅新)입니다. 파괴 속에서 또 새로움이 탄생됩니다. 에너지 순환 과정과 똑같습니다. 나무를 불태우면 빛과 에너지가 발생하지만 나무는 소멸됩니다. 제벨의 파괴적 요소를 벗어날 수 없습니다. 인정하고 긍정으로 돌리는 노력을 해야 합니다. 미완성의 우주에서 제벨은 사라지지 않습니다.

이것이 확대되면 사르디가 되고, 더 응집되고 모여지면 아타라입니다. 미완성의 우주 속에서 생명체의 부조화로 인해 발생된 제벨 사르디 아타라는 엄연히 존재하기에 벗어날래야 벗어날 수 없습니다. 그렇다고 그 기운에 빨려 들어가게 되면 불행의 시작이면서 끝입니다. 다시는 생명체로 탄생되지도 못할 뿐더러 있는 생명체의 영혼이나 빨아먹고 사는 흡혈귀 같은 존재가 되고 맙니다.

우주의 에너지가 도달하면 그것을 받아들이는 생명체, 즉 인류는 그 에너지를 생육하게 됩니다. 첫 번째는 씨입니다. 두 번째는 뿌리입니다. 세 번째는 꽃잎입니다. 네 번째는 열매입니다. 다섯 번째는 수확입니다. 생명선의 백회에 에너지가 도달하면 씨가 생성됩니다. 조악한 토지, 돌멩이 많고 굴곡진 토지에서는 씨가 착상해도 제대로 성장할 수 없습니다. 인간의 정리되지 않은 백회는 조악한 토지와 같습니다. 이것을 비옥한 토지로 바꾸는 노력을 경주해야 합니다. 이 행위들의 시작이 바로 대일통술과 대일통법, 이엠입니다.

씨가 착상해서 시간이 흐르면 뿌리가 내립니다. 그 부분을 담당하는 곳이 바로 영안 부근입니다. 미간의 윗부분입니다. 이마가 광택이 나고 윤기가 나고 활력이 넘치게 되면 뿌리가 튼실하게 자랍니다. 토지에 자리를 잘 잡은 뿌리는 꽃도 아름답습니다. 힘이 넘치고 그렇게 아름다울 수가 없습니다. 이곳이 바로 명치 부근입니다. 생명선이 이어지는 중간 통로인 명치 부근입니다. 이 부분이 시원치 않게 되면 소화불량이 일어나 더부룩해지고 몸의 컨디션이 항상 저하되어 있습니다.

발아된 생명은 명당에서 열매를 맺게 됩니다. 배꼽 아래 5센티 부근이 명당입니다. 명당은 세상 모든 것의 중심을 칭하듯이 신체의 중심은 명당입니다. 명당이 중심을 잘 잡으면 튼실한 열매를 맺게 됩니다. 맺은 열매는 시기적절하게 수확을 해야 합니다. 수확이 이루어지는 곳이 바로 회음입니다. 백회에 쏟아진 우주의 빛과 에너지가 생명선의 앞과 뒤를 흘러 흘러서 회음으로 몰려듭니다. 회음의 기능이 시원치 못한 사람은 몰려드는지조차 모릅니다.

이곳에서 나의 나, 즉 진짜 나를 만나고 탄생되게 됩니다. '진나'는 회음 속에 숨어 있습니다. 뚜렷한 얼굴 형태는 없지만 빡빡 머리에 눈과 귀, 코가 다 있는 '진나'가 있습니다. 나의 나, 진나를 만나게 될 것입니다. 진나를 잘 육성시키면 생은 신작로입니다. 막힘없이, 거침없이 생을 내달리게 될 것입니다.

백회에 떨어진 씨가 회음에서 수확되기 위해서는 대일통술과 대일통법을 알아야 합니다. 백회부터 회음까지 보살피고 성장시키는 이엠과 대일통술, 각 부분 부분을 육성 성장시키는 이엠과 대일통술은 현존하고 있습니다.

생성된 '진나'는 세상에서 보지 못한 빛과 형체를 보여주게 됩니다. 이 세상의 색상으로 표현할 수 없는 밝고 투명하고 장엄한 빛과 형체를 보여줍니다. 계란 모양의 응집된 빛! 밝고 옅은 노랑의 모양을 둘러싸고 있는 화사한 밝은 초록색! 이 빛을 만나는 자는 이전의 생은 사라지고 밝은 생만 펼쳐지게 되며 영원의 길로 들어서게 됩니다.

5. 생명선의 앞, 뒤

앞글에서 생명선이 백회에서 출발하여 회음에서 종결되는 것을 보았습니다. 이것을 생명선의 앞선 또는 배선이라고 합니다.

생명선은 뒤에도 존재합니다. 뒷선 또는 등선이라고 합니다. 뒷선은 백회에서 출발하여 목 아래 부위인 대추, 즉 등 부위 위에서 핵심인 곳을 대추라 하는데, 배선의 인당인 영안처럼 등선의 두 번째입니다. 대추를 통과한 에너지는 명문에 달하고, 명문은 배선의 세 번째인 명치처럼 세 번째입니다. 명문은 허리 부근에 위치하고 있습니다. 네 번째는 장강입니다. 장강은 꼬리뼈 끝과 항문을 잇는 선의 중간점입니다.

다섯 번째는 회음입니다. 동양에서는 경락, 경혈론이 발달했습니다. 그러나 지구인의 생명연장과 건강보건, 예방의학, 질병예방에 획기적 기여를 한 것은 서양 의학입니다. 현대 의학의 획기적 진보로 인해서 우리 인류의 수명은 30년 이상 길어졌습니다. 신도 못한 일을 서양의학은 쟁취했습니다. 동서양 의학의 장점만 취합해서 더 좋은 의학으로 진보할 수 있기만 한다면, 좋은 일임에 틀림없습니다.

뒷선에서 언급하는 대추, 명문, 장강 등 이외에도 무수한 경락과 경혈이 있으나 다 알 필요는 없는 것 같습니다. 하여튼 뒷선의 중추적 지점인 대추, 명문, 장강이 원활하지 못하면 많은 병이 발생한다고 전해지고 있습니다. 장강이 시원찮으면 정신분열증, 치질이 발생하고, 잘못 마사지를 하면 인공유산이 되는 경우가 왕왕 있다고 전해집니다. 명문이 시원찮으면 요통, 생식기 발기 불능, 신장염, 부인병, 귀에서 소리가 나는 이명 현상이 발생합니다. 대추가 시원찮으면 열병, 동맥경화증, 기관지 천식 등이 발생합니다.

이렇게 생명선이 앞이든 뒤이든 원활하지 못하고 부조화가 있으면 탈이 나고 병이 납니다. 생명선이 원활히 유지되기 위해서는 적당한 운동이 필수적입니다. 어떤 운동을 하든, 하다못해 줄넘기를 하루에 10분만 해도 무병장수할 것입니다.

생명선은 앞뒤에 있는데, 한쪽만 개선(開線)된 것을 반개선(半開

線)이라고 하고, 두 군데가 다 개선된 것을 만개선(滿開線)이 되었다고 칭합니다.

부기

생명선은 동양적 경락, 경혈과는 다릅니다. 독자들의 이해를 돕기 위해서 백회, 대추, 명문, 장강 등 용어를 사용하는 것이지 그렇게 흐르고 있지는 않습니다.

---

6. 일통합니다

생명체에는 생명선이 있습니다. 제 1순환계가 있고, 제 2순환계가 있습니다. 이 순환선 외에 제 3의 순환선이 있으니, 그것이 바로 생명선입니다. 대광원에서 파악한 독특한 순환선이 바로 생명선입니다. 이 생명선을 따라서 빛알이 흐르고 있습니다. 빛알은 생명체의 최초 단위인 세포 생성과 재생에 직접 관여하고 있습니다. 또한 생명선이 활성화되면 8만 4천 기공이 전부 열리게 됩니다.

이 생명선은 인간에게만 있는 것은 아니고, 생명체 전체에 전부 다 해당되지 않을까 싶습니다. 누구나 다 있는 것이 생명선이지만, 그동안 생명선이 있는지조차 몰랐던 것이 인류이기에 생명선 여는 것이 최초의 단계입니다. 생명선을 열고, 신체의 앞뒤에 흐르는 생명선을 활성화시키는 것이 반개선, 만개선입니다. 반개선과 만개선은 신체의 상체에 해당되는 이야기이고, 신체의 하체에도 생명선은 유유히 흐르고 있습니다.

발바닥에는 동양에서 간파한 용천이라는 혈이 있습니다. 발바닥 가운데에 위치하고 있습니다. 용천은 백회에서 출발한 생명선의 마지막 장소입니다. 용천은 생명선의 끝이면서 땅의 에너지를 끌어들이고 받아들이는 최초의 장소이기도 합니다. 땅의 에너지는 용천을 통해서 우리 몸 구석구석을 또한 흐르게 됩니다. 생명선이 막혀 있거나 원활하지 못하면 심신에 이상이 발생하게 된다는 것은 불문가지입니다. 땅의 에너지와 하늘의 에너지를 받아들인 생명선은 우리 몸 구석구석에 에너지를 보내줍니다. 이렇게 하늘, 땅의 에너지를 신체에 받아들여서 전체가 원활하게 흐를 수 있는 것이 일통(一通)되었다고 합니다. (또는 대일통이라고도 합니다.)

일통에서 또한 중요한 것이 손입니다. 손과 손바닥은 우주 에너지를 직접적으로, 인위적으로 끌어들이는 중요한 장소입니다. 태양, 달 에너지를 직접적으로 끌어들일 수 있습니다. 에너지를 끌어들이면 손과 손바닥은 경련이 일어날 정도로 강한 진동을, 그리고 '찌릿찌릿'한 감각과 통증을 느낍니다. 손바닥에서 에너지를 끌어들이고 느끼는 데 있어서 한가운데에 노궁이라는 혈이 있습니다. 이 노궁이 활성화되면 될수록 에너지를 느끼고 받아들이는 것이 증대됩니다.

일통까지의 전개는 생명선 개선 → 반개선 → 만개선 → 일통이 되겠습니다. 이 과정에서 사이사이에 육방형성, 진나 생성·발현이 있게 됩니다. 생명선의 앞 선을 여는 과정에 명당자리에서 육방을 형성하게 됩니다. 또한 앞뒤 선의 일치 장소인 회음에서 숨어 있는 진나의 생성, 발현이 발생합니다.

일통까지 이루어지게 되면 최후에는 일체선(一體仙)이 됩니다. 이 단계는 태평과 영통 사이입니다. 일체선의 수련을 하면 할수록 무궁무진한 능력과 전진이 이루어지게 됩니다. 일체선은 우주와 땅과 인간의 합일의 경지입니다. 말로, 글로 하는 것이 아니고 온몸으로 하는 것입니다. 일체가 되면 하늘과 대화를 한다든지 앞날을 미리 보는 예측력, 신통력, 병 치유 등, 보통 사람은 이해할 수 없는 능력을 얻게 되고 행사하게 됩니다. 일체선은 온몸이 하늘, 땅의 에너지가 정좌(正座)된 것입니다. 우주 삼라만상의 모든 에너지를 온몸으로 흡수, 유통하여 자유 자재케 하는 것입니다. 일체선까지 되기 위해서는 일통 등 단계를 거쳐서 진행될 뿐더러 부단한 노력이 경주되어야 하지 그냥 되지는 않습니다.

대일통법과 대일통술을 행하면서 어느 날 불현듯 명당자리에 생명주(珠)가 자리 잡게 됩니다. 우주의 조화, 보물이 내 몸에 생성된 것입니다. 생명주가 있음으로 해서 우주와 통령할 수 있고, 나를 자유케 하며 참 진리에 들어서게 해줍니다. 이렇게 되기 위해서는 부단한 정진이 있어야 될 것입니다. 일체선이 된 다음에 화향에 들어서는 수행이 전개됩니다.

7. 만물 생성의 에너지

과학적 인식 부족으로 인해서 동양에서는 에너지를 몰랐습니다. 하늘에서, 땅에서 발생하는 삼라만상의 조화로 인해서 생성되는 일체를 동양에서는 기(氣)가 하는 것이라고 파악했습니다. 그런데 기라는 것은 막연하고 또 실체가 없습니다. 즉 갖다 붙이기 나름입니다. 음양 오행론 등이 과학적이고 정밀하고 설득력 있는 것 같으면서도 세상사를 음양 오행론으로 적용할 수도 풀 수도 없습니다.

그러나 에너지는 뚜렷하고 실체가 있습니다. 인간이 활동할 수 있는 근원의 힘은 에너지입니다. 이것을 기라고 대치할 수도 있겠습니다. 모든 자연법칙을 에너지의 변화로써 설명할 수 있는 에너지 일원론도 불과 얼마 전, 1840년대에 에너지 보존의 법칙의 확립으로써 형성되었습니다. 에너지는 일을 할 수 있는 능력이고 물질 형성의 근원입니다. 분리된 원자, 이온, 분자를 결합시키는 힘이 에너지입니다. 결합되거나 분리될 때 나오는 위치나 운동 에너지는 측정할 수 있습니다.

현대에 살아가는 데 있어서 절대적인 것이 에너지입니다. 신보다 인간에게 절대적으로 도움을 주고 기여하고 있는 것이 에너지입니다. 전기 에너지, 석탄·석유 에너지, 바람 에너지, 열 에너지, 태양 에너지 등입니다. 이런 것은 보관도 가능하기에 꾸준히 쓸 수 있습니다. 물론 부작용도 있습니다.

그런데 기라는 것은 무엇일까요? 막연합니다. 실생활에서 사용할 수도 활용할 수도 없는 측정 불가능의 형이상학입니다. 현대의 대세는 에너지입니다. 신체를 유지하는 힘은 에너지입니다. 또한 측정도 가능합니다. 오버하면 덜어내야 하고, 부족하면 채워 넣어야 합니다.

우주는 물과 불입니다. 물론 이것 이외에도 다양한 존재가 있습니다. 물은 차갑고 불은 뜨겁습니다. 이 에너지들이 신체에 들어오면 심장은 뜨거운 에너지로 전환시키고 신장은 수기(水氣)를 담당합니다.

몸에서 물과 불 에너지는 순환합니다. 더우면 땀을 배출하며 몸을 더위에서 지켜내려고 합니다. 차가우면 저장된 에너지를 열에너지로 전환시켜 뜨겁게 합니다. 에너지는 신체를 유지해 줍니다. 심지어는 정신활동에도 사용됩니다. 이러한 에너지가 신체에서 원활하면 건강하지만, 조화롭지 못하면 탈이 납니다.

백회에 떨어진 에너지는 씨로 전환되고 뿌리, 꽃잎, 열매로 전환되고 최종적으로 수확하게 됩니다. 이 과정을 에너지의 순환이라고 합니다. 수련은 에너지의 원활한 순환이라고 정의 내릴 수 있습니다. 에너지가 신체에서 응집된 것이 육방이고, 생명주 탄생입니다.

8. 생명선의 흐름

인류가 몰랐던 생명선은 도대체 무엇일까요? 생명선은 생명을 살리고 유지시키는 관(管)이라고 정의할 수 있습니다. 지구에 생명이 탄생된 것은 대략 20억 년입니다. 지구 나이가 44억 년 정도 되었으니, 지구가 탄생될 때 신이 일주일 만에 만들었다는 것과는 현격한 차이가 있습니다. 초기 지구는 짙은 붉은 바다로 덮였습니다. 즉 철분이 많은 바다였습니다. 생명체가 탄생되거나 살기에는 부적합한 환경이었습니다. 이것이 시간이 흐르면서 철분이 부식되거나 가라앉으면서 돌로 변했습니다. 이후에 적당한 산소가 생성되면서 힘들게 생명체가 탄생되었습니다.

거친 조건의 지구 환경에서 적응하며 생명이 하나 둘 탄생되면서, 적응하며 살아야 하기에 제 3의 생명선이 형성되지 않았나 싶습니다. 제 3의 생명선은 생명이 살기 위한 몸부림의 결과입니다. 생명이 진화하면서 인류가 탄생되고, 생명선도 아울러 이어받은 것 같습니다.

우주의 에너지가 백회에 도달해서 씨로 전환될 때 생명선도 반응합니다. 첫째는 에너지를 잘 받기 위해서 활기차게 움직입니다. 백회선을 인식하고 더욱 활기차게 약동시키는 수행을 하게 되면 어느 날 백회가 간질간질해지면서 피나 림프액이 터져서 흘러내립니다. 일반인에게는 볼 수 없는 현상이 발생합니다. 이때부터 진정한 생명선이 열렸다고 할 수 있습니다.

백회에서 출발한 생명선이 발밑의 용천까지 이어진다는 것을 앞에서 보았습니다. 이것은 생명선을 이해하기 쉽게 설명하기 위해서 그런 것이지, 꼭 그렇지는 않습니다. 생명선의 출발은 백회이지만, 그것의 끝과 우리 몸 어느 곳에 정확히 종횡으로 뻗쳐 있는지 현재로서는 알 수 없습니다. 종횡으로 뻗어 있는 생명선은 현재로서는 정확히 구현시킬 수 없습니다. 단지 수행 수련하면서 느껴지거나 활성화된다는 것은 저절로 알게 됩니다.

수행하면서 느껴지는 별의별 현상, 신비한 현상, 별의별 흐름을 만나게 됩니다. 이것이 바로 생명선이 활성화되면서 생기는 현상입니다. 생명선 수련을 하지 않은 일반인은 이해하기 힘듭니다. 수련을 한 사람만 알게 되고, 이심전심으로 대화가 가능합니다. 그래서 옛 사람들은 일반인들에게 이상한 사람들이라는 취급을 받고 싶지 않아서 문헌으로 남기는 것을 회피하게 되었습니다. 주로 비전으로 구전으로 이어졌습니다.

보통 사람과 다른 생명선은 여러 현상을 일으키는데, 그 중에 대표적인 것이 구름을 만나는 것입니다. 별의별 모양의 구름이 빛의 형상으로 드러납니다. 또한 당초입니다. 즉 당나라 풍의 덩굴입니다. 당초문양이 빛의 형태로 드러납니다. 빛이 이렇게 다양한 모습으로 드러나는 것을 만나는 이는 남다르게 행복한 자입니다. 이 맛을 본 자는 수행에서 벗어나기가 힘듭니다. 남다른 체험이기에 그렇습니다.

빛은 달, 태양, 별 모양의 형태만 드러내 주지 않습니다. 무수히 다양한 형상으로 드러납니다. 최고의 빛은 대광입니다. 이 빛을 만나는 자! 인간세상에서 전설로 회자될 것입니다.

백회에서 출발한 생명선은 여하튼 용천까지 이어지면서 온몸 구석구석에 에너지를 전해 줍니다. 상체에서 반개 만개되던 에너지는 하체로 이어집니다. 하체의 에너지는 다시 상체로 올라옵니다. 상체, 하체의 에너지가 반드시 만나는 곳이 있습니다. 회음입니다. 상체의 에너지는 회음으로 몰려듭니다. 수구초심처럼 에너지의 고향입니다. 연어가 고향에 도달해서 알을 탄생시키듯이, 나의 나를 탄생시키기 위해서 몸부림칩니다. 회음으로 말입니다.

하체 에너지 역시 회음으로 몰려듭니다. 양발에 이어진 생명선, 그것을 타고 올라오는 에너지 역시 회음으로 몰려듭니다. 에너지의 집결지가 회음입니다. 회음으로 몰렸다가 제각각 다시 다른 부위로 에너지를 전이시킵니다. 신체는 회음만 있지 않기에 말입니다.

비전, 구전으로 이어지던 대광원의 역사는 천 년 도맥입니다. 신라의 원효대사 때, 만나서 등장하는 몇 명의 산중 도인들. 이때부터 천 년 도맥이 시작됩니다. 이 산중 도인들을 걸뱅파라고도 합니다. 이들은 다양한 신술(神術)을 행합니다. 그러나 시도 때도 없이 신술을 펼치지는 않았습니다. 왜냐하면 함부로 사용하다가 명(命)이 바로 끊겼기 때문입니다. 자다가 목숨을 거둬가는 일이 수시로 발생합니다. 아니면 병고를 치르게 하면서 목숨을 거둬갑니다. 그러나 최악의 경우에는 술법을 사용해도 용인되었습니다. 즉 나라에 병란이 일어나거나 할 때 말입니다.

최근에는 일제 강점기 때 민간에 등장해서 수많은 이적 행위를 펼쳤습니다. 그것은 각 군청에서 발간되는 군청지에도 적시되어 있기에 알 수 있습니다. 김구 선생의 자서전에도 등장하는 북파의 수령, 김구 선생이 감옥에서 만났던 북파의 수령, 그는 재물을 탈취해서 가난한 이들에게 나눠주던 홍길동 같은 사람이었습니다. 한국 산중, 천 년 도맥은 유구히 흘러 흘러서 근자에는 가장 유명했던 이가 정걸방이었습니다. 대광원 직계 스승은 김걸뱅이었습니다. 진주 출신의 선생은 일평생 떠돌면서 산중에 있었습니다. 그러다가 이따금 용채가 급하면 시중에 내려와서 사주를 봐주기도 했던 전설적 인물입니다. 선화할 때 오색광화를 일으키면서 우리 곁을 떠났습니다.

9. 천년 산중 도맥

한국 산중은 천 년 도맥이 유구히 흐르고 있습니다. 지금 이 순간에도 지리산, 덕유산 등지에 숱한 구도자가 산중 토굴, 동굴 속에서, 아니면 움막을 짓고 고행을 하고 있습니다. 그 어떠한 신술을 얻기 위함도 아니요, 신통방통한 신통술을 얻기 위함도 아닙니다. 단 하나, 나를 찾기 위한 여정이 되겠습니다. 나를 만나고 찾는다는 것은 고단한 여정이 되겠습니다. 따스한 실내에서, 온돌방에서 말로, 글로 하는 것이 아니고, 온몸으로 하는 것이기에 그렇습니다.

산중 천 년 도맥을 만나는 자는 그나마 만복이 터진 것입니다. 토굴 속에서 구도해도 도맥을 만난다는 것은 불가능합니다. 왜? 스승이 없기 때문입니다. 스승과 구도자, 구도자에게는 부모보다 더욱 중시되고 귀중한 사람이 스승입니다. 스승이 없으면 구도의 길을 만날 수가 없습니다. 밤길을 걷는 눈먼 봉사와 같습니다. 돌에 채이고, 구덩이에 빠지고, 고인 물에 발을 적시기 일쑤입니다. 스승과 구도자는 맹세와 서약입니다. 도를 얻기까지 함께하겠다는 맹약이고 헌신입니다.

비전, 구전으로 이어지던 천 년 도맥을 대광원이 인류를 위해서 최초로 공개합니다. 시절이 다급하게 진행되기에 그렇습니다. 공개 사유는 차차 밝히겠습니다. 21만 년 주기로 운행되는 하늘의 운행이 급박하게 전개되고 있습니다. 대은하 속에 있는 카투에서 지구에 1년에 한 번씩 메시지를 보냅니다. 이 메시지를 캐취할 수 있는 이는 시절을 막론하고 두 명입니다. 쌍줄로 하늘은 메시지를 보내옵니다.

천 년 도맥을 얻는 자는 대격변을 극복하고 카투의 본령을 만나서 구제되고 영원을 얻게 됩니다. 산중의 천 년 도맥을 잇던 자들은 이탈하지 않는 이상 다 구제되고 영원의 길로 들어섰습니다. 하와 비전 중의 비전이지만, 인류를 위해서 공개하는 대결단을 내리게 되었습니다. 한국 산중의 천 년 도맥의 정체는 무엇이고, 어떻게 해야 구제되고, 영원의 길로 들어설 수 있을까요?

10. 비밀의 걸뱅파

걸뱅이가 사전적 의미로 무엇이냐 하면, 떠도는 거지, 구걸하는 이 정도로 표현될 것입니다. 이즈음에는 나이트클럽 등 유흥가에서 손님들에게 빌붙어서 술과 음식 등을 공짜로 얻어먹는 사람 등을 꽃뱀, 제비족이라고 칭하면서 통칭 걸뱅이라고 표현하고 있습니다.

산중의 천 년 도맥을 잇는 걸뱅파는 다른 의미입니다. 걸뱅이처럼 마음을 비우고 세상에 그 어떤 물욕과 정착을 거부한 채 바람 따라 구름 따라 달빛 따라 표표히 살아가는 것입니다. 출세라든지 등용문이라든지 이런 것을 거부한 채, 자신의 양심과 의지에 따라 모든 것을 비운 채 바람에 심신을 싣고서 유유히 흐르는 집단입니다. 걸뱅이를 재물과 희귀 보석으로 유혹해서 자신의 곁에 두고 그들의 능력을 현세에서 사용케 해서 그 어떤 신분 상승과 부를 쟁취했다는 것은 들어본 적이 없습니다.

물론 간혹 덜 성숙된 걸뱅이가 세속에 나타나서 세상을 잘못 이끈 경우는 왕왕 보았습니다. 일명 사이비 종교나 사이비 수련단체를 형성했다는 것은 풍문에 들어 보았습니다. 그러나 하나같이 귀결은 몰락이고 파산입니다.

걸뱅이는 세속에 나타나지 않습니다. 그러나 시절이 하 급해서 인류의 부패와 몰락을 지켜 볼 수 없기에 대광원은 기치를 들고 나올 수밖에 없었습니다. 세속에 드러나지 않고 숨어서 우주 조화의 공명에 은밀히 참여할 뿐이지만 나올 수밖에 없었습니다.

천 년 도맥의 걸뱅파의 비전(秘傳)은 무엇인가요? 한 마디로 정의해서 무의식의 현실 구현이라고 할 수 있습니다. 인류 탄생은 수백만 년이지만, 그 의식은 100억 년을 상회하고 있습니다. 이런 장대한 의식과 영혼의 순성(純性)을 회복하는 데 있습니다.

우주는 공(空), 무(無) 등으로 쉽게, 간단히 표현하고 있습니다. 물론 일부 종교에서 도출하는 결론이고 전개 시스템입니다. 현대에서 드러난 우주는 공도 무도 아닌 역(力)입니다. 눈으로 보는 우주는 컴컴하고 아무 것도 없어 보이니, '아, 역시 공이고 무이구나.' 공도 아니요, 무도 아닌 역입니다. 비워져 있고 아무 것도 없는 곳에서 암흑 에너지, 암흑 물질은 맹렬히 활동하며, 우주를 지금도 생성·팽창·성장·성숙시키고 있습니다. 우주는 역입니다. 최초의 우주 탄생론은 '빅뱅'이 정설입니다. 우주 최초 점에서 폭발이 무엇인가요?

공이요 무인지요?

력입니다! 폭발해서 단 순간에 1조 배로 커지고, 그 1조 배의 1조 배로 커지고, 또 1조 배의 1조 배로 계속해서 커진 우주의 본질이 무엇인지 이해되었을 것입니다. 바로 힘입니다.

무기력하고 왜곡으로 이끄는 공이네 무네, 하고는 거리가 멀어도 한참 멉니다. 우주는 힘이고 역입니다. 역동적이며, 수동적이지도 나약하지도, 또 아무것도 없는 것도 아닙니다. 역동성이며 힘이고 능동적이요 창조적입니다. 이러한 우주의식은 고스란히 물질에 배어 있습니다. 하나의 양자, 전자 등은 시공을 초월해서 기하급수적으로 팽창, 확장되고 있습니다. 때로는 수축 소멸도 됩니다.

이러한 물질 결합이 형태입니다. 금도 형태요, 집도 형태요, 더욱이나 인간은 물질 형태의 하이라이트입니다. 그러하기에 세포 등 작은 단위도 물질입니다. 이러한 모든 물질은 대소에 상관없이 우주에서 벌어졌던 모든 것을 기억, 보관하고 있습니다. 무한용량의 보고요 창고입니다. 쉽게 표현해서 앎, 식(識) 에너지입니다.

이 세상 모든 만물은 우리가 인식하고 대화를 나눌 능력이 없어서이지, 모든 우주 전 역사를 다 기억하고 알고 있습니다. 이러한 위대한 만물은 모든 것의 근원이면서 본래 면목입니다. 우리가 인지하는 빙산의 드러난 의식, 드러나지 않은 빙산의 무의식의 세계, 이 모든 것을 마음 또는 정신, 영혼이라고 합니다. 의식과 무의식의 세계를 알게 되고 우주 파노라마를 알게 되면, 우리는 마음을 정복

할 수 있고, 거듭날 수 있고, 새 생명으로 탄생될 수 있습니다. 걸뱅파는 바로 이러한 인간 의식, 무의식의 전 역사를 온몸, 온 마음으로 깨달아서 체득하기 위한 구도자였습니다.

11. 천 년 도맥의 수련

천 년의 수련은 의식과 무의식의 세계를 관통하는 것이라고 결론 내릴 수 있습니다. 드러나는 의식은 일부분에 지나지 않습니다. 이성과 의지, 힘은 근원적 실재입니다. 이것을 끌어내어 창조적이며 조화적인 풍요로움으로 바꾸어 아름다운 세상으로 만들자는 게 천 년의 목표요 대광원의 마지막 귀결입니다. 잠재된 각 개인의 무의식은 파괴적인 것도 있겠지만, 이어지는 생명의 약동성은 적응, 도약, 비약, 풍요에 기반하고 있습니다. 어두운 무의식은 버리고 긍정의 무의식을 찾아내어서 밝은 세상으로 나와야 하고 또한 이끌어야 하겠습니다.

천 년의 수련은 무의식의 호흡으로도 정의내릴 수 있습니다. 인위적으로 호흡을 장시간 멈춘다든지, 더 많은 숨을 마시겠다든지 하는 것은 반드시 탈이 나게 되어 있습니다. 예컨대 숨을 더 많이 들이쉬겠다는 의식과 행위를 하게 되면 가슴을 넓히거나 가슴에 있는 횡격막을 누르게 됩니다. 이렇게 되면 에너지 순환이 원활하지 못하고 비정상적으로 흘러 소화 장애, 명치와 양 옆구리의 통증 증가, 머리에 이상이 생기는 상기증, 장기 손상 등이 발생하게 되어 있습니다.

이런 현상은 지엽적입니다, 그것을 극복해야 한다고 가르치는 곳이 있다면 사람의 생명을 갉아먹게 하는 간접 살인입니다. 우리가 평상시에 걷거나 일을 하면서 호흡해야지 않나요? 그냥 자연스럽게 무의식적으로 호흡이 이루어지듯이, 그렇게 행하는 것이 최상이고, 더 빨리 고도의 세계로 들어가는 지름길입니다.

무의식은 이어지는 물질 속에 잠재되어 이어지고 있습니다. 맛있다, 맛없다, 냄새 난다, 안 난다 등 인체 오감으로 물질을 구별 짓듯이, 무의식은 오감을 통해 영향을 받습니다. 오감은 그러나 개인차가 있고, 부정확하며, 기능 또는 성능 한계로 인해서 그릇된 정보를 전해줄 수 있습니다. 이러한 그릇된 정보는 피로 유전됩니다. 잘못된 무의식까지 말입니다.

이러한 영향을 받아 후손들은 그릇된 무의식으로 인해서 공포, 좌절, 부조화 속에 살게 됩니다. 치유한다는 것은 쉽지 않습니다. 치유가 어렵기에 인류는 지금까지 부조화, 투쟁, 욕망 속에 살아가고 있습니다. 극복해야 합니다. 올바른 무의식의 세계를 만나야 합니다. 비전되던 천 년 도맥의 수련 수행은 인선(人仙) 5대일통을 접한 뒤에 영원의 길로 들어섰습니다.

① 천음 대일통

② 일체 대일통

③ 꿈 자득 대일통

④ 참빛 대일통

⑤ 신생 대일통

12. 신세계를 찾아서

우리는 흔히 '대화가 안 된다', '쟤랑은 수준이 안 맞는다.'라고 말을 합니다. 개미의 세계나 대화를 인간은 이해 못 하기에 함께 대화할 수 없습니다. 대충 이해를 할 수는 있지만, 그들과 희로애락을 나눌 수는 없습니다. 개미의 세계를 초미시의 세계라고 하고, 인간의 세계를 거시의 세계라고 논한다면, 두 세계를 통합하는 것이 가능할까요? 불가능할까요?

10cm 정도의 신장을 지닌 자가 우리와 같이 현실세계에서 부대끼며 살 수 있을까요? 함께 산다는 것은 힘들 것입니다. 더욱이 그와 섹스를 할 수 있을까요? 불가능할 것입니다. 첫째는 생식기 차이로 인해서 성교가 불가능할 것입니다. 인간에게 있어서 신, 종교, 샤머니즘은 오래되었습니다. 인간세계에서 파악한 신과 그의 세계를 알 수 있을까요? 어떤 신이든지, 그를 논파하고 경배하는 것은 인간입니다. 즉 인간의 잣대로 파악하고 논하고 숭모하는 것

이지요.

'나는 나로다(I AM THAT I AM).'라고 하는데, 그를 본 사람이 있나요? 단지 추론할 뿐입니다. '나는 자비의 화신입니다.'라고 외친 사람은 인간이었기에 본 사람이 있었습니다. 그는 신이 아니지만 인간은 경배하고 숭모합니다.

개미의 세계에 인간이 직접 개입하면 잘살 수 있을까요? 개미가 우리의 모습이 어떻게 생겼나 구체적으로 알 수 있을까요? 불가능할 것입니다. 마찬가지로 신을 알고 따르고 믿는다는 것은 일종의 기만입니다. 그가 진짜 있다고 해도 우리는 그를 알 수 없고, 더욱이 정확히 묘사한다는 것은 불가능합니다. 왜냐하면 차원의 시공간이 다르기 때문입니다. 현대 물리학은 11차원까지 알게 되었습니다. 현재 우리 인간은 3차원에서 살고 있고, 4차원은 감으로 알 뿐입니다. 그러거늘 5차원을 체감할 수 있을까요? 전지전능한 신이라면 11차원 이상에 있기에 우리는 알 수 없습니다.

하와 신을 '이것도 있고, 저것도 있고, 이것이 아니고 저것이고, 저것이 아니고 이것입니다.'라고 엿장수 마음대로 논할 수밖에 없습니다. '그는 사랑이고 자비고 인자한 분입니다.'라고 통상 말하거나 알고 있습니다. 11차원에서는 사랑이 무엇이고, 자비가 무엇이고, 인자한 게 무엇인지 전혀 모르고, 이미 충분한 세계이기에 다른 방식으로 드러낼 것입니다. 즉 인간이 인간 스스로 부족한 것을 신이라는 투영체를 만들어서 믿고 의지하며 위안을 얻는다는 데 맞는 말일 것입니다.

설사 있다고 해도 그는 무능력자입니다. 석가 예수가 온 지 2천 년이 넘었지만, 그들이 논파한 신과 세계는 오지 않고 있습니다. 그가 살아 있다면 인간 세상을 벌써 자비의 세계, 사랑의 천국으로 만들었을 것입니다. 그러나 무능력자이기에 말로만 글로만 전지전능할 뿐 못 만들고 있는 것입니다.

무능력자일 수도 있지만, 차원이 다르기에 그렇습니다. 2차원 세계에 3차원 세계를 주입시켜 만들 수 없고, 3차원 세계에 4차원 세계를 주입시켜 만들 수 없습니다. 신은 차원이 다르기에 인간 세상에 개입할 수도 없고, 만들 수도 없습니다.

그런데 빛의 대왕이며 만들어 내는 대광은 어떤 차원이든 존재로 존재하고 있습니다. 어떤 차원이든 빛은 존재하고 존재합니다. 빛의 대왕이며 생성자인 대광은 살아 있는 세계이며, 밝음으로, 화평으로, 화락으로 이끄는 존재입니다. 대광이 인간세계에 직접 그 모습을 드러내며 등장한다고 약속합니다. 존재로, 빛으로 차원을 뚫고 등장합니다. 인류 역사상 단 한 번도 드러내지 않았던 대광이 그의 세계, 대명(大明)을 창조하려고 등장합니다. 차원 너머 너머로 존재하던 대광을 만나서 간절하게 호소한 덕분에 지상에 등장하게 되었습니다. 그는 어둠을 몰아내고 밝음으로 이끌어 줄 것입니다. 부조화를 조화로 이끌어 줍니다. 빈곤을 풍요로 이끌어 줍니다. 갈등을 평화로 이끌어 줍니다. 죽음을 영원으로 이끌어 줍니다.

그런 빛의 대왕이며 창조자인 대광을 실체로 만나는 것이 대일통입니다. 그는 우리 인류를 차원의 상승으로 이끌어 주면서 신세계를 열어 줄 것이며, 모든 고난과 대물림하는 아픔과 어둠을 끊어 줄 것입니다. 직접 등장하며 함께함으로써 말입니다. 그만이 우리의 모든 아픔을 해결해 줄 수 있습니다. 그의 밝음으로 말입니다.

13. 천음 대일통

영원한 길로 들어서는 초입에서 제일 중요한 것이 천음 대일통입니다. 천음은 우주 진동, 파장, 생성의 소리입니다. 근원의 소리입니다. 이 소리를 외부에서, 더욱이 우주로 날아가서 들을 수는 없습니다. 이것이 내 몸 속에 무의식으로 잠재되어 있습니다. 천음을 듣거나 개통하게 되면 만복 속에 들어가는 것이고, 소리를 녹여서 세포 하나하나에 이식시키게 되는 것입니다. 즉 무의식을 의식의 대명세계로 끌어내고 의식으로 확실히 자리매김하게 하는 것입니다.

백회의 소리는 오입니다. 영안의 소리는 에입니다. 명치의 소리는 이입니다. 명당의 소리는 우입니다. 회음의 소리는 아입니다. 아 → 우 → 이 → 에 → 오로, 아니면 역순으로 오 → 에 → 이 → 우 →

아로 인위적으로 소리를 내면서 소리를 관상(觀想)하게 되면 각각
의 자리가 열리면서 녹아듭니다. 속(俗)에 살면서 속을 벗어난 영원
으로 가게 되는 것입니다. 장엄한 근원의 소리입니다.

진중하게 수행하게 되면 각각의 끊어졌던 생명선이 이어지는 기
쁨을 맛봅니다. 이어진 미세한 생명선을 타고서 에너지가 흐르게
됩니다. 그러함으로 인해서 한겨울에도 추위를 모르게 됩니다. 개
통된 생명선으로 태양계의 태양이 아닌, 우주 근원의 태양과 열과
빛이 생성되고 쏟아짐으로 인해서 더워집니다. 최초의 생명 열을
만나게 됩니다. 아울러 진리의 자리가 생성되고 안착하게 됩니다.
잊혀진 과거의 아스라한 생명인 진리의 대해가 넘실됩니다. 그 기쁨
에 구도자는 정화·소죄를 만나고, 무의식의 죄까지 씻어지기에 자
연스런 눈물이 쏟아집니다.

인간 육체의 위대성에 감사드릴 수밖에 없습니다. 더럽기만 한 것
이 육체인 줄 알았지만, 육체를 통해서 진리가 들어오고 생성됩니
다. 인간 육체는 진리를 성취하기 위한 최고의 수단임을 자득하게
됩니다. 열과 빛이 드러나는 대일통이지만, 먼 여정에서 돌아온 고
향집의 아늑함처럼 먼 여정의 축소, 왜곡되었던 마음의 순수한 본
질을 만나게 됩니다. 즉 순성(純性)을 만나게 됩니다.

천음 대일통은 명당에서 집중되고 활성화됩니다. 삼각형으로, 오
각형으로 둘러싸인 명당의 생명선이 모였다가 흩어지고, 흩어졌다
가 모이면서 에너지는 불로 화해지고, 빛으로 화해집니다.

강강수월래가 소리 수련이고, 판소리의 득음이 소리 수련입니다. 폭포수 아래서 아, 우 등 장파소리를 내면서 목이 터져라 외치는 것이 소리 수련이 되겠습니다.

14. 일체 대일통

세상은 눈으로 보고 느끼는 대로, 아니면 의식 수준에 따라 달리 보입니다. 즉 차별성입니다. 차별과 구분이 심대해질수록 마음의 갈등은 커집니다. 미학은 아름다움을 학문적으로 논파한 학문입니다. 아름다움도 구별됩니다. 아름다움이란 것이 또한 상대적으로, 주관적으로 달리 논파될 정도이니 거친 세상은 어떠하겠는지요?

태어나서 죽는 날까지 차별과 구분 속에 살아가기 때문에 생은 번민스럽고 좌절스럽고 욕망이 증대될 수밖에 없습니다. 괴롭습니다. 나와 나, 나와 타자, 나와 세상, 나와 우주는 일체가 되어야 합니다. 일체가 되지 않는 한 생은 고통입니다. 즐거움이 아니고 어쩔 수 없이 살게 되는 의무감, 당위성 정도밖에 안 됩니다. 우리는 즐거움을 회복해야 하고 기쁘게 살아가야 합니다. 이렇게 되기 위해서는 일체감을 얻어야 하고 증대해야 합니다.

일체 대일통에 몰입해야 합니다. 진리의 바다, 본마음의 회복을 만나게 되면 무수한 현상이 발생됩니다. 빛이 당초, 비운(飛雲)으로 변해서 다양한 세계를 보여줍니다. 침잠 속에 들어가고, 또한 오랫동안 그 과정을 반복하게 되면 하나의 특이한 현상이 발생됩니다. 코끼리와 개미가 보입니다. 코끼리는 거대합니다. 개미는 미세해서 땅바닥에 쭈그리고 앉아서 보아야만 보입니다. 차별의 본보기입니다. 거대함과 미세함의 대표적 표본입니다.

그런데 일체 속으로 들어가면 놀랍게도 둘은 똑같은 생명체이고 크기도 똑같습니다. 무엇이 크고 작은 게 없습니다. 눈앞에 펼쳐지는 코끼리와 개미는 일체가 되어서 차별이 없고 균등합니다. 코끼리와 개미가 똑같고, 크기도 똑같음을 만나게 되면 자유로워집니다. 진리의 진정한 세계를 만난 것입니다. 더 이상 세상을 차별화해서 보지 않게 됩니다. 세상이 그렇게 아름다울 수가 없습니다. 모든 것이 균일하게 보일 뿐입니다. 큰 건물이나 작은 건물이나 물질 결합체로서 똑같이 보입니다. 별스런 차별을 느끼지 못합니다. 사람을 대함에 있어서도 마찬가지입니다. 예쁜 사람, 미운 사람이 없게 됩니다. 고귀한 생명체로만 보입니다. 아름다운 여성이라는 개념도 사라집니다. 드러난 표상, 미모 속을 뚫고 들어가 그녀의 본질을 보고 만나게 될 뿐입니다.

부자, 빈천한 이의 구분도 사라집니다. 똑같은 생명이고, 생을 열심히 긍정적으로 살아가고 있구나 하고 보일 뿐입니다. 미운 이도 없고 사랑스러운 이도 없습니다. 다 같은 대광의 자식으로만 보일 뿐입니다. 일체되어야 합니다. 구분을 일체로 변환시켜야 합니다. 일체가 되는 순간 자유로워집니다.

15. 꿈 자득 대일통

꿈은 누구나 다 꿉니다. 그런데 이 꿈이라는 것이 묘해서 각 개인의 의식에 따라 다르게 표출됩니다. 하와 꿈을 잘 인식해서 현실세계에 반영할 수만 있다면, 그 사람은 현실에서 성공의 기쁨을 맛볼 수 있습니다. 구도자는 대망의 무벽(無壁)을 얻을 수 있습니다.

꿈은 다양하게 분석할 수 있지만 대체로 크게 두 가지 경우로 나눌 수 있을 것입니다.

① 꿈은 소원 실현이라는 관점입니다. 현실 세계에서 이루지 못한 것을 꿈에서 이룰 수 있습니다.

② 꿈은 왜곡되어서 드러납니다. 꿈꾸고 나서 불쾌하거나 고통스러운 경우도 있습니다. 이것은 희망이 비윤리적이거나 남한테 밝힐 수 없는 수치스러운 일일 경우에 왜곡되어 나타납니다. 몽정(夢精)이 대표적인 경우일 것입니다.

꿈은 희망하는 사람에게는 긍정적으로 드러납니다. 예를 들어서 독일 화학자 케쿨레는 탄소와 수소 원자가 결합된 긴 사슬이 춤을 추다가 꼬리를 물고 있는 뱀의 형상으로 변하는 꿈을 꾸게 되었습니다. 그 결과 탄소 6개와 수소 6개로 이뤄진 육각형 고리 모양의 '벤젠(C_6H_6)' 구조를 발견했다는 일화로 유명합니다.

이 경우 말고도 꿈에서 무수한 힌트를 얻어 현실에서 성공 가도를 달린 사람이 많습니다. 꿈 중에 제일 유명한 것이 장자의 '호접몽'일 것입니다. 꿈에서 나비가 되어 자유롭게 날아다니는 장자가 꿈에서 깨어나 내가 나비인지, 나비가 나인지 분간할 수가 없었다는 일화는 많은 것을 시사해 줍니다. 즉 현실과 가상세계가 구분되지 않는 것, 또는 인생이 덧없이 슬프다는 것 등입니다. 호접몽은 결국 꿈도 현실도, 삶도 죽음도 구별이 없는 세계를 강조한 것입니다.

꿈 자득 대일통은 일체성을 강조하지만, 또한 가나(가짜 나)와 진나(진짜 나)의 확연한 구분을 강조합니다. 가나와 진나의 뒤섞임과 혼돈으로 생을 정상적으로, 또는 구도의 길을 정상적으로 갈 수가 없습니다. 무엇이 가나이고 진나인가를 구분할 줄 알아야 되겠습니다. 꿈은 현실의 위치에 따라서 드러납니다. 항상 구도의 일심영망을 놓지 않는다면 꿈도 상쾌하게 드러납니다. 반면에 구도의 일심영망을 놓치면 혼탁하게 드러납니다.

구도는 산중이 효과적일 수밖에 없는 것은 시야가, 오감이 느끼는 것은 자연과 함께이기 때문입니다. 바람, 공기, 초목과 함께하기에 꿈도 청량하게 드러납니다. 자유롭게 절벽을 오고 가거나 구름 타고 다니는 모습이 자주 보입니다.

꿈은 단지 수면 상태라는 물리적 의미보다는 의식의 또 다른 이엠입니다. 꿈속 대상물의 본질을 주목하는 수행이 거듭되다 보면 순수한 빛, 마음의 본래면목을 만나게 됩니다. 꿈의 이미지는 순수한 빛을 통해서 생겨나는 것처럼 보이고, 다시 그것을 순수하게 인지하게 되면 아무 변화 없이 일체가 되어 사라지는 것을 체득하게 됩니다.

일상의 구도에서 일심영망이 어떠한가에 따라서 꿈은 다양하게 나타납니다. 즉 항상 깨어 있어야 합니다. 맑고 곱게 깨어 있는 의식은 꿈도 맑고, 탁하면 꿈도 탁하게 나타나게 됩니다. 밤에 혼란하게 나타나는 꿈의 탁함에서 끊임없이 자신을 정화해야 합니다. 꿈의 내용을 인식하고 정화시키거나, 아니면 증가시키거나 변형시켜야 합니다. 수행에 걸림돌이 되는 것은 치워내야 합니다. 환영에서 벗어나서 진나를 만나는 기쁨을 누리게 됩니다. 삼계 너머 우주의 대 파노라마 속으로 각자(覺者)가 되어 자유롭게 여행하시기 바랍니다.

16. 참빛 대일통

참빛은 순수한 빛, 본질의 빛을 드러냅니다. 빛은 나와 모든 것에 모든 방향을 밝게 해줍니다. 마음의 빛을 관상하면 작은 반딧불이 생기고, 이후 점점 커지면서 의식과 육신을 빛으로 덮어 버리고, 이후 더 커지면서 동네 너머로까지 빛은 확대됩니다. 야행성 동물은 밤길을 낮보다 더 익숙하게 다닙니다. 눈에서 빛을 뿜어내면서 밤길을 밝히기에 가능합니다. 인간은 그렇게 못 합니다. 그러나 참빛을 받아들여서 확대하게 되면 가능합니다.

온 빛은 모든 소리까지 포근히 감싸고 에워싸서 갈등, 고뇌, 번민을 녹이며 흔들림 없이 걷게 해줍니다. 밝음은 그 무엇에도 제약받지 않으며 전우주로 확대됩니다.

머리의 빛에서 발밑의 빛까지 녹아들면서 밝음으로 변합니다. 부정적 의식과 괴롭히던 의식은 빛 속에 녹아들면서 사라집니다. 생명선을 따라서 구석구석을 밝히며 부정적 요소를 녹입니다. 진리의 바다가 드러납니다. 대해의 중심은 명당입니다. 명당의 중앙선은 진리의 대해로 넘실되면서 정제된 참 기쁨만 가득하게 됩니다. 본래 기쁨의 색인 흰색으로 넘실됩니다. 삼각형인 천지인을 만나고, 오각형인 이 현 무벽 심시 순성을 만납니다. 대광의 감춰진 본질이 동시에 드러나며 만나게 됩니다. 또한 나를 넘어서서 세상에 대한 사랑인 기성심(起盛心)이 강하게 드러나며, 존재에 대한 존재의식으로 인해 통증을 느낄 정도의 강한 희열을 만나게 됩니다.

비워져 있는 것을 관상하는 초기에서 벗어나면 유력(有力), 유질(有質)을 만납니다. 수동적인 데서 벗어나 능동적으로 전환되는 것을 인식하게 됩니다. 텅 빈 비워 있음에 집중하게 되면 생명선은 유력과 유질을 드러냅니다. 잊혀진, 감춰진, 잠재된 생력(生力)과 생질

(生質)이 드러납니다. 생명체의 참본성인 생력, 생질은 드러내면서 기쁨의 샘물을 흘려보내 줍니다. 기쁨의 샘물은 심장까지 녹이며 신체 모든 곳에 하나하나씩 깊이 용해되어 스며듭니다.

온 빛에 대한 지혜가 생성되면 비워 있음이 아니라 유력, 유질의 상태를 만나게 됩니다. 수동적, 부정적인 생에서 능동적, 긍정적으로 전환되는 크나큰 기쁨만 남게 됩니다. 외부로 흐르던 의식과 마음은 내부로 흘러들며 멈춰집니다. 관찰의 대상은 멈춰지며 고요의 세계만 만나게 됩니다. 참빛 대일통이 성공적으로 진행되면 이엠 동안 지속되고, 다시 일상으로 돌아오면 끝납니다. 정지에서 동(動)으로 바뀌게 됩니다. 참빛 수행은 영적 수행과 성장의 특별한 기회가 됩니다.

17. 신생 대일통

신생(新生), 새롭게 태어난다는 것은 무엇일까요? 변화와 전환을 의미합니다. 죽음은 두려워할 대상이 아닙니다. 죽음을 통해서 새로운 생으로 탄생됩니다. 오랫동안 묵은 의식과 정신은 탈바꿈해야만 새로운 생이 전개됩니다. 100억 년 동안 끝없이 이어지는 영환(靈環)의 아픔과 고통에서 벗어날 수 있는 마지막 기회이기도 합니다.

수화풍(水火風)의 변화와 응집으로 탄생된 물질적 몸에는 진나가 숨어 있습니다. 영원을 꿈꾸며 영원 속으로 들어가는 진나는 항시 있었습니다. 드러나지 않은 채 몸속에 숨어 있는 진나를 관상하는 것입니다. 무벽을 통한 최고의 자유로 변화되는 진나를 관상하는 것입니다. 환영의 나를 본질적 존재로 변화케 하는 진나를 만나야만 됩니다. 물방울은 물에서 생겨나듯이, 물방울의 가나는 물의 진나 속으로 들어가야 됩니다. 반사되는 거울 속의 나는 영원과 에너지의 미세함에서 생겨납니다. 진나로 전환시키는 나는 에너지와 마음을 결코 파괴되거나 사라지지 못하게 하는 심장 안으로 들어가서 머무는 것을 관상합니다.

탈바꿈으로 변화되는 죽음의 순간에 자득을 마음속에서 암송하며 생각할 수 있다면 순수의 영원으로 들어설 수 있습니다. 이 전이의 순간을 놓치지 않기 위해서 구도자는 자득에 대해 일심영망해야 합니다. 일생 동안 일심영망해야 하는 것입니다. 죽음의 순간에 삼시가 빠져나올 때, 영안의 구멍을 통해서 빠져나올 수 있습니다.

평소에 이 수련을 거듭할 때, 달마와 같은 경우도 만날 수 있습니다. 그래서 항상 문 잠금고 은밀히, 내밀히 수행해야 합니다. 신생 대일통은 앞의 네 가지 대일통을 완벽히 해낸 사람만 할 수 있습니다. 수행이 거듭되는 동안 하늘 문이 열리며, 스타게이트는 운석 속에 비밀을 감춘 채 파편처럼 떨어집니다. 천 년 노송(老松)의 보액(寶液)은 머리에서부터 흘러내려와 생명선을 타고 황금색의 생명수를 발끝까지 뿌려 줍니다.

몸은 그리폰이 그토록 지켜내려 했던 북쪽의 금 같은 보석이 생성되어 천 년 보액과 함께 찬란하고 영롱한 대명(大明)으로 전환됩니다. 그리폰이 새처럼 둥지를 틀고 알 대신에 보석을 낳듯이, 몸은 생명석과 생명주를 낳고, 천 년 보액을 만들어 냅니다. 판도라의 상자를 만든 대장장이 신, 헤파이스토스의 능숙한 솜씨는 못 만드는 보석이 없었듯이, 수련이 거듭될수록 수화풍의 물질적 몸은 영원의 진나로 대체되면서 무수한 보석과 천 년 보액을 만들어 냅니다. 그 경이를 만나서 영원으로 가십시오.

죽음의 순간은 두려운 것이 아니고, 변화와 신생의 순간임을 자득하며 두 팔 벌려 그를 만나서 신생으로 가는 열차로 갈아타시기 바랍니다. 세속을 초월한 비밀의 징험, 수인, 생명수, 환약을 얻어서 열락을 누리십시오. 열락은 생명선을 타고 삼각형 보석, 오각형 보석을 만들어 내며 곳곳으로 퍼져나갈 것입니다.

> **부기**
>
> 달마는 유체이탈되어서 나갔다가 몸으로 다시 돌아오려니, 누군가가 자신의 몸을 치워 버려 찾을 수가 없어서 죽은 배불뚝이 거지의 몸속으로 들어갔다고 합니다.

제3장
대물림 정화

1. 영원의 길에서 발생하는 현상

우주의 전 차원을 넘어서서 영원에 이르는 길은 쉽지 않습니다. 언제 어느 곳에서나 수시로 일심으로 마음속으로 일심영망해야 합니다. 우주의 진동, 파장음을 따라가다 보면 파동에 따라 소리가 빛이 되고 물질로 변하기도 합니다. 수행을 일심으로 하다보면 소리가 빛으로 변합니다. 미간에 반딧불처럼 빛이 보입니다. 색깔은 노란빛, 하얀빛, 황금빛 등으로 다양하게 나타납니다.

이 빛이 확장되면 내 주변을 넘어서서 동네 전체로 퍼지고, 그 이상으로 퍼져 나갑니다. 일심영망(一心永望)으로 육방이 상하에서 합쳐지면 남다른 능력을 얻습니다. 뭇 생명과 별을 탄생시키고 유지시키는 우주의 능력을 수련하는 것이 되겠습니다. 만 가지에 이르는 신통술, 인술(仁術), 죽은 자도 살린다는 역천반혼술, 수십 가지의 축지법, 우주를 무력으로 지키는 삼원대장 초혼술, 천군천녀 청선술 등이 있습니다. 제일 큰 능력은 역시 악령을 죽이는 능력이 되겠습니다.

생명선 개통, 인선 5대일통 수행의 전 과정을 행해 가면 대체로 다섯 단계를 만납니다.

① 갈등: 천성, 수행하면서 첫 번째로 나타나는 과정입니다. 평소에 해보지 못했고 또한 탁한 마음을 정화시키는 일이기에 그 고통이 얼마나 크겠습니까. 마음의 잡념을 씻고 갈등에서 벗어나려면 참으로 오랜 시간이 걸립니다. 보통 이 단계를 넘어서기도 전에 무너지고 맙니다.

② 명현: 갈등을 벗어나면 만나는 단계입니다. 세상에 퍼져 있는 제벨(악기)이 몸에 달라붙어 이런 저런 고통을 주는데, 그것을 씻어내는 과정입니다. 상한 몸을 온전하게 만드는 과정에서 나타나는 고통입니다.

③ 난마(亂魔): 쉽게 말해서 예수가 수행 중에 만났던 귀신들의 행각입니다. 나체의 미모 여인이 등장하고(여자는 남자가 나타난다), 이런 저런 유혹과 공포가 엄습합니다. 이 단계에서 서서히 남다른 신통을 얻게 됩니다. 이때 악령이 만들어 내는 유혹에 넘어가지 말아야 합니다. 통과하지 못하면 세상의 악

인이 되고 말 것입니다.

④ 태평: 천성의 소리와 수행의 침잠이 감로수와 같이 달콤합니다. 심신이 극도로 편안해집니다. 우아일체(宇我一體)의 경지로 들어선 초기 단계입니다.

⑤ 영통: 완벽한 우아일체의 경지입니다. 천지인을 들락거리고, 과거·현재·미래를 들락거리며, 이치에 통달한 무소부지, 무소불능입니다.

2. 영혼육의 일체와 분리

인간은 육신과 육신 안에 깃들어 있는 영혼백(靈魂魄)으로 구성되어 있습니다. 정확하게 표현하면 영혼육(靈魂肉)이 맞겠습니다. 동양적, 도가적 표현은, 사람은 혼백으로 구성되어 있다는 것입니다. 죽어서 혼은 하늘로 가고, 백은 땅으로 돌아가는 것이라고 정립되어 있습니다. 영혼백을 성명정, 정기신 등으로 대체해서 사용하기도 합니다. 1영 3혼 7백으로도 논하고 있는데, 주관적인 설명일 뿐 객관적 설명은 아닌 것 같습니다.

넋(魄)은 감정체이고, 정오, 초탈로 이끄는 것은 얼(魂)이며, 마지막은 반물질로 이루어져 영체를 이끄는 영(靈)입니다. 우주는 인간계(탐욕계)와 우주향(천상계 : 영계) 으로 분리되어 있습니다.

제일 먼저 감성체인 백(육)을 분리시켜야 하는데 이것에 매여 있는 세계가 인간계입니다. 인간계는 귀신계와 탐욕계로 되어 있습니다. 죽어서도 살던 지구를 잊지 못해 저승사자가 이끌어 가는 것도 거부한 채 이승에서 맴돌며 살면서 인간에게 부정적 영향을 미치는 것이 귀신계입니다. 탐욕계는 백과 혼을 왔다 갔다 하며 혼재해 있는 상태입니다. 죽어서도 무엇이 그리 아쉬운지 인간세계에서 행하던 것을 무한 반복하고 있습니다. 지구처럼 돈을 쫓고 욕망을 추구하며 살고 있습니다. 지구와 똑같은 세계를 만들어 맴돌고 있습니다. 또는 똑같은 의식만 지닌 차원에 함께 몰려 있습니다. 채워지지 않는 욕망을 갈구하는 허기진 세계입니다.

백을 각성해서 탈락시키면 혼을 만날 수 있습니다. 정화된 혼이 들어가는 세계부터 입향이라고 합니다. 제1향은 갈등향, 제2향은 동심향, 제3향은 행복향, 제4향은 육방향, 제5향은 무벽향(창조향)입니다.

인간만 죽고 인간만 입향이 펼쳐질까요? 우주인은 안 죽을까요? 그들도 죽는다면 어느 곳으로 갈까요? 우주인하고 살았던 전생의 기억은 무의식으로 뇌에 있지만 흐릿하게 남아 있기에 그들의 생활상 전모를 되새겨 알아낸다는 것은 어렵습니다. 차크라 자리가 어떻고, 열면 안다고 하는 것은 또 다른 가치관의 논쟁이지만, 시간이 된다면 공부해도 무방합니다. 우리에게 친숙한 동양철학의 선현들이 경험하고 남긴 문헌들도 산더미입니다.

육방향부터 외계 선령의 우주인 영도 함께합니다. 또한 육방향부터 진정한 영의 세계입니다. 각성과 정화의 험난한 길을 거치고 거쳐서 자득에 이른 최고의 영의 세계입니다. 타흐프가 있고 우주를 조화로 이끌어가는 곳이 육방향입니다. 앞선 자득된 영이 모여 있는 곳이 또한 육방향입니다.

육방향에 모여 있는 영들이 마지막 단계인 무벽향으로 옮겨가는데(새우주 바아), 아직은 안 가고 대기하고 있습니다. 지장보살이 모든 이의 해탈을 돕기 위해 성불을 멈추고 서원하고 있듯이, 육방향의 영들은 지구와 우주의 영들을 조화로 이끌려고 부단히도 몸부림치고 있습니다.

인간 이외의 동물들은 어떻게 될까요? 동물 영도 착한 영은 다시 인간 세상에 태어납니다. 제1향부터 제3향의 혼의 세계에 동물 영들도 함께하고 있습니다. 이곳은 자득에 이르지 못한 채로 영환의 굴레 속에 있습니다. 동물 영도 우리가 알고 있는 것과 다르게 착한 영이 많다는 것을 전합니다. 산중에서 천성하거나 명천(鳴天)하거나 대광공을 행하고 있으면 다소곳이 함께하는 동물이 있습니다. 독사도 구도자는 알아보기에 해를 입히지는 않습니다. 구도자가 수행할 때는 물끄러미 바라보고 있습니다. 자성하고 각성하면서 영혼의 정화를 행하고 있으면 우주도 참여, 동물도 참여하는 신비를 겪습니다. 나무와 나무 잎도 호응하고 소리 냅니다.

전통적으로 알고 있는 지옥은 우주 어느 곳에도 없습니다. 누가 있어서 지옥을 만들고 그곳으로 보낸다는 말을 하겠습니까? 각 생명, 자신의 의식이 행한 대로 이루어진 곳이 사후세계입니다. 인간계가 지옥이라면 지옥이겠습니다. 귀신이 되어 떠돌거나 탐욕에 젖어 영혼이 쉬지 못하고 끊임없이 무엇인가를 갈구해야만 하는 의식에 젖어 있는 불행에 처해 있습니다. 제1화향에서도 지옥세계인 지구에서도 자득을 얻지 못했으니 안타까울 뿐입니다.

3. 천계(天界)의 모습과 구조

앞에서 입향의 5단계 구분을 보았습니다. 눈에 안 보이고 손에 안 잡히는 영의 세계. 참 어렵습니다. 대광원도 장님 코끼리 만지기 식으로 다리만 만져보고 코끼리는 다리만 있다고 하는 논쟁에 참여하는 꼴이 되지만, 본 대로 옮깁니다.

아무 종교나 또는 도가 계열의 영혼의 세계는 제각각 틀립니다. 즉 자기 입맛대로 편성되어 있습니다. 그런데 하나같이 공통점은 현생 인류가 희망하고 소망하는 대로의 세계라는 것입니다. 그곳에 가면 보석으로 치장되어 있고, 오래 살고, 영생하고, 좋은 집에서 맛난 음식 먹으며 자신들의 신과 함께하며 만고강산이라는 것입니다. 아니면 도튼 상태로, 쉽게 말해서 구름 타고 아무 걱정 없이 산다는 것입니다. 재미있는 현상이라고 아니할 수 없습니다. 가장 객관적이어야 할 종교, 철학이 실상은 자기 주관적, 아집에 싸여서 천계를 논한다는 사실 앞에 망막합니다. 이 논쟁이 거칠어지면 종교 전쟁이 일어나서 총칼로 죽이고 맙니다.

보석으로 화려한 으리으리하고 뻔쩍한 물질로 치장된 세계를 논하고 있는데, 다른 우주의 유인들이 알면 웃습니다. 지구 너머에 흙으로 된 땅이 아니고, 다이아몬드로 깔린 우주가 지천이며, 금으로 깔린 우주가 지천입니다. 그곳에 사는 우주 유인들이 지구의 인류가 논하는 천상세계를 들으면 뭐라고 할까요? 그들은 오히려 자신들이 못 본, 흙과 나무가 넘치는 지구의 세계를 천상의 세계로 묘사할 것입니다. 상대성입니다. 우리 지구가 보석으로, 아니면 화려한 물질로 천상세계를 논파하지만, 물질이 풍족한 우주의 유인세계에서는 웃고 맙니다.

입향의 5단계를 논할 수 있는 영혼은 그나마 행복합니다. 아타라의 변형된 자식들은 실상 아예 영이 없습니다. 혼은 동물도 있기에 사람도 당연히 있지만, 영이 없는 사람이 의외로 참 많습니다. 이들은 구제하고 말고 할 것도 없습니다. 영이 없는데 어떻게 구제하나요? 살인마들이나 인간 규범의 표본에서 굉장히 멀리 있는 이들은 영이 없습니다. 인간계와 천계로 구분되어 있습니다. 인간계는 탐욕계, 귀신계이기에 천계에서는 아예 논하지도 않습니다. 탐욕에 젖은 자, 귀신,즉 떠도는 영이 된 생명을 무엇이라고 논할 수 있겠는지요? 이즘 말로 내 마음대로 살겠다는데 뭐라 하겠는지요?

천계의 처음이 갈등향입니다. 이곳은 인간계의 사람들보다는 나은 사람이 들어오는 곳입니다. 천계라고 하니 우리 우주 밖의 어느 곳에 있지 않을까? 지금까지 종교들이 그런 식으로 표현했는데 맞지 않습니다. 갈등향은 우리 우주 내에 있습니다.

현재 우리 인류의 문명과 의식 수준은 하층입니다. 이것을 상중하로 또 구분 지으면 하층의 중간 정도입니다. 이것보다 나은 곳이 하층의 상입니다. 이 문명은 우주 내에 있습니다. 하층, 중층, 상층의 문명은 존재합니다. 최상층의 문명은 우리네 인류와는 차원이 달라도 한참 다릅니다. 인류의 부자는 작은 섬을 살 정도는 되어도 한 국가를 살 정도의 부자는 없습니다. 그런데 최상층 문명의 유인들은 국가 단위가 아니라 지구 단위로 만 개 이상의 별을 소유하고 있습니다. 그렇기 때문에 문명뿐만 아니라 의식 수준도 현격히 차이가 납니다. 최상층 유인을 지구 문명에서 볼 때는 신이라고 할 수도 있을 것입니다.

갈등향은 현대 물리학에서 논파한 11차원 중에 쉽게 표현해서 1,2 차원 정도입니다. 집으로 표현하면 노숙자입니다. 집도 없이 동가숙 서가식하는 떠돌이 노숙자 정도입니다. 의식도 인간계보다는 한 차원 높지만 욕망의 때가 많이 묻은 영혼입니다. 욕망에 젖어 갈등향에 와서까지 싸우기도 합니다. 미숙아 정도의 영혼입니다.

천계의 두 번째가 동심향입니다. 이곳은 미숙아를 넘어선 어린아이 같은 정도의 영혼의 세계입니다. 집으로 치면 노숙자를 넘어선 움막집 정도입니다. 차원으로 말하면 3, 4차원 정도 수준입니다. 천계의 개념이 아직 이해가 잘 안 되면 쉽게 설명하겠습니다. 천계는 허공에 있는 것이 아니라 우리 우주 내에 있습니다. 즉 상층, 중층, 하층 문명이 바로 그것입니다. 그 수준에 맞추어서 다시 영환이 되는 것입니다. 맑고 곱게 정화 소죄된 영혼은 그것에 맞추어서 우주 문명에서 다시 태어납니다. 이곳은 우주 문명의 중층에서 중간 정도입니다.

천계의 세 번째가 행복향입니다. 이곳은 소년 수준의 영혼의 세계입니다. 자득의 경계를 넘어섰지만 아직 자득의 경지에는 못 들어선 영혼입니다. 집으로 치면 30평 정도의 단독주택입니다. 차원으로 말하면 5, 6, 7차원입니다. 이곳은 우주 문명의 중층에서 상이면서 상층의 하 정도 됩니다.

천계의 네 번째가 육방향입니다. 이곳은 청, 장년이 된 정도의 영혼의 세계입니다. 자득에 이른, 즉 마음이 치우치지 않는 중용의 경지에 이른 영혼입니다. 이제는 모든 것에 흔들리지 않는 불혹의 경지입니다. 집으로 치면 100평 정도의 넓은 집을 소유했습니다. 차원으로 말하면 8, 9, 10차원입니다. 우주 문명의 상층의 상과 중을 오가는 정도입니다.

천계의 마지막이 무벽향 또는 창조향입니다. 자득의 최고 경지에 이른 무벽에 이른 완벽한 경지입니다. 이제는 거꾸로 세상을 조화와 질서, 풍요로 이끌 수 있는 정도의 순성의 영혼입니다. 이곳은 차원을 넘어서서, 즉 11차원이기에 현 우주에 있지 않고 새로운 우주, 조화의 우주, 다시는 부조화에 무너지지 않는 우주, 꿈의 우주인 바아로 가는 엄선된 영혼입니다. 무엇으로 논할 수도 없는 완벽한 영혼입니다. 인류에서 볼 때, 욕망과 티끌 하나도 없는 순성의 영혼의 세계입니다.

4. 대광을 만나다

현 우주 밖을 초 은하라고 합니다. 현 우주 전체를 대은하, 대우주라고도 표현합니다. 대광은 초 은하에도 대우주에도 지구에도 현현합니다. 천상수일은 장구한 세월 동안 산중 구도를 행했습니다. 사회에 돌아와서도 구도는 멈추지 않았습니다. 그 세월이 대략 20여 년이 넘어가고 있네요.

산등성이를 기어서 올라가고, 기어서 내려오는 수련, 가파른 절벽에 몸을 밀착해서 올라가고 내려오는 수련, 한겨울에 얼음을 깨고 물속으로 들어가는 수중 수련, 엄동설한에 눈으로 전신 목욕하는 수련, 폭포수 아래서 떨어지는 물을 온몸으로 받는 수련, 꽁꽁 얼은 폭포에서 이엠 수련 등을 행해 가면서 구도는 이어졌습니다.

이 과정을 행해 가면서 남다른 심신의 변모가 생기게 되었습니다. 하늘의 소리를 직접 듣는다든지, 자연과 일체가 되어 자연의 소리를 듣는다든지, 세인은 이해 못 하는 수많은 능력이 생겼습니다. 제일 탁월한 것은 사람을 괴롭히는 심신 부조화·무질서를 조화와 질서로 되돌린다든지, 병을 치유하는 일 등일 것입니다. 아마도 누구든지 장구한 세월을 자연과 일체가 되어서 수행을 하게 되면 남다른 능력과 남다른 생이 전개되지 않나 생각됩니다.

삼계 내를 벗어난 채로 우주를 유영하다가 대광을 알게 되었고 만났습니다. 전 우주, 즉 10차원 내에 어디든지 현현하는 대광, 그것을 넘어선 초 은하, 11차원에서도 현현하는 대광, 순성의 생명체로 변한 사람이나 유인을 위해서 예비하신 신 우주 바아에도 현현하는 대광. 대광은 천상수일에게 세상을 질서와 조화, 풍요로 이끌라는 빛과 전언을 주었습니다. 수일과 함께 세상을 대명(大明)의 세계로 이끌 것이니, 세상 밖으로 나가라는 지엄한 전언에 따라서 세상에 대광이 있음을 공표하게 되었습니다.

대광의 세계는 장엄합니다. 앞뒤상하 없이 드넓은 빛을 발하는 대광의 압축된 좌우에 천지인 POWER 삼원대장, ENERGY 십원대장, 십사이녀현녀가 시립하고, 세상에 나왔다가 우주의 멘토가 되신 부처, 공자, 예수, 소크라테스 등이 화해롭게 시립해 있습니다. 대광은 전 차원에 존재합니다. 하와 대광이 11차원에도 존재하나, 11차원까지 못 온 이들이 다양하게 대광을 호칭하고 있습니다. 10

차원까지만 달했기에 그러한 문제들이 발생하고 있습니다.

대광을 신이라 칭하는 이, 하나님, 하느님, 한울님, 상제님, 천존님, 비로자나불님, 감로수님, 비쉬누님, 브라만님, 태양님, 삼신님 등으로 다양하게 호칭하고 있습니다. 즉 차원의 굴곡진 모습만 보았기에 그렇습니다. 각 차원에 맞는 모습을 드러내고, 전언을 행하기에 그렇습니다. 6차원에서 대광을 본 이는 이렇다 할 것이고, 7차원 또는 10차원에서 대광을 본 이는저렇다 할 것입니다. 그래서 각 성인들의 말씀이 다르고, 모습을 달리 말하고 있습니다.

빛은 모습으로, 뜻으로 나타납니다. 다양한 모습으로도 등장하고, 말씀으로도 현현합니다. 전 차원 중에 어느 차원에서 대광을 보았는가에 따라서 뜻도 전언도 다르고, 호칭도 다릅니다. 즉 진면목을 본 이가 없었다는 것입니다.

4차원 이상은 MEMBRAIN(판막)으로 구성되어 있습니다. 4차원에서 5차원으로 올라갈 수 없습니다. 다른 차원, 다른 세상이기에 그렇습니다. 5차원에서 6차원으로, 6차원에서 7차원으로, 7차원에서 8차원으로, 8차원에서 9차원으로, 9차원에서 10차원으로 올라간다는 것은 불가능입니다. 하물며 대우주 밖의 초은하인 11차원을 만난다는 것은 불가능이 아니라, 아예 개념조차 성립될 수 없습니다. 이렇게 차원을 올라간다는 것은 불가능이고 힘듭니다. 하와 지구상의 성인이라는 분들도 전 차원을 보았다는 것은 불가능하며, 또한 뜻[意]을 받아 전언했다는 것은 더 그러합니다.

5차원의 유인은 대광의 모습을 이렇다, 또는 에꼴리 님이라 칭할 것이고, 6차원의 유인은 대광의 모습을 이렇다, 또는 타꼴리 님이라 부를 것입니다. 즉 각각의 차원의 유인은 대광을 달리 표현하고, 모습도 다르게 말할 것이고, 뜻도 다르게 말할 것입니다. 칭호도 제각각일 것입니다.

천상수일은 11차원까지 달해서 대광의 진면목을 보고 뜻을 받았고, 전언해도 좋다는 하명이 있었습니다. 대광의 뜻을 받아서 세상을 대명으로 이끄는 험난한 여정을 선택하게 되었습니다. 대광은 전 차원에 현현하면서 뭇 생명을 살리고 기르고 계십니다. 하나의 생명이라도 순성으로 변모케 하여 신 우주 바아로 이끌려고 무진 애를 쓰고 있습니다. 빛은 빛이면서 뜻이고 마음입니다. 대광은 빛, 빛 전체에 뜻과 마음을 실어서 어둠의 장막을 걷게 해주고, 영원과 만복의 길로 들어서게 해줍니다.

5. 대광의 세계

대광을 만나고 전언을 들을 때는 하늘, 땅이 맑아지고 에너지는 화평하게 흐릅니다. 지상에 없는 결정체-보석이라고도 할 수 있겠습니다. 그러나 우리가 개념적으로 알고 있는 보석과는 다른 결정체입니다로 드러나면서 빛을 발합니다. 그 모습은 보석처럼 딱딱한 형태도, 고무처럼 부드러운 형태도 아닌, 젤리처럼 다양하게 변모됩니다.

　고정되었던 형체였다가 고무처럼 말랑말랑한 형체였다가, 비처럼 흩뿌려졌다가 비운(飛雲)처럼 흩어지기도 합니다. 세상에 없는 빛 색깔을 영롱하게 광휘(光輝)합니다. 한 번도 못 만났던 오색 향기가 광대하게 넘쳐납니다. 압축된 대광의 주위에는 이 세상에 없는 꽃이 둘러치고 결정체가 운무(雲舞)하듯이 춤을 춥니다. 지상의 수많은 꽃과 나무는 동시에 박수치고 빛을 발하며 생기가 넘쳐납니다. 주변에 죽었던 모든 뭇 생명이 살아나서 시립한 채 박수와 음성으로 화답합니다. 대광의 음성은 작은 듯 장대하고, 부드러운 듯 솜털에까지 파고들며 전 우주의 끝까지 들립니다.

　대광은 평등이고 심시이니, 모든 생명이 다 귀하고 평등함을 일깨워 줍니다. 그 지혜의 빛은 모든 뭇 생명 속으로 파고듭니다. 대광은 이현(彛顯)이고 현현(玄顯)이고 심현(心顯)의 삼일입니다. 모든 천군천녀와 하늘 사람, 멘토가 함께 시립하며, 깨달음과 지혜의 만복을 누리고 기쁨의 눈물을 흘리며, 몸은 저절로 덩실덩실 움직입니다.

　대광을 만나면 과거 현재 미래의 모든 것을 알게 되는 신통을 얻게 되고, 부조화는 사라진 만복을 누리게 됩니다. 고통은 어느 새 사라지고, 눈물도 슬픔도 아픔도 없는 적정의 자유를 만납니다. 대광의 천성(天聲)은 심시니, 사랑의 마음은 한없고 광대해서 그 끝을 알 수가 없습니다. 대광은 차별이 없으니 모두를 각자(覺者)로 만들어서 영원의 길, 신 우주 바아로 이끌어 줍니다.

절대 세계인 11차원에서 천리(天理)와 천애(天愛)로 하강하여 무아(無我)의 빛을 발합니다. 대광의 음성과 빛을 만나는 자는 무한(無限)의 생명을 얻을 것이고, 무한의 대명을 얻게 될 것이며, 육신에 있는 가나는 사라지고 진나를 만나게 되어 화평을 얻게 될 것이고, 영원의 세계인 무벽을 만나게 될 것입니다. 대광의 20만이 넘는 신통과 파벽된 자유인 무벽, 지혜와 심시, 헤아릴 수 없는 만복을 주고받게 됩니다.

대광은 무한의 대명이니 부르거나 찾으면 반듯이 현현(現顯)합니다. 심신이 아픈 이가 부르는 애절한 호소에 현현합니다. 대광을 만난 이는 아무리 어둠 속이라도 빛을 발광합니다. 환광(環光), 두광(頭光), 신광(身光), 배광(背光), 후광(後光)이 광휘합니다. 다시는 어둠 속, 부조화의 세계를 접하지 않습니다. 안팎이 드러나는 무한광명(無限光明), 무한오색광명(無限五色光明), 심시광명(心施光明)이 광휘합니다.

대광의 빛을 쐰 하늘사람들과 멘토들은 빛으로 상속되어 원근에 관계없이 의사소통이 됩니다. 땅에서는 말없는 자연도 빛으로 전이되어 사람과 의사소통을 하게 됩니다.

대광의 이현은 도와 법으로 나타나 지구와 전 우주를 조화로 이끌고, 현현은 물질로 나타나 지구와 전 우주를 풍요로 이끌며, 심현은 마음과 정신으로 나타나 질서로 화해집니다. 대광의 빛과 가르침을 잊지 말아야 할 것이며, 사라질까봐 두려워하는 일심영망(一心永望)을 간직해야 할 것입니다. 그것이 바로 영원의 길임을 명심해야 합니다.

　무엇보다 대광의 가장 큰 은혜는 알게 모르게 지은 죄에 대해서 용서하는 것입니다. 정화와 소죄를 하는 영혼에게는 잊지 않고 응답합니다. DNA, RNA의 유전물질을 내포한 피로 이어지는 쓰라림과 죄, 부조화, 빈곤의 대물림을 끊어 줍니다. 가문에 이어지는 아픔의 대물림을 당대에서 원하면 소멸시켜 주고 새롭게 만들어 줍니다. 대광의 무한심시(無限心施)로 말입니다.

　원치 않는 부조화, 무질서, 빈곤의 대물림을 소멸시켜 줍니다. 가문의 피로 이어지는 아픔의 대물림을 소멸시켜 주는 천애에 한량없는 감사를 드려야 합니다. 당대에 대물림을 소멸시키지 못하면 다음 대에 또 대물림되어서 원치 않는 아픔이 발생합니다. 대물림 정화법은 현세에서 잘살고, 내세에서 잘살게 해줍니다. 인간의 대물림을 소멸시켜 주는 능력은 대광 이외에는 없습니다.

　100억 년의 시공에 이어지는 생명의 영환(靈環)과 대물림을 끊을 수 있는 것은 대광입니다. 대광 이외에는 할 수 없습니다. 대광이 현현해야만 영환도 끊기고 대물림도 끊깁니다. 대광의 현현을 만나는 자는 신생됩니다. 대광만이 빛을 드러냅니다. 그러한 대광을 천상수일이 최초로 만났고, 매일매일 전언을 주십니다. 함께할 때는 천군천녀, 하늘사람, 멘토도 하강해서 시립하는 경이로운 나날입니다. 대광과 함께 동행하고 있습니다.

대광의 전언을 받게끔 인도한 걸뱅 스승의 비바람을 부르는, 구름을 부르는, 태풍을 막아내는, 서서도 바로 공중 부양하는, 앉은 채로 단 순간에 일본 미국 유럽, 중국 등을 다녀오는 능력을 이어받은 천상수일의 영능과 순성의 집합체인 대광원을 통하여 지상의 천명궁이 생겼습니다.

순성의 집합체인 대광원의 영능과 대광원의 지도하에 기도하거나 수행 수련하면 천명궁에 점을 찍을 수 있습니다. 그리고 그것이 쌓이면 영원의 생명을 얻을 수 있습니다. 지금도 이 때문에 천상의 삼원대장, 십원대장, 14이녀현녀들이 수시로 대광원 구도자에게 현신하고 새벽마다 청계산에 내려오십니다.

6. 대물림 정화

인간의 죄와 불행은 피를 통해서 대물림됩니다. 불교에서 말하는 업하고는 다른 차원의 이야기입니다. 막연한 업식론이 아닙니다. 대광원은 과학적·실증적·우주적으로 검증 도출된 사상을 펼치는 곳입니다.

피는 DNA와 RNA라는 유전적 물질을 품고 있습니다. 이 피를 통해서 그 집안의 죄가 이어져 내려옵니다.

혁명아들이 왕후장상의 씨가 따로 있느냐고 과감히 깃발을 듭니다. 성공한 이들도 있고, 실패한 이도 있습니다. 현세의 권력 쟁취에서 틀림없는 것은 확률입니다. 세계 최고의 땅 부자였던 징기스칸도 부족장의 아들이었고, 그리스 알렉산더 대왕도 왕의 아들입니다. 대부분 권력은 대를 이어서 전해진다는 것이 현대 인류학자, 사회학자, 역사학자의 최종 결론입니다.

부도 마찬가지로 대물림됩니다. 아무나 부자 되는 것이 아닙니다. 이것도 확률 상 부잣집에서 부자가 나온다는 것이 정설입니다.

가장 최근에 발표된 미국 건국 200주년 논문이 유명합니다. 미국에 도착한 최초의 시조부터 지금까지 미국에서 살고 있는 이들을 역학 조사했습니다. 결론은 아주 냉철하고 과학적입니다. 도둑놈 집에서는 도둑놈이 나오고, 착한 놈 집에서는 착한 놈이 나온다는 것입니다.

현재 미국인, 평범한 회사원, 소방수, 경찰, 의사, 학자 등 평범한 이들의 시조부터 200년간을 조사해 보니, 시조부터 지금까지 그 집안의 혈통은 80% 이상이 평범한, 이 사회가 원하는 평범하고 선량한 이들이었고 직업도 대체로 그러했습니다. 반면에 현재 미국인, 강도 강간 도둑질 등으로 감옥간 죄수들의 집안을 역학적으로 조사해 보니 시조부터 200년간 70% 이상이 사생아 창녀 범죄자들이었습니다.

그래서 미국에서 최종적으로 나온 결론은 그런 혈통의 집안 아이들을 어렸을 때부터 관심 기울여 이 사회에 적응할 수 있도록 교육하고 도와주자는 것이었습니다. 왜요? 그럴 때 오히려 사회비용이 줄어든다는 것입니다. 범죄자들 때문에 감옥 지어야 하고, 간수 있어야 하고, 밥 먹이고 재워야 하기에 더 많은 비용이 들어간다는 것입니다.

이렇게 대물림은 무섭습니다. 이러한 대물림은 피를 통해서 이어집니다. 대물림 정화법으로 나의 집안의 불행과 저주, 죄, 악행에서 벗어나 다음 세대에게는 온당하게 살 수 있도록 해주어야 하는 것이 현재 각자가 해야 할 의무 아닌 의무사항입니다. 대광원은 대물림 정화법을 통해서 님을 돕겠습니다.

7. 대물림 정화 사례

대물림 정화는 3일에 걸쳐서 행하게 됩니다. 첫 날은 이현(彛顯)의 발현으로서 100억 년 동안 이어진 끈질긴 부조화와 무질서를 정화해야 합니다. 정심정행(正心正行)으로 대체하게 됩니다.

첫 날에는 사람을 둘러싼 제벨, 사르디의 속성인 검은 색이 숨어 있다가 천상수일, 그리고 천상수일과 함께하는 하늘 사람, 무엇보다 대광이 하강하사 함께 빛으로 쏘이기에 속속 드러납니다. 빛에 녹는 제벨, 사르디가 몸부림치며 떨어져 나갑니다. 주변이 온통 검정 물로 덮였다가 점점 하얗게 변화됩니다. 심한 경우에는 첫 날부터 평생의 지병인 피고름이 멈췄습니다. 다른 경우는 좌우 뇌가 불균형인 상태여서 어눌한 말투, 표정이었던 사람도 바로 치유되었습니다.

둘째 날에는 현현(玄顯)의 발현으로서 빈곤과 병마에 시달리던 빈천을 풍요로 대체하게 됩니다. 대광과 함께하는 대명으로 인해서 보지 못했던 오색의 결정체가 비 오듯 쏟아져 내려오면서 주변이 온통 오색으로 덮입니다. 한낮에 대명을 쐬면 자신도 몰랐던 암이 튀어나왔습니다. 얼굴에 붉은 반점으로 드러나는 명현반응으로 나타나기도 합니다.

셋째 날에는 심현(心顯)의 발현으로서 다시는 부조화와 무질서, 병마, 빈곤에 시달리지 않는 단도리입니다. 그동안 불행으로 이끌었던 대물림의 악습이 소멸되고 새로운 생으로 대체됩니다. 이 현상은 바로 보입니다. 4차원에도 이르지 못했던 영혼이 상승하며 5차원, 6차원으로 올라가는 현상이 발생합니다. 그동안 괴롭히던 고뇌가 소멸되어 평화와 태평의 영혼으로 변모되면서 상승됩니다. 그러한 영혼에는 하늘 사람들이 항상 함께하며 수호신 내지는 수호령, 수호천사, 신병(神兵)이 되어 보호합니다. 병마와 제벨, 사르디의 침범을 사전에 예방하게 됩니다.

대물림 정화법을 받고 나서, 대학로 부근서 호프집을 운영하던 김미선 씨(서울)는 갑자기 가게가 번성했습니다. 그냥 저냥 겨우 가게 세나 내고, 풀칠하던 경우였습니다. 대물림 정화 이후 이틀 지난 뒤부터 이상한 현상이 발생했습니다. 못 보던 할머니 세 분이 초저녁만 되면 오시는 것입니다. 할머니 세 분이 오시고 나면 가게가 갑자기 5명, 10명, 20명씩 단체 손님이 몰려오는 것입니다. 가게에 모실 수 있는 최대 손님이 20여 명에 불과한데 말입니다. 어느 날은 50여 명의 단체 손님이 오셔서 눈물을 머금고 돌려보내기도 했답니다.

단체 손님은 끝없이 이어져서 남편과 둘이서 하다가 시누이, 시동생, 친정집 동생들까지 가게에 와서 번갈아 가며 돕는 상황이 되었습니다. 할머니 세 분은 하루도 안 쉬고 오시는 것입니다. 이후 그 집안이 어떻게 되었을까요? 차원의 세계는 접하지 못하면 알 수가 없습니다.

대물림은 대광의 전언으로 시작해서 영적 체험을 하게 됩니다. 전언이 진행하는 동안 신비로운 하늘의 오색향기가 퍼지고,

하늘 소리가 울려 퍼집니다. 물은 생명수, 감로수가 되어서 영원의 길로 이끌어 줍니다. 천상수일의 손에서 눈에 보이지 않는 불이 나가면서 '이현(彝玄) 치유'가 시작됩니다. 병마 부위로 불은 대명으로 변해서 파고 들어가 어둡고 습한 병균을 소멸시키게 됩니다.

대물림 정화법을 받은 조석호 씨(용인)는 평생 지병이던 허리 통

증이 치유되고, 하던 일이 한가했는데 여기저기서 일거리가 쏟아져 나와 정신없이 바쁜 나날을 보내고 있습니다. 박옥빈 씨(안성)는 고등학교 다니는 딸아이가 학교를 자퇴한다며 속을 썩였으나, 대물림 정화법을 받고 나서 아이가 얌전하게 학교에 열심히 다니고 있고, 남편이 하는 반도체 사업이 일거리가 넘쳐서 공장을 확장해서 이사 가고, 자주 발생하는 두통이 사라졌습니다. 무엇보다 놀라운 것은 하늘의 천리 천애가 하강해서 하늘의 오색향기를 넘치도록 받았습니다.

김영봉 씨(대구)는 오랜 수도 생활을 했으나, 천리를 못 만났습니다. 대물림 정화법을 받고 나서 대광공을 행해 가는 중에 태양이 내려와 온천지가 빛으로 덮이는 놀라운 일을 체험했습니다. 아울러 본인도 몰랐던 암이 튀어나와 얼굴에 반점이 생겼다가 사라지면서 치유되는 영능을 겪었습니다.

이인화 씨(부산)는 일평생 고질이던 어깨 결림과 허벅지 결림이 대물림 정화법을 받고 나서 일시에 치유되는 영능을 겪었습니다. 반성철 씨(광주)는 언젠가부터 귀신이 자꾸 보이고 환청 환시에 시달리는 나날을 보냈습니다. 그러다 보니 대인관계도 원만하지 못했고, 하는 일마다 실패하는 곤란을 겪고 있었습니다. 그러나 대물림 정화법을 받고 나서 3일 후, 몸속에 있던 귀신이 그동안 죄송했다는 인사를 남기며 떠나는 효험을 보았습니다.

이후 그렇게 시달렸던 환청 환시가 사라졌습니다. 그러다 보니 다시 자신감이 생겨서 매사를 능동적으로 실행할 수 있게 되어 지금은 사업이 순탄합니다. 대물림 정화는 11차원의 대광이 천리와 천애로 하강하여 천상수일과 함께하는 인류 사랑의 시발점입니다. 대광의 만복을 받으시기를.

마지막 메시지

제3부

산중 수련

제1장

피의 순성

1.

　보통 행실이 맑지 못하고 지저분한 남자, 여자를 보고 '피가 더럽군, 더러운 피군' 하면서 혀를 찹니다. '피가 더럽군'이란 함축적 말은 당사자의 문란한 행위를 언급하지만, 이면에는 '저 집안도 볼짱 다 보았군' 하는 조소와 냉기 서린 것들이 포함된 말입니다.

　미국 개국 200주년을 맞이해서 심리학자, 사회학자, 족보학자 등이 총 망라되어 최초로 아메리카에 도착한 선조부터 그때까지 살고 있는 후손들을 역학적으로 조사한 논문이 있었습니다. 그 논문이 발표한 결과는 많은 것을 시사해 주었습니다.

　현재 공무원, 교사, 목사, 엘리트 신분을 지닌 이의 집안을 거슬러 올라가면 그 사회가 원하는, 평범하거나 이타적 직업을 갖고 있는 경우가 대부분이었습니다. 반면에 현재 범죄자, 죄수의 집안을 거슬러 올라가면 대부분 범죄자, 창녀, 사생아 등입니다. 즉 한 명의 씨와 행위가 어떠냐에 따라 그 후손들까지 그대로 영향을 받아서 인생이 결정되는 경우가 태반입니다. 대물림의 부조화와 불행, 저주이며 피를 통해서 조상에서 후손으로 이어집니다.

2.

보통 사람들은 모르는 제벨이라는 것이 있습니다. 이것은 생명이 살고 있는 한, 인간이 살고 있는 한 사라질 수 없습니다. 생명이 뿜어내는 부조화로 인해 제벨을 불러들입니다. 즉 세상 사람들이 제벨을 불러들이는 것입니다.

조화로운 인체에 부조화가 발생하면 제벨이 인체 내에 들어오게 됩니다. 그로 인해 병이 생기는데 정신질환, 마음의 병이 그것입니다. 특히 성문란은 제벨이 점점 쌓이게 합니다. 그러면 제벨을 먹고 사는 사르디가 성기를 통하여 몸에 유입되고, 그 후손은 대대손손 일생을 살면서 불행과 고통, 무질서 속에 있게 됩니다. 인간의 모든 병, 이것의 근원은 제벨과 사르디입니다.

청결한 생활 속에서는 피가 맑아져 병이 자랄 틈 없이 주어진 수

명대로 온전히 조용히 살다가 생을 마감하게 되지만, 반대의 경우에는 일생을 골골거리면서 병과 부조화 속에 살다가 생을 마감하게 됩니다. 뿐만 아니라 이 병과 부조화는 가족과 주변에도 퍼뜨리게 되고 바로 그것이 문제입니다.

3.

죄의 회심은 먼저 자신의 모든 것을 우주심에게 받쳤을 때 가능합니다. 회심의 다음과 같이 하면 됩니다.

① 죄를 성찰

② 죄의 고백과 소죄

③ 다시 샅샅이 마음에 비추어 한 점의 티끌도 없음을 인식합니다.

④ 우주심에게 감사를 올리고, 세상에 대해 심시를 행합니다.

이비 수련

1.

이비란 ETERNAL BIOPHOTON입니다. 즉 영원한 생명광자이며 줄여서 '빛알'이라고 합니다. 빛알은 우리 몸 생명선을 따라서 움직이고 존재하고 있습니다. 우리 몸에 제3의 순환계가 있으니 생명선입니다. 지금까지 드러나지 않았던 생명선은 빛알을 수송하고 있고, 세포를 탄생시키고 재생시킵니다. 생명선과 빛알이 활성화되어 그 기능이 멈추지 않는다면 영생하는 것입니다.

1년 전의 나와 지금의 나, 그리고 1년 뒤의 나는 전혀 다른 세포로 대체되기 때문에 실상 어제의 나와 오늘의 나, 내일의 나는 다릅니다. 빛알을 알게 되면 새로운 생이 전개될 것입니다. 아울러 활성화만 되면 병이 안 생기고 노화가 방지되며 삶의 질이 높아집니다. 빛알은 신체에만 적용되는 것이 아니라 정신에도 밀접한 영향을 끼칩니다.

2.

암흑 물질, 암흑 에너지가 우주 생명의 원천이듯이 빛알이 인간을 비롯한 모든 생명의 원천입니다. 암흑 물질이 마구잡이로 돌아다니며 입자를 만들지 않고 일정한 패턴과 흐름, 조화에 따라서 물질을 만들 듯이, 빛알도 마구잡이로 다니지는 않고 생명선을 따라서 생명의 탄생 질서, 생성, 활력에 참여하고 있습니다.

생명선은 수정되는 순간에 생깁니다. 그 생명선 안에 빛알이 숨어 있습니다. 빛알은 생명의 촉진, 활력, 유지를 시키는 호르몬 내지 이름 모를 많은 액을 생성하고 담고 있습니다. 신체의 가장 기본 단위며 중요한 역할을 담당하는 세포는 그동안 세포분열로 만들어지는 것으로 알려졌습니다. 그러나 그 세포를 만드는 것이 바로 빛알입니다. 생명선이 활성화되어 있다는 것은 생명력이 왕성한 것이고, 비활성화가 되어 있다는 것은 생명력이 저하된 것입니다. 이 생명선이 끊임없이 활성화된다면 생명도 죽지 않고 영원한 생명을 누릴 것입니다.

빛알은 생명선 안에 있으면서 생명을 둘러싸고 있는 생명 에너지 장에 밀접하게 반응합니다. 즉 정신과 육체는 하나의 에너지 장에 있습니다. 따라서 생명을 둘러싸고 있는 에너지 장을 활용한다면, 마음의 변화에 따라 신체도 변화될 수 있습니다. 에너지 장을 활용하면 신체의 변화뿐만 아니라 정신, 나아가 영혼까지 변화시킬 수 있습니다. 이 역할을 빛알이 합니다. 외부의 생명의 에너지 장의 건전성을 끌어들여서 활성화시키는 것이 빛알입니다.

고래로 체신영법(替身靈法)이라는 것이 있습니다. 즉 운명을 통째로 바꿀 수 있는, 우주의 순성을 따르는 대광원의 히든카드입니다. 이 비밀은 빛알에 있습니다. 빛알만 활성화시키면 운명은 달라집니다. 빛알을 활성화시킨다는 것은 대광공을 열심히 하면 되는 것입니다. 아울러 대일통술을 열심히 하면 됩니다.

빛알을 담고 있는 생명선 이피의 생명층이 4층입니다. 각각의 생명층 속에 고유의 생명선이 있습니다. 생명선의 활성화는 우주 4층의 생명선을 활용하면 되는 것입니다. 우주심을 받는 기관 내지는 역할이 생명선입니다. 이 생명선을 따라 흐르는 것이 빛알입니다. 생명선이 약한 이는 부단히 노력해서 강하게 만들어 내야 합니다. 죽은 생명은 모든 기능을 멈추기에 우주심을 받을 수 없습니다. 하와 살아 있는 생명에게 우주심이 임재합니다. 우주심은 죽은 자의 우주심이 아니라 산자의 우주심입니다.

빛알은 인간에게만 내재된 것이 아니고, 모든 뭇 생명에게 공평무사하게 내재해 있습니다. 예를 들면 돼지는 영이 없기에 우주심을 알 수 없습니다. 그러나 빛알은 내재해 있습니다. 빛알이 1부터 10까지 있다면, 특별한 사람은 10까지 다 있습니다. 그러나 사람에 따라서 6, 7 정도 갖고 있기도 합니다. 동물은 보통 2,3 정도밖에 없기에 영이 없는 것입니다. 그러나 동물 중에도 특이하게 5 이상을 지닌 생명체가 있어서, 산중에서 대광공을 하고 있으면 개나 고양이가 파동에 공명을 해서 산중으로 달려와 함께 씰룩거리며 운동하는 특별한 경우도 있다는 것을 전하는 바입니다.

제3장

이엠 수련

1.

　이엠(영원명상)은 말 그대로 영원에 도달하는 명상의 새 흐름입니다. 이엠은 정신력이자 집중력입니다. 정신은 무엇이든지 할 수 있다는 생의 긍정을 줍니다. 정신은 이 세상에서 못 할 것 단 하나도 없다는 자득입니다. 이러한 정신이라는 것, 누구에게나 내재된 정신 현량을 일깨워 영원의 세계로 한순간에 이끌고자 새롭게 탄생된 명상이 바로 이엠입니다.

　이엠은 현실에서 현실을 벗어나, 즉 지구를 벗어나 우주로 가는 여정입니다. 우주와 맞닿아서 우주 이치를 얻어서 영생을 추구합니다. 기존의 명상이 지구 내의 수행이었다면, 이엠은 지구를 벗어난 우주와 통하는 여정입니다.

2.

이엠의 목적은 오색광화(五色光化)와 오색발광(五色發光)입니다. 나를 새로운 사람, 새 생명, 선체(善體)로 변화시켜 줍니다. 나를 안다는 것, 나의 현 위치와 방향을 안다는 것, 말처럼 글처럼 쉽지 않습니다. 이러한 나의 현존재를 알아채야 합니다. 이러한 행위로 인해 나의 삶은 풍족해지고, 세상에 두려움 하나 없는 약속된 길로 갈 수 있습니다.

이엠은 우주심과 우주에 있는 나의 본령이 함께 하강하고 또한 상승해서 만날 수 있습니다. 빛으로 나타날 때가 있고, 사람의 모습으로, 아니면 아름다운 동물의 모습으로, 또는 소리로 들릴 때가 있습니다. 천군천녀로 나타날 때가 있고, 하얀 할아버지 모습으로, 색깔로, 냄새로, 열감으로, 얼얼한 느낌으로도 다가섭니다. 다양성입니다. 이러한 모든 과정을 만나게 해주는 것이 이엠입니다. 사람이 오색, 즉 여러 색깔을 띠며 나타나고 선화할 때는 빛으로 상승되며 예정된 우주의 화향으로 향합니다.

3.

　나를 안다는 것, 나의 과거, 현재, 미래를 둘러보는 능력이 있다면 자유를 얻는 것입니다. 나를 성찰해서 이엠에 이르는 길은 이렇습니다.

① 벽(壁)

② 파벽(破壁)

③ 무벽(無壁)

　우선 방이나 실내에서 기는 것입니다. 방에 엎드려서 끝에서 끝까지 기어 보십시오. 입구에서 끝까지 기는 동안 나의 몸이 힘들다는 것을 알게 되고, 의식은 끝에 있는 방벽에 부닥치면 아프다는 것을 인식하기에 부닥치지 않으려고 저절로 주의력이 생성됩니다.

　끝에 도착한 나는 이번에는 반대로 몸을 뒤집어서 등을 바닥에 대고 배는 하늘로 향한 채 다시 출발지점을 다리를 활용해서 기어갑니다. 마찬가지 현상이 발생하면서 주의력은 절정에 이르게 됩니다. 아무리 기어도 나는 방벽을 뚫고 나갈 수 없다는 한계와 환경, 조건이 어떠한가를 알게 됩니다. 즉 현실을 파악할 수 있는 현재에 있음을 알 수 있습니다.

　단정히 앉아서 눈을 감고 이엠에 들어갑니다. 나의 씨앗. 씨앗은 조건이 맞으면 싹이 트지요. 척박한 땅에 있는 씨앗은 힘들게 생존할 것입니다. 그 씨앗이 왜 그곳에 있을까요? 그 씨앗이 거기에 안

착했기 때문입니다. 따스한 온도와 습기가 많이 있는 곳에 안착한 씨앗은 생존이 용이하고 풍요롭게 싹을 틔우며 결실을 맺을 수 있을 것입니다.

나의 현재는 누구의 책임인가요? 나의 현재를 성찰하는 출발이 이엠의 전부라고 해도 과언이 아닙니다. 이것을 알고 나면 그 모든 것은 실마리가 풀릴 수 있습니다. 벽을 알고, 그 벽을 부수려고 하는 파벽, 이후 벽에서 벗어나 현실에서 유유히 표표히 걸어가고 있는 나는 무벽된 상태인 것입니다.

4.

우주는 현, 이(玄彛)입니다. 현이의 의식만 얻게 되면 모든 것은 달라지게 됩니다. 현이의 의식은 의의진(意義眞)으로 표출되고, 현상은 대광으로 나타나지요. 현이는 우주의 빛이며 에너지입니다. 우주의 생력이 생체로 들어오면 생명 에너지로 전환됩니다. 생명 에너지는 내 안에서 건강의 유지, 감정, 정신, 영성의 촉진을 돕습니다. 이엠은 이러한 현이의 의식과 에너지를 얻는 행위입니다.

우리 몸은 무수한 병을 앓고 있습니다. 병의 종류는 셀 수 없을 만큼 많습니다. 그런데 병이란 결국은 피가 잘 안 돌거나 미세 순환이 원활치 못하기에 독소와 노폐물이 쌓이는 것으로 압축할 수 있습니다. 이것을 해결하기만 하면 병이 없는 건강한 상태를 유지할 수 있을 것입니다. 해결을 돕는 것이 이엠입니다. 우주의 현이에 맞닿거나 끌어오는 것이 이엠이기 때문입니다.

현이는 나의 병도 고치지만 타인의 병도 고쳐주는 특색을 지니고 있습니다. 또한 나의 운명을 통째로 바꿔주는 특력도 갖추고 있습니다. 이엠은

① 육체의 스트레스나 피로를 말끔히 해결해 줍니다. 질병이 감소하거나 치유됩니다. 암도 완화시키거나 때로는 치유됩니다. 조화적 생각을 촉진시키는 좌측 전전두엽을 활성화시켜 면역력을 증강시켜 줍니다.

② 정신과 영혼은 맑고 편안해지며 매사가 긍정적으로 변모됩니다.

③ 성격이 원만해지고 매사가 적극적, 능동적으로 변모됩니다. 가정과 주변을 밝게 해줍니다.

5.

우주의 생력과 타흐프를 끌어내어 만나는 것입니다. 아울러 나 이외 외부에 진짜 나가 있다는 것을 인식하고, 아울러 지상의 나를 보호하는 수호적인 대광을 형성하는 것입니다. 이 대광은 이엠

에 들어가면 여러 형태로 등장하지만, 검은 눈동자로도 나타납니다. 즉 변화무쌍하게 등장하고 나를 보호합니다. 일정한 형태를 지닌 것은 아니라는 것을 인식하는 것이 매우 중요합니다. 예들 들어서 대광이 냄새로도 또는 얼얼한 열감으로도 변이되어 나타납니다. 이런 현상은 결국 우주 천명궁에 점을 찍는 것이 되겠습니다. 일종의 공과격처럼 나의 자리를 확보하는 것입니다.

이엠의 또 다른 중요한 원리는 땅에 있는 나의 부조화, 무질서의 의식을 우주로 보내 블랙홀 속에 던져서 소멸시키는 것입니다. 이후 블랙홀에서 감마선이나 X선 형태로 에너지를 방출하고 정보를 방출하듯이, 나의 의식과 마음을 블랙홀에서 나오는 에너지처럼 새롭게 탄생시키는 것에 있습니다.

이피 수련

1.

이피는 Eternal Power의 약자입니다. 영원한 생력, 힘을 의미합니다. 하늘의 보이지 않는 절대적 힘, 이것에 맞닿아 그 신성한 힘을 이끌어 내어 현실에서 병치유도 하고 능력도 얻고자 하는 것이 이피입니다. 이피는 우주의 신성하고도 만능인 힘입니다.

2.

하늘 아래 살아가는 모든 생명체, 특히 영을 지닌 인간은 그것 없이는 살아갈 수 없기에 이피의 필요성 내지 목적성이 존재합니다. 낮에는 태양의 빛으로 살아가고, 밤에는 달빛의 힘으로 살아갑니다. 태양이나 달에 의존해 살아가는 것은 제1의 길인 육체적 내지는 제2의 길인 감정적입니다. 제3의 길인 이성적이나 제4의 길인 영혼적인 것은 태양, 달을 넘어선 우주 너머의 장대한 힘에 맞닿을 때 성장·성숙해질 수 있습니다.

우주 너머의 불변의 힘에 맞닿을 때 우리는 이성적, 영적 성장이 이루어지고, 아울러 자신의 심신 치유와 타인에 대한 치유력이 발생합니다. 이것을 넘어서서 모든 살아 있는 생명체에까지 그 힘을 심시할 때 진정한 완성이 이루어진다고 할 수 있습니다. 살아 있는 모든 것을 심시와 자비와 사랑과 겸애로 대할 때 나의 화평을 넘어선, 세상에 대한 통찰과 상화로 이끌 수 있습니다. 이것이 이피의 진정한 목적입니다. 이피는 치유와 내적 성장과 심시라고 정의할 수 있습니다.

3.

하늘 아래 태어난 생명체, 특히 영을 지닌 인간은 이미 만능인 우주의 자녀이기에 자신이 창조하는 대로, 조화하는 대로, 질서 의지를 품는 대로 행할 수 있습니다. 이미 완성했고 펼치기만 하면 되지만, 자신의 전능을 망각하고 있습니다. 부조화, 무질서의 관념에 깊이 젖어 있기에 자신의 능력을 잊고 있습니다.

이렇게 된 이유는 여러 가지가 있습니다. 부조화를 뿜어내기에 스스로 제벨을 불러들이고, 예정된 불행과 고통의 고속도로를 질주하고 있다는 것이 가장 큰 원인이 될 것입니다. 우주는 팽창과 창조, 소멸을 반복하고 있지만, 그 자체는 변함없이 생명체로 성장·성숙해 가고 있습니다. 한 쪽에서 행성이 폭발하고 사라지고 있지만, 다른 쪽에서는 또 창조를 하고 조화를 유지해 나가고 있습니다. 스스로의 메커니즘에 입각해서 건강한 생명을 유지하고 있는 것입니다.

이와 마찬가지로 우리의 몸은 스스로를 치유할 수 있고 건강을 유지해 갈 수 있습니다. 생명의 메커니즘을 꿰뚫고 있는 이는 백세는 기본이고, 전설처럼 몇 백 년 수명도 가능하며, 영생도 전혀 허무맹랑한 일은 아니라는 것을 잘 알고 있습니다. 영생은 여러 모습으로 다양하게 드러납니다. 병을 앓거나 몸의 불편을 느낄 때, 제일 먼저 병원을 찾거나 약을 먹는다거나, 보강제·보약을 먹고 수술을 하거나 해서 치유할 것입니다.

그러나 잊지 말 것은 어떤 치유 행위를 한다고 해도 의사나 약이 병을 치유하는 것이 아니라 앓고 있는 몸 자신이 치유하는 것이라는 사실입니다. 몸 자신이 치유를 못 하면 백약이 무효가 되고, 헛된 돈과 시간만 낭비하는 꼴이 되고 맙니다. 치유해야 된다는 의식만 있으면 병은 낫게 되어 있습니다. 신체 뒤에 숨어 있는 의식이 자동으로 치유해 주는 것입니다. 이피는 스스로 병을 치유합니다. 고칠 수 없는 병은 없습니다. 암도 고칠 수 있습니다. 아니, 병들기 전에 먼저 몸의 건강을 유지시켜 주기에 병을 앓는 일이 없습니다.

이피의 치유에는 몇 가지 스킬이 있습니다. 집에 있는 샤워기로 치유하는 스킬도 있고, 간단하게 죽은피를 약간 배출시켜 낳게 하는 스킬도 있으며, 그 밖에 병원 안 가고 치유하는 스킬이 있습니다. 제일 훌륭한 치유 스킬은 영원한 생력을 끌어와 내 몸에 이식시키는 것입니다.

4.

현대인의 심신의 병은 스트레스에 의해 발생합니다. 한국식으로 말하면 화병입니다. 일상사에 부닥치면서 나와는 전혀 다른 타인, 환경을 접하면서 원치 않는 결과, 일들이 발생하기에 마음의 병이 생길 수밖에 없습니다. 마음의 병은 당연히 신체에도 악영향을 끼쳐 병이 발생합니다.

① 이피는 긴장완화를 촉진시켜 줍니다. 어떤 병이건 치유되는 데 필요한 것은 환자 속에 내재된 자동 치유력입니다. 이피는 이러한 자동 치유력을 활성화시키기 위해서 스트레스로 굳어

진 심신을 긴장완화로 전환시켜 줍니다. 여러 힐링 테크닉이 있지만, 이피야말로 바로 이완(릴랙스)시켜 주기 때문에 가장 효과적입니다. 뇌파를 바로 세타파로 이끌어 주기에 그 효능이 탁월합니다. 어떤 명상보다도 강한 릴랙스로 전환시켜 주기 때문입니다.

② 이피는 기존의 병원 치료와 병행하면 그 효과는 더욱 증진됩니다. 병원에서 모든 병을 치유할 수는 없습니다. 마찬가지로 환자가 이피로 다 치유된다는 신뢰가 없을 때는 치유가 되지 않습니다. 상황이 이러하기에 적절히 기존의 병원 치료 또는 한방 치료와 병행하면 매우 좋습니다. 시간, 돈 절약이 된다는 것은 불문가지겠지요.

③ 인체의 부조화를 야기시키는 미세 물질과 피가 잘 돌지 않는 현상(어혈)이 생기기에 인간은 늙거나 병들어 죽고 맙니다. 몸에는 무수한 모세혈관이 있습니다. 모세혈관을 따라서 피가 도는데, 막히면 피가 원활하게 돌지 못하기 때문에 병이 발생합니다. 막혀 버린 모세혈관을 다시 활짝 열어준다면 어떤 현상이 발생하겠습니까? 불로장생이 따로 없습니다. 모든 병은 사라지고 체력이 회복됩니다.

④ 이피는 예방 의학의로서 손색이 없습니다. 기(氣)의 편재와 부조화를 풀어줍니다. 기 부족 현상이나 맺힌 응체 현상에 탁월한 효과가 있습니다. 하와 사전에 심신의 부조화를 막아 주므

로 병이 발생하지 않습니다.

⑤ 이피는 마음과 정신의 에너지입니다. 밝은 빛의 에너지를 원활하게 해주지요. 어둡고 음습하면 퀴퀴한 냄새가 나고 이끼가 더덕더덕 생기듯이, 마음과 정신이 음습하게 되면 무수한 정신질환이 발생합니다. 어둡고 음습한 곳에 빛과 온기를 넣어주면 조화의 상태로 돌아오듯이, 부조화적인 조·우울증이나 무기력증, 자신감 상실, 대인관계 미숙 등에 밝고 활기찬 빛과 에너지를 공급해 주어서 조화의 상태로 되돌려줍니다.

5.

이피의 수행은 마음/육체 수행으로 이루어집니다. 마음은 몇 가지 심볼, 표상 등을 통해 수행이 행해집니다. 신체는 주로 손의 활용법 수행을 통해서 이루어집니다. 이피의 수행은 의통법(意通法), 개령법(開靈法), 빛몸/빛손 만들기, 빛의 수상화 등 몇 가지 스킬이 있습니다.

제5장

자득

1.

자득은 현실에 자유로워진 상태에서, 현실을 이기며 새롭게 무엇이든지 창조하고 이끄는 능력입니다.

자득에 이르는 길은
① 느끼기
② 수용하기
③ 믹서된 것에서 버리기
④ 온전히 남은 것을 사랑하기

2.

자득은 도대체 무엇인가요? 적정의 평화, 원복, 구원, 열반과 유사한 말일 것입니다. 자득이란 궁극적 높은 세계에 달하는 것입니다. 궁극의 영원의, 대광의, 빛만의 세계에 이르는 것입니다. 그러나 간과할 수 없는 것은 여타 철학이나 종교에서 논하는 것처럼, 높은 세계는 단독자인 자신만이 노력해서 달할 수 없습니다. 설사 달했어도 미끄럼 타듯이 밑으로 내려올 수밖에 없습니다.

고향별에 있는 본령과 타로트 되지 않는 이상 부동의 우주심을 지닌다는 것은 매우 힘듭니다. 참 나를 만나지 않는 이상 어렵습니다. 이곳에 있는 내가 최선의 노력을 해서 카투의 본령과 통령이 되도록, 아니면 본령을 자극할 수 있도록 노력해야 합니다. 타로트 된 상태에서 진정한 자득을 얻을 수 있고, 부동의 우주심을 만나고 지닐 수 있습니다. 이것이 자득이며, 자득의 세계입니다!

3.

자득에 이르는 길은 결코 쉽지 않습니다. 내재된 나의 보물을 찾아내어 갈고 닦아 빛을 내는 과정이면서 결과입니다. 나를 찾아내는 과정은 주관과 객관의 혼재입니다. 나를 내가 들여다보면서, 바

라보는 나를-내 속에 있는 것을-나의 시각으로 응시하면 주관이 되는 것이고,

바라보는 나를 제 3자적 관점으로 응시하면 객관이 됩니다. 나를 내가 바라보면서 제 3자적 관점으로 바라보는 것이 제일 중요합니다. 제 3자 관점으로 바라보면 나의 장단점이 다 드러나고, 무엇이 원인이었든지 간에, 찾아낸 원인을 다 치유하고 회복시킬 수 있습니다.

그런데 나를 내가 바라보면서 나의 시각으로 바라보면 원인을 찾아내기도 힘들고 치유하고 회복시키기도 참으로 힘듭니다. 대광원에서는 제 3자적 관점으로 바라보는 것이 객관이고, 나의 시각으로 바라보는 것을 주관이라고 정의내리겠습니다.

나를 알고 나를 찾아내는 길에 있어서, 즉 자득에 이르는 길에 있어서, 객관적 시야가 매우 필요합니다. 아주 절실합니다. 자득에 이르는 수행 과정은 얼마나 나를 객관화해서 바라볼 것인가? 이렇게 확보된 객관적 시야를 사회와 세계로 돌리면 우리는 한층 더 완벽한 자득의 경지에 이르고, 무벽 되어서 바람에 나를 실어 자유롭게 될 것입니다.

4.

자득(自得)이란 스스로 깨달음을 얻었다는 것입니다. 즉 나를 둘러싸고 있는 것에서 해방된(무벽 : 無壁) 멘토가 되었음을 의미합니다. 자득에 이르는 지름길은 나를 새털처럼 가볍게 해야 합니다. 나를 사념과 욕망에 빠지게 하는 모든 무거움을 버리고 깃털처럼 가볍게 하면 자득이 되어 멘토에 이르게 됩니다.

먼 길을 갈 때 이것도 필요하고 저것도 필요하다고 해서 욕망대로 짐을 꾸리면 내가 짊어지고 갈 수 있는 짐의 한계를 넘어서서 몇 발자국도 못 가서 주저앉고 말 것입니다. 꼭 필요한 짐만 꾸려서 가면 발걸음이 한결 가벼울 것입니다. 인생길에서 무벽에 이르러 해방된 자유를 만끽한다는 것도 이와 마찬가지입니다. 이 생각, 저 생각하면서 생각의 짐을 싸들고 갈수록 나를 괴롭히고 고통에 빠지고 말 것입니다. 생각을 덜어내서 가볍게, 가볍게 깃털로 만드는 것이 매우 중요합니다.

생각하기에 존재하는 내가 있지만, 생각을 많이 할수록 나를 불편하게 만들고 힘겹게 합니다. 생각을 덜어내는 습관을 기르십시오. 그러면 한결 가벼워진 나를 만날 것입니다.

5.

　내가 보고 있는 현재는 영원한가? 현재의 나는 영원 속의 존재인가? 실재, 현재는 시간의 흐름 속에서 일순간도 고정되지 않고 변화하고 있습니다. 이 변화 속에 서 있는 나는 영원의 존재가 아닌, 흐르고 변화되고 있는 존재라는 것을 직시해야 합니다. 보이는 것은 고정되고 영원한 것이 아닌 환상이라는 것을 깨달아야만 합니다.

　그러나 현실은 그렇지 못합니다. 변화의 환상을 절대적인 것으로 믿고 행하려 하기에 상실과 허무만 남는 것입니다. 치유되지 못하고 극복하지 못하면 불행의 싹은 점점 커져서 최악으로 내몰리고 맙니다. 이런 상태를 알고 자유롭게 되기 위해서는 내 안으로 들어가야 합니다. 환상과 영원을 알아채는 지혜를 얻기 위해서는 내 안으로 파고 들어가야 합니다.

　마음이 있기에 달나라에 우주선도 가고 월드컵 축구에 환호도 합니다. 우주선이 달나라에 가는 것은 우주선이 가는 것이 아니라, 마음이 행하기에 부수적으로 발생하는 것입니다. 월드컵 축구가 나를 환호하게 하는 것이 아니라, 내가 월드컵 축구를 만들어 환호하는 것입니다. 즉 모든 것은 마음이 하고 있다는 것을 알아야 합니다. 변화하면서 소멸하는 외향과 변화되지 않는 영원한 내향을 자득합시다.

6. 창조, 조화 의식

인간의 내면에는 창조, 조화의식이 도도히 흐르고 있습니다. 나를 영원한 지복으로도 이끌어가지만, 타인과의 관계도 원만히 이끌어가며 세상을 상화롭게 만들어가는 힘입니다. 명천(鳴天)을 두들기면 발전적으로 타흐프를 만나게 됩니다. 모든 낮은 차원의 갈망들을 억제하고 직접적인 직관에 의합니다. 나를 드러내는 욕망을 죽이고 타자를 위한 끊임없는 드러냄을 보이면 신비의 문을 만나게 됩니다.

의식은 영원에 고정되어 있고, 영혼은 신성에 참여합니다. 이 상태에 이르면 내적 풍요로움에 전율할 것입니다. 신비적 상태에 이르면 보통 인간 이상의 능력을 얻을 것입니다.

죽음을 앞둔 노인이 지금까지 살아왔습니다. 실제로 존재하며 살아올 수 있었던 것은 관계가 있었기 때문입니다. 혼자 살 수는 없고, 그 삶을 지탱해 준 무수한 우주적 관계로 인해 존재할 수 있었습니다. 땅에서 걸으며 살 수 있었던 것은 중력에 의한 것이었지, 능력으로 걸었던 것이 아닙니다. 벼가 중력으로 인해 뿌리를 내려 생산해낸 쌀, 그 식량으로 살 수 있었습니다.

관계 단절이란 상호간의 단절과 허무에 이르러 죽음에 이르고 맙니다. 혼자의 세계에서 우주와 맞닿아 있다는 것을 자득해야 합니다. 노인이 관계로 살아온 지난날을 감사하며 거리에 떨어진 휴지를 줍는 행위는 그것으로 그치는 것이 아니고, 공명을 일으켜 우리 마음에 새겨져 다음 대로 이어지며 인류의 가치로 이어집니다. 노인은 떠나갔어도 그 행위는 우리의 삶에 깊이 침투되어 이어져서, 소멸한 삶이 아닌, 멸망한 삶이 아닌, 영원한 삶이라 할 수 있습니다.

7. 신성에 이르는 길

나를 안정되게 이끌어가는 자득은 지식에 의해 가능할까요?

불행하게도 선각자들의 기록에 의하면, 지식은 나를 번거롭게 만드는 쓰레기라고 평하고 있습니다. 논어에도 다른 글을 읽으면 번쇄하게 만든다고 나타나 있습니다. 석가도 장자도 헤르만 헷세도 지식은 다른 곳에서 쓸어 모은 쓰레기라고 말합니다. 깨달은 이들은 한결같이 이렇게 말하고 있습니다. '밖의 시선을 거두고 안으로 들어가라!' 많은 지식은 그때뿐이지 돌아서면 뇌리에 남는 게 없습니다. 타인에 의한 앎은 생명력이 없고 오직 내가 깨달은 앎만 생명력이 깁니다.

행위는 마음에 의합니다. 마음이 모든 것을 행합니다. 그런데 그릇된 마음이 행한 것의 끝은? 살인자도 자신의 행위는 의롭고 자연스럽다고 생각합니다. 단지 법이라는 것에 단정되고 갇혀 있기에 불편하지, 스스로는 의로운 행위였다고 자위합니다.

마음이 주체인데 마음의 주인이 있습니다. 마음에도 주인이 있다는 것을 자득해야 합니다. 누가 주인입니까? 나 자신입니다! 마음이 아닌 내가 모든 것을 행한다는 것을 자득해야 합니다.

내 속에 현량(賢良)함이 천성적으로 주어졌음을 알아야 합니다. 현량은 나를 생명력이 충만한 세계로 이끌어갑니다. 잠자고 있는 현량을 깨워야만 합니다.

8. 마음을 안다는 것(1)

내 마음이 어디 있는지 아는 사람이 있을까요? 수많은 학설과 주장이 쏟아져 나오지만 아직은 미해결의 문제입니다. 마음의 생성과 정체를 파악하면 효과적인 치유의 방안이 나와서 이 세상은 지복의 세상이 되겠지만, 아직은 요원한 것 같습니다. 마음은 육체 속에 깃들어 있지만, 데카르트는 깊이 파고 들어가면서 심신을 분리시켰습니다. 공도 있었지만 과도 있었기에 현대에는 다시 육체를 주목하고 있습니다.

사회적 혼란의 원인을 공자는 개인의 도덕성 타락으로, 맹자는 사회적 정의의 타락으로, 순자는 인간의 악한 본성으로, 묵자는 서로 사랑하지 않기 때문이라고 파악했습니다. 다 이유 있는 논거이지만, 그렇게 된 마음의 정체를 파악해서 치유하는 근본적 해결책은 어느 누구도 제시하지 못하고 있습니다.

심인성(心因性)으로 발생하는 병이나 증세를 현대의학은 딱히 해결하지 못한 채, 약물에 주로 의존해 치유하고 있습니다. 약물에 의해 치유하는 방안은 환자에게 금전적 부담만 가중시키고 있으며, 현대 심리학의 이론의 발달로 탄생한 인지행동 치료를 하지만, 그역시 금전적 부담만 가중시키지 딱히 치료를 못 하고 있습니다.

심인성 병은 마음으로 내적 치유를 행하는 것이 최선책이고 효과가 크다는 것이 완쾌된 자들의 주된 주장입니다. 고통 받은 이들의 한결 같은 주장은, 병이 힘들고 극복하기 어려웠지만, 마음의 병은 마음으로 연단시켜 거센 파도를 헤쳐 가는 돛단배의 정신으로 맞서야 한다는 것입니다. 그렇게 맞선 이들은 큰 돈 안 들이고 완쾌되었다고 전하고 있습니다.

9. 마음을 안다는 것(2)

마음이 있는 곳에 기가 있고, 기가 있는 곳에 혈이 있으며, 혈이 있는 곳에 정이 있습니다. 마음[心]은 에너지[氣]를 생성하고, 모든 종류의 에너지는 마음 속 움직임의 발로입니다. 에너지의 질과 힘을 결정하는 것도 마음입니다. 즉 달나라에 가고 싶기에 우주선이 발사되었습니다. 우주선이 달나라에 간 것이 아니고, 마음이 간 것입니다. 내가 세상의 모든 것을 행하는데, 행하고자 하는 마음이 하는 것입니다.

여기서 잘 분별해야 할 것이 마음을 나와 동일시해서는 안 된다는 것입니다. 마음이 내가 아니고, 내가 마음을 만들어 내고 있다는 것을 알아채야 합니다. 다시 말해서 마음이 주인이 아니고, 내가 마음의 주인입니다. 마음을 마음대로 할 수 있는 것은 나입니다.

성장되지 않은 마음은, 즉 아이의 마음과 어른의 마음은 한 현상을 보아도 달리 생각하는 것처럼, 미성숙의 마음은 나를 그 상태에만 매여 있게 하는 쇠사슬이 되고 맙니다. 쇠사슬을 끊기 위해서는 내 마음을 마음대로 창조해야 하는데, 그것은 신도 아니고 그 누구도 아닌 바로 나만이 마음대로 할 수 있다는 것을 자득해야만 합니다.

세상은 마음입니다. 마음이 가기에 있고 생성되는 것이지, 마음이 없는 곳에서는 생성되지 못합니다. 즉 방 안이 깨끗한 것은 내 마음이 있기에 깨끗한 것이지, 마음이 없는데 깨끗해지지는 않는 것입니다.

마음의 주인은 나라는 것을 자득해야만 합니다. 내가 모든 것을 만들어 내는 주인입니다. 내가 없으면 세상도 우주도 없습니다. 내 마음의 상태를 알 수 있는 것은 나이지 그 누구도 아닙니다. 내 마음을 바라보며 무벽되는 날까지 성장, 성숙해 나가야만 합니다. 마음을 안다는 것은 살아가는 힘이고, 마음을 모르는 것은 절망에 닿아 죽음에 이르게 한다는 것을 자득해야만 합니다. 이것인가, 저것인가 양자택일에 놓인 나는 선택해야만 합니다.

나를 성장시켜간다는 것은 또한 쉽지 않습니다. 자력수행이 최고지만, 현실은 그리 녹록치 않습니다. 혼자만의 수행은 첫째, 집중력 결여로 작심삼일이 될 수도 있습니다. 자력수행의 어려움을 극복하는 길은 타력수행입니다. 집단의 공명의식의 울림으로 함께 성장해 나가는 것입니다. 기가 민감한 사람은 눈치를 챕니다. 같은 산이라도 기도를 많이 한 장소에 이르면 그 느낌이 다르고, 알 수 없는 영능한 힘을 느낄 수 있는 것처럼 말입니다.

10.

현대 사회가 아무리 풍요로워도 나 하나가 산다는 것은 참으로 힘겨운 일상입니다. 이런 저런 시련과 나와 다른 세상과 사람들로 인하여 고통 받을 수밖에 없습니다. 제일 속 편하고 한량인 사람은 지하도 노숙자나 거지입니다. 거지의 일생이나 넥타이 매고 사는 사람이나 실상 별 다를 게 없습니다. 주관적인 눈으로, 안개 낀 눈으로 바라보기에 혼돈과 착시가 생기고, 겉멋으로 보기에 다르게 보일 뿐이지요.

대통령도 자살하고, 재벌의 아들도 투신자살하고, 명예와 부를 다 갖고 있는 연예인들도 자살합니다. 그들이 어떤 생각에 최후를 각오했는지는 몰라도, 그 순간 거지의 삶이 부러웠을 것이라는 것은 쉽게 예단할 수 있습니다. 그렇게 되기 전에 생을 관조하는 지혜가 필요했습니다. 알량한 자존심에 그리했을 수도 있을 것이기에 말입니다.

　일본에 우리한테는 철천지원수인 도요또미 히데요시라는 사람이 있었습니다. 우리한테는 원수지이만, 당시 시대적 상황으로 수많은 야심가와 패기 넘치는 이들이 득실거리는 입장에서 보면 그의 조선 침략은 탁월한 선택이었습니다. 야심가와 언제든지 반역을 꾀하려는 무수한 권력가들의 눈을 외부로 돌리고, 그들의 힘을 약화시키고 통제해야 하는 히데요시 입장에서는 멋진 선택이었던 것입니다. 히데요시는 느닷없이 온 기회를 놓치지 않았습니다. 그의 주군이었던 오다 노부나가가 혼꾸사에서 아께지 미스히데의 쿠데타로 처참하게 죽었습니다. 일본 전란의 혼돈이 노부나가로 인해 서서히 평정되나 싶었는데, 그의 사망으로 다시 대 혼란에 빠졌습니다. 히데요시는 항상 품고 있는 뜻이 있었습니다. 이 어지러운 세상의 피부림을 어서 끝내고, 평화로운 세상을 만들자는 것.

　미스히데의 반란 앞에 모든 권력가들이 추풍낙엽으로 떨어져 나가는 판에, 그는 눈치만 살살 보는 기회주의자들과는 달리 기치를 들었습니다. 목숨 걸고 전면에 나선 것이지요. 귀족과 명문가들이 부지기수로 있는 상황에서 일개 천민 출신인 히데요시가 말입니다. 먼저는 죽은 주군의 복수이고, 둘째는 혼돈에 빠진 일본을 구하자는 것이었습니다!

똑같이 기회가 와도 준비되지 않은 자, 지혜 없는 자, 눈이 혼탁한 자, 기회주의자는 천운도 그냥 지나가 버리고 맙니다. 아께찌 미스히데를 공격하려고 나서면서 당시 큰 권력을 지녔던 명문가의 쯔쯔이준께에게 참전을 요구했습니다. 눈치만 보던 준께는 참전하지 않았습니다. 미스히데와 그에게 동조하던 세력을 평정한 히데요시는 준께에게 그의 성으로 들어오라고 명령했습니다.

준께의 목숨은 이제 풍전등화입니다. 귀족, 명문가이면서 큰 권력가였던 준께는 잠 못 이루다가 결단을 내렸습니다. 집안과 부하들을 살리기 위해서 부질없는 자존심으로 자살한 것이 아니라, 집안에 내려오던 귀한 찻잔을 들고 가서 히데요시에게 헌납했습니다. 천민 출신인 히데요시 입장에서 볼 때 명문가로서 대를 잇는 귀족 집안을 상징하는 찻잔을 헌납한 준께가 기특하고 가상해서 살려주었습니다.

준께의 선택은 자살이냐, 아니면 자존심을 버리고 찻잔을 선택할 것인가? 하는 것이었습니다. 님은 지금 생의 길목에서 어떤 선택을 할 것인지요?

11.

살면서 자신의 현 위치와 좌표만 알고 있으면 불행은 일단 없습니다. 행복이야 각자 주관적 사고에 달린 것이니, 무엇이 어떻다는 것은 있을 수 없다는 생각입니다. 한 끼의 밥이 그리운 이에게는 한 끼 밥 충족에 행복이 있을 터이고, 몇 억의 돈이 그리운 이는 몇 천만 원도 성에 안 차서 불행을 느낄 터이니 말입니다.

나의 현 좌표를 안다는 것은 어려우면서 쉽습니다. 남이 못 하는 것을 지니고 있어야 합니다. 이것이 없으면 항상 떠도는 부평초가 되고 맙니다. 옛 시절 선비나 학자들은 벼슬 안 해도 무엇을 해서 먹고 살았을까? 얼토당토하지 않게 관아에 소장이나 글을 대신 써 주는 대서로 먹고 살았습니다. 아니면 남한테 글자 전수나 지식 전수를 하는 것으로 먹고 살았습니다. 남다른 히든카드를 들고 있어야 합니다. 이것이 없으면 고달픕니다.

나이에 상관없이 각자의 히든카드는 영혼의 세계입니다. 영혼을 알고, 남다른 영혼관을 지니고 있으면 불행은 일단 없습니다. 세상 흐름이 눈앞에 보이기에 불나방처럼 맴돌지 않게 되어 있습니다. 목사나 스님은 허가받은 영혼 장사꾼입니다. 대우받고, 구라 한 번 치면 돈 바쳐 뭐 바쳐, 만고강산입니다. 그런데 이 영혼 장사꾼이 비공식, 비 허가, 자신들만의 리그를 하면 사이비라는 둥 지탄을 받습니다. 사이비에 전 재산 바쳤다고 흔히들 말하는데, 그런 사람 실제로 본 적 있나요?

몇 푼 내놓은 감사금이 와전되고 부풀려진 결과이지 않나 싶습니다. 공식 장사꾼에 전 재산 바친 사람은 부지기수로 보았지만 말입니다. 교회당 짓고, 절 짓는 데 바치는 것은 부지기수로 보았습니다. 그놈이나 이놈이나 똑같이 영혼을 논해도 허가냐 무허가냐에 따라서 평판과 대우가 다르다는 말입니다. 하와 이 사회가 원하는 공식적 허가를 지닌 히든카드를 만들어 지니고 있으면, 일단 일생이 무사태평입니다. 그래서 배움은 끝이 없고, 걸어가야만 합니다.

지금도 길을 못 찾고, 먹고 사는 기본 문제로 인해 고통 받고 있는 이는 명심해야 합니다. 허가받은 나만의 히든카드를 만들어야 된다고 권유합니다. 이즈음에는 국비로 많은 것을 가르치는 세상입니다. 내가 내는 세금 묵히지 말고, 동네 가까운 국비 학습소에서 무엇을 가르치나 유심히 둘러보는 것도 삶의 지혜이지요.

먹고사는 기본 문제가 해결되지 않으면, 도덕이 어떻고 철학이 어떻고, 영혼이 어떻고 하는 것이 다 거짓말이 되고 맙니다. 옛사람들이 그래서 옛날부터 논한 명언이 있습니다. '식욕이 족해야 예의염치를 알게 된다.'라는 말이지요.

12.

　마음을 눈으로 본 사람이 있나요? 마음은 실체가 없습니다. 그런데 이 마음은 존재하기에 우리는 희로애락을 느낍니다. 엄연히 존재하는 마음, 이 마음의 밭을 갈아야 합니다. 농사와 똑같습니다. 논밭은 사람의 손이 안 가면 지력이 떨어져 작물이 잘 자라지 않습니다. 열심히 논밭을 가꾸면 땅은 그 노력만큼 정확하게 보응합니다. 하물며 마음의 밭은 오죽할까요?

　마음은 전후좌우, 상하로 갇혀 있습니다. 이 마음을 갈아서 출구를 찾아내면 그렇게 시원할 수가 없습니다. 이 마음의 밭을 갈기 위한 출구를 찾기 위한 노력은, 끊어진 다리를 잇듯 내 마음의 다리를 우주심과 잇게 되면, 새로운 출구로 인해 생이 시원·상쾌해지면서 스트레스와 답답함이 많이 가십니다. 마음의 밭을 가꾸기 위한, 끊어진 다리를 잇기 위한 노력을 게을리 하면 안 되겠습니다.

　모택동이 변방의 오지 연안에서 장개석이 버티고 있는 중원 한복판을 점령하기 위해서 출발했습니다. 그런데 앞을 황하가 가로막고 있는데, 강을 이어주는 다리를 장개석 부대가 끊어 버렸습니다. 모택동 부대의 돌격대는 적진의 빗발치는 총알 세례 속에서 죽어나가면서도 다리를 잇기 위해 갖은 노력을 다했습니다. 그 다리를 잇기 위해서 1천 명 이상이 죽고 강에 빠졌습니다. 그러나 내 한 몸 초개같이 던져서 새 중국을 이루겠다는 맹렬한 의지 앞에 다리가 끝내는 이어졌습니다. 이 정도로 목숨 던지고 돌진하지는 못해도 내 마음의 밭을 갈기 위한 최소한의 노력은 해야겠습니다. 열심히 가꾸어서 많은 수확 얻기를 충심으로 기원합니다.

13.

나는 왜 고통 받는가? 나는 왜 슬픈가? 나는 왜 아파하는가?

나는 있었습니다. 이전에도, 지금도, 앞으로도 나는 있습니다. 내가 있는데, 있는 줄 모릅니다. 나의 정체성을 찾기 위해 외부로 눈을 돌립니다. 나의 밖, 세상에는 자연이 주는 바람, 공기, 꽃잎, 태양, 햇살로 채워져 있기에 아름답습니다. 3일만 아무것도 하지 않고 자연을 주시해 보세요. 아름답다? 위대하다? 폼 난다? 지겹습니다. 자연이란 것에 대해서 아름다운 게 아니고 아주 신물 납니다. 내가 아니기에 그렇습니다. 외부를 주시해서 만나는 존재는 내가 아닙니다.

하물며 자연을 가공한 존재들, 지나가는 사람들, 으리으리하고 뻔쩍한 건물, 멋지고 웅장한 고급 승용차들, 화사한 옷차림, 어린아이의 해맑은 웃음, 아름다운 여인의 풍요로운 웃음. 이 모든 것은 나를 외부로 투사해서 나를 작아지게 하는 것들입니다. 나는 작아집니다. 외부의 존재는 내가 아니라는 것을 자꾸 망각하기에 착각

합니다. 외부의 것을 나와 동일시해서 나인 줄 알기에 작아집니다. 욕망만 늘어납니다. 갖고 싶어 합니다. 소유하고 싶어 합니다. 하지만 이것들이 내가 아니라는 것을 성찰해야 합니다. 이것이 자득입니다.

나는 내 속에 있습니다. 나는 조화의 현량(賢良)을 지니고 있습니다. 현량은 모든 것을 창조시킬 수 있습니다. 나를 작음에서 거대함으로 탈바꿈시켜 줍니다. 내 안에서 창조되는 것이지, 외부에서 창조되는 것이 아닙니다. 나는 내 속에 있고, 있을 것입니다.

14.

쓰러져도 나는 일어서야 합니다. 살기 위해서 말입니다. 절대적 당위입니다. 쓰러지면 죽습니다. 덧없이 사라집니다. 그래서 나는 다시 일어서야 합니다.

코넬 센더슨이 유명합니다. KFC 할아버지로 유명합니다. 이분의 성공신화에 대해서는 왜곡이 많습니다. 나이 65세가 되어서 미국 전역을 다니면서 프라이드치킨 체인점 성공 신화를 열었다고 말입니다. 과정은 생략된 채 전설처럼 회자되고 있습니다.

하지만 그는 6살에 아빠가 사망하고 12살에 엄마가 재혼한 후, 살기 위해서 떠돌이 생이 되었습니다. 농장 인부, 건축 현장, 노동자

등 사회 최하층 인생을 살았습니다. 그러다가 동네 주유소 옆에 간이 천막을 치고 프라이드치킨을 구워서 팔았습니다. 39세에 최초로 치킨 장사를 한 것이지요. 그 이후 세상에 알려진 대로 65살에 치킨 체인점을 최초로 개설했는데 죽 승승장구했습니다. 39살과 65살을 눈여겨보십시오. 물경 26년을 한 분야에 매진했습니다. 어느날 뚝딱 KFC가 탄생된 것이 아니란 것입니다.

에디슨이 누구죠? 네, 발명왕입니다. 그의 눈부신 생, 인류의 멘토가 되신 생. 그냥 세상의 빛이 되신 분인가요? 영국의 유명한 물리학자 멕스웰 패러데이는 전기와 자기에 대한 통일적 이론을 남겼습니다. 이것을 실용화 시킨 분이 바로 에디슨 선생입니다. 에디슨이 전구를 만드는 데 기울인 노력을 아시나요? 물경 1만 4천 번의 실패 끝에 성공시켰습니다.

쓰러진 님은 다시 일어서려고 몇 번이나 노력했나요?

미국의 유명한 보험 왕 베틀러가 있습니다. 부인한테 쫓겨나고 거지가 되었습니다. 먹을 게 없어서 할렘 가 쓰레기통을 뒤졌습니다. 잘 데가 없어서 화장실 아니면 남의 집 지하실에 들어가서 새우잠을 잤습니다. 인생 종친 것입니다. 폐인이 된 것이지요.

그러던 그가 어느 날 할렘 가에 온 보험 판매자한테 희소식을 들었습니다. 보험 교육 받으면 밥을 주겠다는 것. 그는 밥 먹고 싶어서 보험설계인 교육을 받았습니다. 베틀러 생각에 보험판매만 잘하면 밥 먹고 살 것 같았습니다. 그런데 아무리 주변을 둘러보아도 보험 판매할 사람이 없습니다. 연고도 없고, 별 볼일 없는 베틀러와 친한 이도 없었습니다. 베틀러는 일주야를 고민 끝에 결단 내렸습니다.

좋다! 야구팀 양키스가 경기하는 양키 스타디움에 갔습니다. 야구 경기에 열광하는 사람들 머리 위에다가 바가지에 부어넣은 보험 명함을 뿌렸습니다. 사람들은 놀랐습니다. 미국에서 사상 최초였습니다, 머리 위에서 명함이 떨어지는 것은. 더욱이나 보험은 처음입니다. 베틀러의 기록에 의하면, 그날 양키 스타디움에 뿌린 명함으로 인해 보험 계약을 하루 만에 100건을 했습니다. 그 뒤로 미국 전역을 휘저으며 베틀러의 신화가 탄생되었습니다.

쓰러져도 일어서야 합니다. 이것이 자득입니다. 자신을 먼저 성찰해야 하는 것이 자득입니다. 일어서는 몸부림을 쳐야 합니다. 아무도 님을 일으켜 세워 주지 않습니다. 님 자신 말고 님을 일으켜 세워 줄 사람은 아무도 없습니다.

가정불화로 고민하는 님, 남편, 부인으로 인해 이혼을 고려하고 있는 님. 1만 4천 번은 고사하고 가정을 일으켜 세우려고 10번이라도 노력했나요? 가정을 화평하게 유지하려고 얼마나 노력하고 있나요? 심신이 아픈 분, 쾌차를 위해서 얼마나 노력하고 있나요? 모든 행불행은 나의 손에 달려 있습니다.

15.

김군! 그대를 위로합니다. 세상은, 아니 우주는 음양이라는 이원론적 구조라는 걸 잘 알고 있겠지요? 선악, 남녀, 플러스, 마이너스, 풍요와 빈곤, 조화와 부조화, 질서와 무질서, 번영 파멸 등.

이러한 하늘 기운을 받은 인간도 별다르지 않음을 잘 알 것입니다. 오죽하면 그 옛날 공자 선생이 세 번이나 가죽 끈이 끊어질 정도로 주역을 애독했을까요? 주역에 심취했던 김 군! 주역이 점술책인가요, 철학서인가요? 그것은 각자의 주관이겠지만, 주역의 주된 논조는 겨울이 지나면 여름이 온다는 것이지요. 인간 성쇠를 하늘의 흐름에 맞추어 논파한 불멸의 서적임을 잘 알 것입니다.

하늘을 살펴보면서 인간을 논파한 이유가 무엇일까요? 그만큼 삶이란 것이 예나 지금이나 힘들다는 것입니다. 공자는 마음 편해서 주역을 세 번이나 끊어질 정도로 읽었겠습니까? 그 역시 생이 고통스럽기에 주역으로 시름을 달랜 것이지요.

죽는 날까지 존재로 인해 고통스러웠던 것입니다. 하늘이 음양 구조이듯이 인간도 음양이지요. 남녀 간의 음양이 아니고, 가짜 나와 진짜 나가 있다는 말입니다.

허깨비인 가나로 인해 삶은 괴롭고 시끄럽고 다툼과 충돌이 있습니다. 가나는 나를 정말 괴롭히지요. 죽는 날까지 말입니다. 암연에서 올라오는 고통과 괴로움은, 내 몸 깊은 곳부터 올라오면서 내장을 훑고 정신과 영혼까지 피폐하게 만듭니다. 단내가 다 올라올 정도로 암연에서 올라오는 슬픔은 괴롭습니다. 가나는 그것으로 인해 최후에는 자살합니다.

외롭고 슬프고 고통스럽고 절망스러운 가나를 위로하시오! 가나는 세상에서 벌어지는 모든 일들과 자신에게 당면한 문제들을 온몸으로 겪고 있습니다. 허깨비인 가나가 무엇을 알겠습니까? 느끼는 대로, 감각대로, 닥치는 대로 온몸으로 겪을 수밖에 없습니다. 그러니 가나가 얼마나 불쌍한가요? 가나는 닥치는 대로 할 수밖에 없습니다. 진짜 나, 진나를 키워서 끄집어내십시오. 하와 슬픈 가나를 위로하고 보듬고 쓰다듬고 사랑해 주시오. 오늘도 경제적 행위를 해야 하기에 비바람에 시달리는 슬픈 가나를 사랑해 주세요. 진나로 말입니다.

허깨비인 가나에 시달리지 마십시오. 가나가 행하는 것은 거짓과 위선이고, 충동적이고 감각적일 수밖에 없어요. 그런 가나도 자네이니 그를 위로해 주시오. 자네마저 가나를 돌보지 않고, 위로하지 않고, 쓰다듬지 않고, 안아 주지 않으면 그 누가 심시해 줄까요? 슬픈 가나를 진나로 사랑해 주세요. 불쌍한 영혼인 가나를 위로하세요. 그는 허깨비입니다. 참된 나, 진나로 채워질 때 김 군의 생은 드넓은 초원을 싱그럽게 달릴 수 있습니다.

명심하십시오. 진나는 김 군의 참된 신입니다. 외부에 있는 신은 어차피 허깨비일 뿐이지요. 그가 구렁텅이에 빠져 있는 김 군을 현실적으로 끄집어 내줄 수는 없는 것. 진나만 김 군을 구렁텅이에서 끄집어 낼 수 있어요. 진나만 가나를 통제하면서 길을 잃지 않고 걷게 해주는 진리이자 마지막입니다.

마지막 메시지

제4부

비우의 문명

1. 우주 이전의 우주

헤겔의 정반합 변증법 이론은 여전히 변함없는 진리입니다. 그는 과연 역사의 변증론을 어떻게 알았을까요? 천재들은 보통 사람과 똑같은 감정을 갖고 있을 뿐입니다. 천재라고 해서 보통사람과 달리 두세 개의 감정과 지력을 지니고 있지는 않습니다.

비트겐슈타인은 스스로도 난해한 철학론을 전개했습니다. 전달하는 자신도 받아들이는 학생도 서로 어려웠습니다. 강단에서 그의 철학을 알아듣고 인식한 사람은 거의 없었습니다. 그에 지친 그도 강의가 끝나면 잽싸게 당구장이나 술집으로 줄행랑치지 않고 영화관으로 뛰어갔습니다. 영화를 보면서 팝콘을 먹는 게 취미였던 평범한 사람이었습니다. 혼자 가는 영화관이 지겨워서 학생들에게

같이 영화 보러 가자고 애원했던 평범한 사람이었습니다. 헤겔도 보통 사람과 별다른 게 없었습니다. 그도 사랑의 이별에 가슴아파했습니다.

그런데 헤겔이나 비트겐슈타인 같은 범인을 뛰어넘는 사람들은 한 가지가 달랐습니다. 번뜩이는 영감과 지성이 바로 그것입니다. 영감은 특히 노력 끝에 오는 것이 아니고, 남다른 선택에 의한 우주의 메시지입니다. 우주의 메시지를 받는다는 것은 보통 사람과 다른 여정이 되겠습니다.

그러면 우리네 보통 사람은 어떤 여정이 필요할까요? 그것은 감춰진 내 속의 진짜 나-이즈음에는 진아, 참나 등으로 표현하고 있지요-를 찾아내는 것입니다. 그것은 수련을 통해서 찾아낼 수 있습니다. 우주의 본령 말고 내 속의 나가 있다? 진나는 내 속의 그곳에 은밀히, 내밀히 숨어 있습니다(이것은 태월법으로 각성시킬 수 있습니다).

이것을 자득하고 각성시키면 내 속의 진짜 나가 불현듯 나타납니다. 내 속의 나도 눈 있고 귀 있고 코 있는 똑같은 형상입니다. 보통 사람은 가짜 나만 알기에 번뇌와 고통 속에서 헤매고 있을 뿐입니다. 가짜 나가 주는 삼계 내의 사고방식이기에 생은 무거운 짐이 되고 있습니다.

헤겔은 진짜 나를 만났습니다. 그가 진짜 나를 어떻게 만났는가는 영원한 미스터리입니다. 진짜 나를 만났기에 그 모든 것에서 해방되어 우리 인간이 알아들을 수 없는 절대정신, 절대이성을 전파하고 타계했습니다.

마찬가지로 현재 내가 살고 있는 우주, 우리 우주 이전에 우주가 있었다고 한다면 황당할 것입니다. 우리 우주 이전의 우주가 정(正)이고 현존의 우주가 반(反), 앞으로의 신 우주 바아가 합(合)입니다. 우리는 이 난을 통해서 정의 세계의 장대한 비우(秘宇)를 만날 것이고, 현존의 비우도 만나게 될 것이며, 신우주의 비우도 만나게 될 것입니다.

현존의 비우 중에 제일 드라마틱한 것이 뮤우문명과 아틀란티스 문명일 것입니다. 아틀란티스 문명이 매우 신빙성 있고 정설이 된 것은 플라톤이라는 인류 최대의 석학이 증거했기 때문입니다. 술 주정뱅이가 전했으면 거짓이라고 할 터이지만, 플라톤 선생이 전했기에 진실일 것입니다. 그의 문헌을 조사해 보면 놀라울 정도입니다. 그 문명은 수세식 화장실은 기본이고 엘리베이터도 있었던 문명입니다. 중국 5천년사의 장대하고 화려한 문명도 화장실 문화 같은 것이 전멸이어서, 길거리에서 궁둥이 까고 똥오줌 싸는 것이 지금도 일상사입니다. 중국 정도가 그러한데 나머지 문명, 인류는 볼 것도 없지 않을까요?

한국도 해방 전 기록을 보면 그렇게 더럽고 추잡하고 지저분할 수가 없었다고 영국 문명학자들이 전하고 있습니다. 거리에는 사람 똥, 개똥, 소똥, 돼지 똥이 뒤범벅되어 온천지가 악취가 풍기는데, 그 속을 유유자적 거닐고, 천연덕스럽게 옆에 앉아서 밥 먹더라고 말입니다. 여인들은 아무 데서나 가슴 끄집어내서 애들 젖 먹이더라고 말입니다. 조선이 유학으로 문명이 있었다는 둥, 학자·선비가 넘치기에 동양의 주자라는 둥, 선택받은 민족이라는 둥, 동방의 해 뜨는 나라라는 둥…, 구름 잡는 소리 하기 전에 내 나라 문명과 역사를 더 상세히 공부하기를 바랄 뿐입니다.

아틀란티스 문명에서 어떻게 엘리베이터를 알았을까요? 그것은 바로 하늘과 땅을 이어주는 메시지를 전달하던 거미를 보고서 알게 되었다고 합니다. 거미…. 벽 천장에 거미줄 쳐서 날벌레를 잡아먹는 거미가

우주와 지상을 이어주는 메신저라니, 뜨악할 것입니다. 거미의 신비는 나중에 다시 전하기로 하겠습니다. 하여튼 그 신성한 거미를 보면서 아틀란티스인은 엘리베이터를 알았고 건설했습니다.

2. 정의 우주(엄마우주)

정반합의 변증적 논리는 땅에서만 이루어지는 결과는 아닙니다. 이것은 확대되어 우주 생성, 우주의 현 모습과 우주 생성 이전의 우주에서도 그대로 적용되는 불멸의 철학입니다. 우리 우주는 불과 20여 년, 길어 봐야 30년 이내에 겨우 알게 되었습니다. 하와 이 비

우가 아직도 대중에게 정확히 전달되지 않고 있고, 가르치는 이도 깊게 체득되지 않았기 때문에 진리의 미혹에 빠져 있습니다. 진리는 어렵고 복잡하지도 않고, 무슨 난해한 철학도 아니며, 무슨 난해한 깨달음도 아닙니다. 그렇지만 이 간단한 진리들을 모르거나 알려고 하지 않기에 세상은 거짓이 난무하고, 또 그것으로 먹고 사는 사람들이 부지기수입니다.

우리 우주에 대해서는 간단히 요약하겠습니다. 플러스인 양성자와 중간인 중성자, 그리고 마이너스인 전자로 이루어진 원자의 세계가 우주입니다. 양성자는 정이요 중성자는 반이요 전자는 합이라고 편의상 알고 있으면 됩니다.

이 간단한 메커니즘에 의해 우주는 시작되었고 진화, 성장하고 있습니다. 진화, 성장 과정 속에서 가스와 우주 먼지구름이 생겼습니다. 가스와 먼지 층이 두텁게 있는 곳을 창조의 기둥이라고 합니다. 이 창조의 기둥, 한 군데에서 작게는 수십 개의 별이 탄생하고, 많게는 천 개 이상의 별이 탄생합니다(가스와 먼지 층이 응축되어 별이 탄생).

우주 공간에는 창조의 기둥이 한 군데가 아니고 셀 수 없습니다. -날마다 신이 자기 하나라고 우기는 동네는 의아할 것입니다 - 하와 태양이 있는 태양계 속에 수천 개의 별이 있는데, 이러한 태양계 같은 곳이 또한 수천억 개입니다. 하와 비우를 다 안다는 것은 불가능합니다.

태양계 속에 있는 지구. 이 지구에만도 하나님, 부처님, 남묘호랑개교님, 천존님, 상제님 등 신 만 수천 개입니다. 그러니 우주에는 도대체 신이 몇 개입니까? 태양계 안에 신이 수천 개이니, 그러한 태양계가 수천억 개이니 수십조의 신이 있다는 결론이 나오지요. 이 신들끼리 우주에서 한 번 붙어 보았으면 합니다. 누구 신이 진짜 센가.

즉 신은 태양계 안에 사는 인간들의 장난 내지는 유희입니다. 엿장수 마음대로 도나 법 공부하다가 만들어 낸 것이지요. 대광원에서도 우주의 빛인 대광이라는 창조물을 만들어 내고 있습니다.

하여튼 현 우주가 이러하니 역설적으로 또 다른 우주도 있을 것입니다. 어떤 식으로?

마이너스인 반양성자, 중간인 반중성자, 플러스인 양전자로 이루어진, 반원자가 만들어진 우주는 틀림없이 있을 것입니다. 왜냐하면 현존의 우주 내에서도 실제로 반원자와 원자가 충돌해서 알 수 없는 펄스, 즉 신호 체계와 빛이 나오는 별이 부지기수로 있기 때문입니다. 현존의 우주는 반물질보다 물질이 많기에 사라지지 않고 존재하고 있습니다. 역설적으로 반물질이 많고 물질이 적은 우주는 또 다른 곳에 있다는 결론이 나옵니다.

엄마우주의 세계는 어떠한 곳인가요? 그곳은 수많은 희망과 절망과 기쁨, 슬픔이 있었습니다. 이것을 탈피하기 위해서 현 우주인 반의 세계를 만들었으나 이 역시 고전을 면치 못하고 있습니다. 하와 합의 세계인 신 우주는 저절로 탄생되었습니다. 우주는 진공이 모이는 공간이 있습니다. 이 공간이 극도로 압축되면 어느 순간 '펑' 하고 터지면서 새 우주를 만듭니다. 이것을 '인플레시션'이라고 합니다. 그러면 엄마우주의 전모를 살펴봅시다.

3. 엄마가 되어야 엄마를 안다

여자의 완성은 여러 가지이지만 엄마가 되어 보아야 한다는 것입니다. 엄마가 되어 보아야 엄마를 알 수 있습니다. 엄마우주의 비유를 전개하기 전에, 도저히 납득될 수 없는 일들이 서술되기 때문에 부연 설명이 조금 필요합니다.

현대문명은 여러 과학자를 필두로 수많은 선각자들의 고뇌에 찬 결과입니다. 미친 놈, 정신 나간 놈, 또라이 소리를 들어가면서 세인의 조소와 냉대를 극복했던 선각자들이 있었습니다. 저 유명한 데카르트 선생도 당시의 시대 분위기 때문에 다른 이름을 사용하면서 몰래 책을 출판할 정도였습니다. 걸리면 사회에서 매장되거나 중세처럼 화형 당할 수도 있다는 불안감 때문에 말입니다. 이런 공포 분위기를 피해 몰래 저술해 놓고 한쪽에 감추어 놓고 죽은 사람들도 많았습니다. 그런데 시간이 흐르면서 후손들이 우연히 발견하여 세상에 내놓은 책들 중에 유명한 책이 많이 있습니다.

200년 전에 현대 문명의 오늘날을 예측하고 도시 문명을 기막히게 묘사해 놓은 책도 있을 정도입니다. 그는 그것을 어떻게 알았을까요?

그것은 그가 기본적인 지식과 학문의 토대가 있었고, 그 무엇의 영감을 만났기 때문입니다. 세상의 아이러니는 참 많습니다. 원자핵을 최초로 발견한 사람이 화를 벌컥 냈습니다.

"원자 폭탄은 만들 수 없어."

영국에서 존경을 넘어서서 경이라는 칭호를 받았던 과학자도 큰소리 쳤습니다.

"공기보다 무거운 물체는 절대로 하늘을 날 수 없어."

"X-선은 속임수야, 라디오는 전혀 실용성이 없어."

이렇게 당시에 최고의 지성을 지녔다는 이도 세상 흐름의 예측을 하기가 힘든 정도인데, 일반인들은 오죽 하겠습니까? 오늘날 투명인간, 날아다니는 인간, 벽을 뚫고 나가는 사람, 공간이동, 빛의 속도로 나는 우주여행 등이 가능할까요? 인간의 상상만으로 생긴 난센스일까요?

그런데 현 우주에는 우리 인간만 살고 있는 게 아니라, 인간보다 더 뛰어난 지성과 지식을 지닌 외계인들이 있다면 이야기는 달라질 것입니다. 우리 인간이 지구상에 등장한 것이 겨우 몇 백만 년 전이고, 문명은 길게 봐야 10만년 이내입니다. 그런데 인간이 지구상에 등장할 때 이미 우주에는 지금의 지구 문명보다 더 앞선 문명이 있었다면, 어떨까요? 상상이 되나요?

　우리 문명보다 수백만 년 앞선, 아니 수천만 년 앞선 문명이 있다면 이야기는 달라집니다. 그들이 공간이동을 하면서 지구를 애들 장난치듯이 순식간에 왔다가 순식간에 사라지는 일들이 발생하고 있다면. 그들이 인간을 어떻게 보는 줄 압니까? 우리가 동물원에서 원숭이 보면서 킥킥 웃거나 장난치듯이, 그들도 인간을 그렇게 보고 있습니다. '귀여운 자식들이군⋯. 눈물도 있고 감정도 있는 묘한 생명체 놈들이군.'

　산중에 있을 때, 그리고 산에서 내려왔을 때 딱 두 번 외계인을 만났습니다. 그들에게 많은 이야기를 들었습니다. 그들이 전해 준 이야기와 수련하면서 생긴 자련의 힘으로 육방이 터지면서 의식이 우주로 날아가면서 보고 겪은 것을 하나씩 써나갈 예정입니다. 외계인은 음성, 소리 변조기가 있어서 어떤 곳에든지 어떤 생명체와도 대화를 합니다. 그렇게 그들과 대화했습니다.

　정반합은 또 반복된다는 것에 묘한 매력이 있습니다. 합도 시간이 흐르면 또 정이 되고 반이 됩니다. 현 우주 이전의 엄마우주가 지금의 시각으로 보면 정이지만, 앞선 엄마, 또 할머니 우주 쪽에서 볼 때는 합입니다. 즉 완성된 우주라는 것입니다. 그곳은 생명체들이 거미가 쳐놓은 거미줄을 타고 공간이동을 순식간에 행합니다. 현대의 거미와 엄마우주의 거미는 조금 다른 모습이고 줄도 다른 모습입니다. 그곳 생명체는 공중 부양이라든지 공간이동이라든지, 현대에서 상상만 하는 세계를 자유자재로 펼치고 있었습니다.

그런데 이러한 환상의 세계도 시간이 흐르면서 또 반을 태동시켰습니다. 중세의 타락된 교황청에 대항해서 역으로 중세 수도사가 탄생되었듯이, 환상의 세계는 원점에서 다시 차곡차곡 생명의 노력으로 완성의 세계를 꿈꾸었습니다. 그런데 현 우주가 잘 안 되고 있습니다. 이것의 귀결은 합의 우주, 즉 신 우주 바아의 탄생을 내포하고 있었습니다. 영원의 세계, 다시는 부조화, 무질서에 무너지지 않는 순성의 생명체만 모이는 세계. 바아는 그렇게 탄생되어 우리를 기다리고 있습니다. 영원의 세계. 희망의 세계. 조화와 창조를 할 수 있는 세계.

4. 지구 옆 동네 안드로메다

파인머라는 유명한 양자역학 학자가 있습니다. 양자역학으로 노벨물리학상을 타신 분이죠. 그런 그가 말했습니다.

"양자학은 정말 미궁이고 모르겠다."

노벨 물리학상을 탄 사람도 모르겠다고 하니 우리네는 어떻겠습니까? 파인머 수준도 아무것도 아닐 정도로 우주 저 너머는 인간 인식 너머로 존재하고 있습니다. 우주를 엘리베이터로 이동하거나 공간이동을 하고, 자기력·전기력·중력으로 행성 간을 여행하고, 큰 별이, 즉 힘센 놈이 지구처럼 약한 나라를 점령하듯이 수많은 별을 지배하면서 부려먹고…. 큰 별놈끼리 서로 치고 박고 싸우고….

지구와 똑같습니다. 지구는 외계인이 볼 때 애들 장난치는 동네라 상대도 안 합니다. 즉 먹을 게 없는 변방의 쓰레기통 정도로밖에 생각하지 않습니다. 우리가 쥐 굴을 쳐다보지도 않듯이 말입니다.

지구가 속한 은하수가 있는데, 거기엔 대략 2천억 개의 별이 있습니다. 옆 동네 안드로메다는 수천억 개의 별이 있습니다. 시간이 조금 흐르면 지구의 은하수는 안드로메다의 은하수 중력에 이끌려 폭발하면서 사라질 것입니다. 지구 멸망은 애들 장난이고, 2천억 개가 넘는 별이 통째로 사라집니다. 태양, 달도 물론 사라집니다.

그러면 이글을 쓰는 수일이 너는 어떻게 아느냐? 이것이 수련의 힘입니다. 수행을 하게 되면 기존의 의식-즉 불교 야소교 같은 삼계 내의 수준-이 아닌, 우주 저 너머를 의식하게 되면 '펑' 하고 터지면서 우주로 의식이 날아갑니다. 우주 한 공간에서 바라보면 수많은 별이 손톱처럼 다 내려다보입니다. 소위 말하는 보텍스 지역을 넘어가면 전체 우주는 아니라도 대략적 우주가 보입니다. 우리 인간이 꿈꾸는 앞날의 지구의 미래와 문명 과학 등은 이미 우주 저 너머 별들 속에 다 있습니다. 인간의 뇌는 우리가 인식하지 못해서 그렇지, 이미 우주에서 살다 왔던 기억이 찌꺼기처럼 남아 있기에 '번쩍'

하고 영감이 떠오릅니다. 이것은 실상은 과거의 기억을 되살려 현실에서 구현하는 것이지요.

인간이 인식하지 못하는 기억의 잔재가 바로 무의식입니다. 잠재의식이 아니라 무의식…. 이 무의식을 되살리면 그대는 슈퍼맨이 됩니다. 아울러 깨달음, 해탈 이런 것은 애들 장난이 될 정도로 고도의 경지에 올라가는 것입니다. 즉 지구인의 수준에서 볼 때 신이라고 하는 수준을 말합니다. 무의식을 되살립시다! 이것이 키포인트입니다. 우주 저 너머에는 우리가 뜬구름처럼 생각하는 게 이미 다 존재하고 있습니다. 우리 인간은 3백만 년 전에 지구상에 등장했지만, 의식, 영혼은 100억 년 이상이 되었습니다. 차차 쓰겠습니다.

안드로메다 같은 은하수가 수천억 개를 넘어서서 아마도 천조 이상은 될 것입니다. 왜냐? 지금 이 순간에도 우주는 급속도로 팽창하고 커지고 있기 때문이지요. 지구는 우주에서도 가장 낙후된, 수준 이하의 문명 동네입니다. 왜냐? 우주가 150억 년이고 지구 나이가 대략 45억 년입니다. 최근에 생성된 동네죠. 최근에 생성되었으니 문명이 가장 발달한 것 아니냐?

우주는 역설적으로 먼저 탄생된 별과 그 별의 문명이 더욱 고매하고, 뒤로 갈수록 수준이 떨어집니다. 즉 시간이 오래된 문명입니다. 우리보다 몇 백만 년이 아니라 몇 천만 년, 몇억 년 앞선 문명이 부지기수입니다.

그렇다면 지구 별, 은하수 이후에 탄생된 별의 문명은? 지구가 화석, 석탄, 석유 등 생명체가 부식되면서 쌓인 노폐물을 사용하는 문명이라면, 이후에 탄생된 별의 문명은 살아 있는 생명체를 사용하면서 유지하고 있는 끔찍한 문명입니다. 즉 살아 있는 생명체의 피나 내장을 끄집어내서 에너지로 사용하는 저급한 문명입니다. (초창기 지구 문명을 생각하십시오. 말 타고 수레 타고 가마 타는 문명을.)

이런 우주도 몇 개인지 감이 안 잡힐 정도로 부지기수로 많습니다. 우리 우주 말고도 부지기수로 우주가 있습니다. 그것을 다중우주라고 하죠. 애들 비눗방울 풍선 같은 거죠. 비눗방울을 후하고 불면 수많은 풍선 모양이 생기듯이, 우주 탄생은 그렇게 수없이 많이 탄생되었습니다. 탄생된 우주의 또 한 지점에서 펑 펑 펑 하며 터지면서 또 새 우주가 생기고….

잠재의식, 의식, 이런 정도를 넘어서서 무의식까지 들어가야 인간의 참된 해방과 무벽, 해탈, 그리스도의 신성에 이를 수 있지, 백날 염불이 어떻고 기도가 어떻고 해봐야 되지도 않는 소리입니다. 되었다고 하는 사람은 다 거짓말입니다. 정말 세상에 도튼 사람이 있었고, 있다고 생각하시나요? 자신이 그렇다고 한 사람은 다 일종의 정신병자입니다. 즉 착각이고 트랜스 현상이죠.

사람은 누차 말하지만 먹고 배설하고 자는 동물입니다. 동물이 안 먹고 배설하지 않고 안 잔다는 것은 거짓입니다. 이해됩니까? 똑같이 먹고 자고 배설합니다. 그런 기본 구조, 즉 기본 욕망을 갖고 있는데, 무엇이 해탈이고 신성이고 무벽이고 해방되었는지요? 단지 기본 욕망 이외의 욕망을 완화, 중화시킨 정도입니다.

석가도 죽 먹고 식중독 걸려서 죽었습니다. 이것을 고매하게 열반이라고 하더군요. 예수도 제자들과 만찬도 하고 밥 먹고 살았습니다. 신의 아들도 피 흘리면서 죽었습니다. 우주의 모스는 피도 안 흘리고 죽지도 않는 영생의 생명입니다. 우리보다 재주도 많은 사람입니다. 노동 안 하고, 말만 해서 평생 먹고 산 사람입니다. 단지 남보다 조금 나은 인간의 의식과 인식을 지닌 정도의 차이입니다.

이런 배경을 알고 이해를 해야 우주의 문명과 외계의 문명, 외계인이 이해가 되지, 삼계 내의 수준으로 바라보면 전진은 없습니다. 님이 기존의 학습인식으로 배운 예수가 어떻고, 부처가 어떻고 하는 것에 빠져 있는 한 님의 생은 변화되기 힘들다고 단호히 말씀드립니다. 설사 그들의 말씀이 고매해도 그것은 그들의 말씀이지 님이 체험하면서 겪은 고매한 말씀이 아닙니다. 남의 옷 백날 입어 봐야 꿔다 놓은 보리자루입니다. 님도 그들을 능가하는 무의식을 이미 갖고 있습니다. 단지 그것을 몰랐고 끄집어내려 노력하지 않은 것뿐입니다.

예수 석가도 끄집어내려고 노력했습니다. '감 나와라 뚝딱'은 아니라는 것만 말씀드립니다. 우리가 배울 점은 끄집어내는 노력입니다. 그 이외의 것은 대우주, 다중 우주에서 볼 때 하품 나오는 소리에 불과합니다. 예수의 능력, 석가의 설법은 옆 동네 안드로메다 별에

만 가도, 그 동네 애들까지 다 하는 수준입니다. 그런 안드로메다도 저 너머 우주에서 볼 때는 수준이 너무 낮아서 외계인도 무시하고 상대 안 합니다.

5. 까꼬리나 별 사람들

까꼬리나 별 유인(유인체 : 영과 육신이 있는 생명체)들은 오늘도 평온한 일상을 즐기며 여유로운 삶을 살고 있습니다. 지구 개념으로 하루 3시간만 일하고, 나머지 시간은 레크리에이션이나 각자의 관심 분야를 즐기며 보내고 있습니다. 까꼬리나 별은 지구에서 볼 때 어느 방향에 있는지 감도 안 잡힐 정도로 멀리 떨어져 있습니다. 지구에서 쏘아올린 우주선으로 10만 광년은 와야 도달하는 곳이 아닐까 대충 추론해 봅니다. 지금은 까꼬리나 별 사람들이 천국 같은 풍요로운 생을 살고 있지만 고생이 참 많았습니다.

숱한 전쟁, 옆 동네 별에서 날아온 우피리 인의 압박으로 통합국이 되었다가 죽기 일보 직전에 놓여 있었지만, 한 명의 신인이 등장하면서 상황은 반전되었습니다. 신인은 우주 공간에서 오랜 동안 수련하던 유인이었습니다. 날아오는 자기력, 전기력, 태양력을 온몸으로 흡취하며 자유자재로, 원하는 바대로 사용할 수 있는 유인이었습니다. 그런 그가 지구 문명 수준보다 조금 나은 그곳에 등장하여 까꼬리나 인들의 개혁을 추진했습니다.

지구 문명은 최하층 문명, 즉 초기 원시 문명입니다. 지구 문명보다 뒤에 나온 문명은 아예 문명이라는 축에 끼어들지도 못합니다. 지구 문명보다 나은 곳이-지구처럼 우주별은 태양과 같은 빛과 에너지를 뿜어내는 별이 있고, 그 별의 에너지를 생명의 근원으로 활용하고 있다- 하층 문명입니다. 하층 문명은 태양열을 대략 70% 정도 활용하고, 화산 분출로 나오는 에너지를 역으로 활용합니다. 지구는 지금 속수무책으로 화산 폭발의 재앙에 놓여 있지만, 그들은 역으로 화산 폭발을 활용합니다. 심지어는 지진이나 해일을 미연에 방지하고, 역으로 그 에너지를 활용하고 있습니다. 바다나 거대한 강 등에 해상도시를 건설해서 풍요로움을 만끽하고 있습니다.

중층 문명은 태양 에너지를 전부 다 활용하고, 문명 수준은 하층 문명보다 대략 10억 배 높습니다. 우주의 떠돌이 불청객 소행성이나 별들이 폭발해도 마그네틱적인 방어벽을 쳐서 끄떡없습니다. 그러나 살고 있는 별이 시간이 되어 폭발할 때가 되면 공간이동을 통해서 새 별로 이주해서 살 수 있고, 새 별에 가서 원래대로 복구하는 데 20~30년이면 될 정도로, 상상할 수 없을 정도의 문명입니다.

상층 문명은 전 우주의 에너지를 다 사용하고 중층 문명보다 대략 100억 배 높은 수준으로 알려져 있습니다. 이들은 심지어 블랙홀의 에너지를 역으로 전부 다 끄집어내어 사용하고 있습니다. 그것도 전 우주의 블랙홀 에너지를 말입니다. 중층 문명인은 기껏 식민지 내지는 별장지, 휴양지인 별들을 10개 정도밖에 못 갖고 있지만, 이들은 몇 십만 개의 별을 휴양지 내지는 별장지로 사용하고 이별 저 별을 공간 이동하면서 놀러 다니고 있습니다.

지구보다 높은 문명은 금이나 다이아 같은 것이 무엇인지 모를 정도로 희귀한 보석재를 많이 지니고 있고, 투명 상태가 아닐 때는 온몸에 둘러치고 있기에, 처음 그들을 접할 때는 눈이 부신 것이 아니라 눈이 먼 상태, 즉 장님이 되기 때문에 그들을 정확히 묘사할 수 없다고 알려져 있습니다. 지구에 오는 외계인도 전 우주에서 볼 때는 하층 문명 수준 정도이거나 중층에서도 중하층 수준 정도라고 알려져 있습니다. 상층 문명인은 지구가 어디 있는지 관심도 없다고 합니다. 지구는 너무나 작고 왜소하며 볼품도 없고 무슨 귀한 광물이나 에너지를 갖고 있지 못하기에 그렇다고 합니다.

6. 외계의 사랑

까꼬리나 별이 옆 동네 우피성별의 우피리 인에게 왜 공격당했는가? 그 서막을 열어보겠습니다.

하층문명 지대가 탄생된 그곳 별들은 지구보다 조금 나은 의식과 영혼의 정화가 이루어졌으나 마지막을 극복하지 못했었습니다. 사랑…. 욕망의 원천이자 바다인 사랑. 이것을 극복하기란 지구나 외계나 참 힘듭니다. 오직 한 사람과의 사랑이라는 관념은 지구나 외계 하층 문명 지대나 별스럽지 않습니다. 심장을 뛰게 하는 사랑. 그 유인만 바라보면 코가 벌렁거리면서 얼굴의 핏기가 쏟아나는 사랑. 몸은 달짝지근해지며 달콤한 침이 흐르는 사랑. 그 앞에만 서면 심장이 멈춰져 모든 기능이 마비되는 사랑.

우피성에 내려오던 신화가 현실로 발생했습니다. 흩어진 우피리 인을 하나로 모으며 평화와 조화의 세계로 이끌어 준다는 전설의 사랑의 여신, 우피미. 우피미가 우피성에 당도하는 날, 하층에서 벗어나 중층의 세계로 이끌어 준다는 아련한 희망이 널리 번져 있었습니다. 모든 고난의 고리를 끊어 준다는 우피미는 대망의 구제자입니다.

그런 우피미가 우피성에 실제로 탄생한 것입니다. 우피미가 탄생하는 그 날, 주변의 별들도 빛을 잃은 채 어둠에 싸였다고 전해지고 있습니다. 그 아름다운 용모에 빛을 상실했기 때문에 말입니다. 우피미가 탄생하던 그 날, 꽃 보석을 손에 쥐고 태어났다고 합니다. 꽃 보석은 물질의 풍요, 아름다움의 전령의 상징이므로 우피리 인들에게는 신성 그 자체입니다. 그런 꽃 보석을 우피미가 쥐고 태어났으니, 그들의 기쁨이 어떠하겠습니까?

지구보다 만 배나 큰 우피성의 땅이 꺼지는 줄 알았다고 합니다.

환호하는 우피리 인들로 인해서 '아, 정녕 기다리고 기다리던 구제자였나보다' 하는 생각에 우피성의 다소 변방에 위치하던 그곳이 그날로 성지가 되었습니다. 무수한 우피리 인이 밤낮을 가리지 않고 귀한 보물과 음식을 품에 끼고 우피미 앞에 무릎 조아리며 경배했습니다.

그들의 눈에 뜨거운 눈물이 맺혔습니다. 모든 고난을 끊어 주는 전설의 여신이 화신했기에 전체 우피리 인들의 의견이 결집되었습니다. 십만 년 전에 끊어진 왕국을 다시 부활시키자 그 왕은 여신 우피미로 하자고 말입니다. 우피미는 사랑의 여신이자 풍요의 여신이면서 아울러 우피성의 여왕으로 등극했습니다.

시간이 어느 정도 흘러가면서 기대했던 바대로 여신 우피미의 사랑으로 인해 우피리 인들은 쾌감의 절정에 달했습니다. 우피리 인의 남정네들은 쏟아지는 쾌감으로 인해 부조화와 근심은 사라지고 화색이 넘쳤습니다. 우피리 인의 부인들은 여신에게 질투를 느꼈으나, 남정네들이 열심히 일을 하면서 물질의 풍요를 주었기에 여신의 사랑을 용납했습니다.

사랑의 여신, 우피미는 도대체 어떻게 사랑을 해주었기에 우피리 인을 광분으로 몰아넣었을까요?

7. 여신(女神) 우피미

　문명이 고도화되면 될수록 의식은 그만큼 성장합니다. 의식과 정신이 성장, 성숙되기에 문명이 덩달아 고도화되는 것입니다. 우피성도 지구보다는 나은 문명이지만 의식이 하층이기에 번민이 많았던 곳입니다. 지구, 즉 인류 역사를 냉철히 공부하고 주시해 보면 알지만, 전쟁·섹스·탐욕의 기록이지 그 이상도 그 이하도 아닙니다. 예술이 어떻고 음악이 어떻고 하는 것은 부끄러운 인류사를 포장하는 낭만적 기록가들의 자기 위안 이외에는 큰 의미가 없습니다.

　마찬가지로 우피성도 탐욕과 섹스의 전쟁터이지, 고도화된 중층 문명 이상의 곳은 아니었습니다. 고도화된다는 것, 즉 의식이 성장한다는 것은 나눔과 베풂입니다. 왜요? 그만큼 물질의 풍요가 있기 때문에, 넘치기 때문에 소유욕이 실상 없습니다. 소유욕은 사라집니다. 주변에 자신이 갖고 싶은 모든 것이 넘치기 때문이지요. 타이탄 별 너머 땅은 길 자체가 다이아몬드입니다. 지구에서나 다이아몬드가 귀하지 타이탄 너머의 별은 흙처럼 다이아가 길입니다. 그곳에서는 지구 땅의 흙이 오히려 귀합니다. 그것이 그들에게는 가치가 있지, 다이아몬드는 아무 가치가 없습니다.

　우피미는 중층에서도 중상이거나 상층 문명에서 온 여신이었습니다. 우피미는 상층에서 행하던 대로 별스럽지 않게 행했으나, 우피리 인들에게는 그것이 충격이었고 욕망 해소의 근원지가 되었습니다. 우피미의 몸은 특이했습니다. 육손이네 동네에서는 오손이가 바보가 되듯이, 우피미의 몸은 상층에서는 아무렇지도 않았으나 우피성에서는 충격으로 다가왔습니다. 생식기가 두 개, 아니 세 개였고, 필요하면 더 만들어 냈습니다.

우피미도 진나가 있습니다. 진짜배기는 은밀히 감추어 두고, 허상만 끄집어내어 보여 주었습니다. 허상의 몇 개 생식기가 자유자재로 펼쳐지면서 우피리 인들의 욕망을 채워 주었습니다. 허상의 생식기는 우피성 여인의 생식기와는 또 다르기에, 더 강하고 묘한 쾌감을 주었기에 우피리 인의 하루 일과는 우피미에게 달려가 만지고 애무하고 욕망을 해소하는 일부터 시작되었습니다.

유인의 갈등, 욕망이 사라지니 풍년의 찬가가 울려 퍼졌습니다. 유인의 제일 큰 욕망인 성욕이 충족되고, 아니 시시때때로 행할 수 있고 더 큰 해소가 되기에 남는 에너지는 생산적인 일에 쏟을 수가 있었습니다. 그 뒤로 우피성은 욱일승천입니다. 중층, 중하층의 문명으로 진입하자 이 슬로건 아래 돌진했습니다.

태평가가 울려 퍼지니 피비린내 나던 우피성이 졸지에 천국이 되었습니다. 우피미 등장 전에는 허구한 날 욕망 충족의 싸움으로, 옆집 부인네를 유혹하고, 그러다가 남편에게 들키면 칼부림 나던 그곳이 졸지에 화향이 되었습니다. 포연은 사라지고 삽이 손에 들리니 조만간 중하층 문명으로 진입할 터인데, 운명의 장난인가, 우피성의 평화가 깨지는 사건이 발생했습니다. 평화가 깨지는 것이 아닌, 절망의 시간이 도래했습니다.

8. 우피미의 사랑

만물을 사랑하고 유인을 사랑하던 우피미.

우피미도 완성된 여신은 아니었나 봅니다. 아니 여신도 사랑의 감정, 절개, 정조라는 관념을 완전히 떨치지는 못했나 봅니다. 우피미가 많은 생식기를 제공하며 우피리 인들의 욕망을 채워주고 번영으로 이끌어 갔지만, 사랑의 빛을 뿜어내는 고타별의 고혹적인 빛에 이끌리는 시간이 많아졌습니다.

'아, 나의 생은 우피리 인들에게 허상의 생식기만 제공하는 샘물로 끝나나. 나의 참 샘물은 어디에 있을까?'

우피성 밤하늘을 밝히는 고타별 고타의 빛은 달착지근하게 감정을 들뜨게 하며 아련한 회상과 추억을 떠올리게 했습니다. 빛에 이끌려서 밤하늘의 창공을 유영하고 싶게 만드는 매혹적이고 유혹적인 빛. 이러한 밤하늘의 빛이 얼마나 많은 생명체와 유인들을 들뜨게 하는지요. 식은 심장을 데우고, 차가워진 콧김을 뜨겁게 하고, 말라 버린 감정에 한줄기 샘물이 되는 밤 빛.

우피미도 고타의 별에 어느 날부터인가 매료되었습니다. 우피리

인들의 맹목적 추앙과 여신으로의 등극도 시간이 지나면서 시큰둥해졌습니다. 충분조건이 채워지면 정체하는 일들은 우주만상에 공통된 법칙일는지요?

정체는 부패의 근원입니다. 우피미도 정체되기 시작했습니다. 고타의 빛만 보면 후끈해지는 몸. 감춰진 진짜에서 쏟아지는 샘물로 인해서 비비꼬이는 몸. 빛은 육신을 덮치고, 그곳에까지 스며들어 우피미의 의식을 아스라하게 하여 허공을 내달리게 했습니다.

'아, 나의 신은 어디에 있을까. 아, 나의 사랑은 어느 별에 있나. 내 진짜의 주인은 어디에 있나.'

한숨 쏟는 우피미에게 낭보가 전해졌습니다. 옆 동네 까꼬리나 별에 변강쇠 같은 놈이 있다는 소식이 전해졌습니다. 전설의 돌쇠가 까꼬리나 별에 있다는 것입니다. 아, 전설로만 이어지던 돌쇠가 불행스럽게도 하필이면 왜 여신 우피미 시대와 동시에 있는 것인지, 하늘이 원망스럽습니다. 하늘의 탓일런가? 하늘의 장난인가? 하늘의 시험인가? 왜, 왜 동시에 그 같은 일을 발생시켰는가 말입니다.

우피미의 잠못 드는 나날이 늘어가기 시작했습니다. 묘한 매력으로 다가오는 변강쇠. 정말, 그놈이 일년 내내 그 짓을 해도 끄덕없다는 것인가? 달콤한 호기심으로 관심을 기울였습니다. 우피미는 은밀히 여종에게 돌쇠의 소식과 정말 그놈이 타고난 테크니션인가 탐문하라고 지시했습니다.

또 한 번의 낭보가 쏟아졌습니다. 돌쇠도 옆 동네 우피미의 소식에 매혹되어 언제가 한 번 뵙기를 목 빼고 고대한다는 것입니다. 하늘의 시험인가, 아니면 하늘의 재앙인가? 둘이 은하수, 오작교에서 랑데뷰하는 사건이 발생했습니다. 그 날 우피성과 까꼬리나 별은 문명이 생긴 이후 그렇게 엄청난 비가 쏟아진 적이 없었다고 하니, 도대체 무슨 일이 생긴 것인가.

9. 변강쇠와 만나다

우피미는 연모하던 돌쇠에게 메시지를 보냈습니다. 몇 날 몇 일 오작교에서 랑데부하자고.

"네가 정녕 전설의 돌쇠가 맞냐? 아니면 너 혼내주겠다."

돌쇠는 답신을 보냈습니다.

"걱정 마라, 하루가 아니고 일주야도 자신 있다. 그동안에 내 것이 진짜를 못 만나고 비스무리한 것만 만났기에 제대로 성능을 발휘하지 못했다. 오늘부터 수련에 들어가겠다. 자연호흡법에 의한 명당을 통과한 에너지가 생식기에 온전히 고이도록 수련할 것이며, 아울러 여신 우피미 님과 만날 날을 대비해서 만나는 그 날까지 사용하지 않고 온전히 정조를 지키겠다. 또한 정화를 통해서 흙탕물에 싸였던 생식기를 맑고 곱게 하겠다. 그리고 고타별의 빛도 다 쓸어 모으겠다. 뒷선의 생명선을 통과한 빛이 기체로 변해 회음에 몰려들기 시작하면, 난 책임 못 진다. 여신, 우피미 님이 나의 선 파워에 못 견디고 혼절해서 다시는 일어서지 못해도 나는 책임 없다. 그래도 괜찮겠냐? 그렇게 된 나의 선 파워에는 나도 책임 없다. 천지인의 생력을 다 쓸어 모은 수련 탓이니 나는 책임 못 진다."

잠 못 이루며 우피미의 사진을 껴안고 살던 돌쇠는 이것이 무슨 쾌거냐 하는 흥분에 답신을 보냈으나 고민이 생겼습니다. 수련의 힘도 정오 속에서 발생하는 것이지, 현실적으로 오작교에서 만나야 하는데 갈 비용이 없는 것입니다.

어떻게 오작교로 날아갈 것인가? 동네 이장의 우주비행선을 빌려서 가려고 하니 10억을 달라고 합니다. 개털인 돌쇠가 무슨 돈이 있겠습니까? 잘난 생식기만 달랑달랑 가지고 다니는 날건달의 생이려니, 창피함을 무릅쓰고 우피미에게 다시 메시지를 보냈습니다.

"사정이 이러하니 어떻게 하면 좋겠냐?"

여신 우피미가 누구입니까? 명색이 우피성의 대장입니다. 우피성의 예산을 전용해서 돌쇠에게 보냈습니다. 우피미의 평소와 다른 모습을 보던 비간이 쓴 소리를 했습니다.

"여왕이시여, 오늘도 숱한 우피리 인이 여신을 알현하려고 방문하거늘 왜 만나 주지 않습니까?"

미자도 나서고, 기자도 나섰습니다.

"임금의 통치는 만백성을 사랑하는 데 근본이 있거늘 왜 백성의 성욕을 채워 주지 않는가요? 그들의 넘치는 힘을 능동적, 창조적으로 바꾸어 주는 것이 여왕의 덕이거늘, 지금 여신께서는 본연의 일을 방기하고 있습니다. 그러면 안 됩니다. 백성들을 만나서 허상의 생식기를 제공해 주어야 합니다."

아, 우리 여신 우피미는 여인이 아니던가요? 술병 들고 다니는 들병이도 사랑하는 이가 생기면 치마끈을 움켜 매거늘, 어찌 여신에게 함부로 팬티 내리라 할 수 있을까요? 비자, 미간, 기자의 충성어린 열변도 사랑에 눈먼 우피미에게 통하지 않았습니다.

우피미의 치마끈을 잡아끌며 간언하던 3인의 현자에게 우피미는 폭탄선언을 했습니다.

"당신들이 자꾸 내 치마끈을 잡아끌면 나 성질내겠다. 예부터 내려오는 우피성의 문헌에 의하면 현자의 간과 쓸개는 보통 유인과 달리 두 개가 있다 하니, 내가 당신들의 배를 도려내어 진짜 두 개인가 확인하겠다."

아, 평화롭고 성스럽던 우피성의 낙원 시대는 끝나는 것인가요? 그 아름답던 우피미의 입. 입만 열면 사랑의 향내가 진동하고, 말씀은 우피성 전역에 퍼져서 좌절과 울분에 쌓였던 우피리 인의 생명수가 되었거늘, 그 성스럽던 입에서 배를 가른다는 천박하디 천박한 말씀이 어찌 나올 수 있단 말입니까?

화향은 도탄으로 변해 가고 있었습니다. 매일 행하던 성스러운 행위를 못 하고, 찾지 않던 부인과 일합을 할 수 없이 행하던 우피리 인. 사과가 다 같은 사과인가요? 달콤하다 못해 자지러지는 사과가 있고, 먹고 나서 바로 뱉는 쓰디쓴 사과가 있는 법. 꿀샘을 못 얻고 겉보리 말라비틀어진 꽃잎을 먹으니 성이 차겠습니까? 우피성 전역에 한숨소리가 드높아 가고 있었습니다.

10. 운명의 오작교

그 날 은하수 오작교에서 만났던 우피미와 돌쇠의 역사적 만남을 추적한 우주사가(史家)가 기록해 놓았습니다. 평소에도 지구보다 엄청 큰 태양, 그러한 태양도 곁에도 못 올 정도로 엄청나게 큰 시리우스, 시리우스도 근처에도 못 올 정도로 엄청 큰 베텔 제우스, 그것보다 또한 더 큰 인간이 발견한 별 중에 제일 큰 놈입니다.

이 별보다도 또 천 배는 더 큰 VY Canis Majoris, 은하수의 빛은 얼마나 광대하겠습니까? 그 빛이 갑자기 사라졌다고 합니다. 왜요? 우주 최고의 미인이자 여신인 우피미의 장엄하고 웅장하면서 위대하다 못해 정말 신의 경지에 들어선 미모로 인해, 은하수가 스스로 아름답다고 자부하면서 빛을 내다가, 도저히 그 아름다움에 견줄 수 없어서 빛을 걷었다고 합니다.

여신 우피미의 본래 면목도 위대한 여정이면서 아름다움 그 자체이거늘 돌쇠를 만난다는 흥분에 볼에 홍조를 띠니…. 이 아름다움을 어찌 묘사할 수 있겠습니까? 이러한 아름다움은 그 어떤 미학적인 묘사로도 불가능합니다. 역사상 최고의 미인이라는 클레오파트라 언니도, 양귀비 언니도, 현대의 최고 미인이었던 전설의 마릴린 먼로도 비교될 수 없습니다. 혹자에 따라서는 그 언니들 다 합쳐서 1트럭이 아니고 10트럭이 와도 바꿀 수 없다고 할 정도이니, 상상할 수 없는 미모인가 봅니다. '아마도 천상의 인실이 정도의 미모인가 보다.'라고 추측할 수밖에 없습니다.

산중에 있을 때는 20대 여인이 예쁘냐 안 예쁘냐는 논외이고, 그 자체로 혼절을 느낄 정도로 아름답다는 생각을 했습니다. 어쩌다 한 번 보는 70대 할머니도 그렇게 아름다울 수가 없었습니다. 사람이 너무 귀하기에 보기만 해도 그 아름다움에 넋이 나가고는 했습니다. 이럴 정도니 우피미의 미모는 아마도 상상할 수 없을 정도인 것 같습니다.

우리의 돌쇠, 개털인 돌쇠. 돌쇠는 생건달 짓만 하지는 않았던 것 같습니다. 돌쇠는 최상층 문명의 전설적 행각을 은밀히 남몰래 수련하고 수련했던 구도자이기도 했던 것 같습니다.

상상 밖의 화사한 우피미를 보는 순간 돌쇠는 기절했다고 기록되어 있습니다. 그러나 우피미는 순간 실망했다고 합니다. 이렇게 맥없이 기절하는 놈이 무슨…, 속은 것 아닌가?

우피미는 데리고 온 여종과 함께 다시 우주선 타고 우피성으로 가려다가 유인이 불쌍해서 수건에 물을 적셔 돌쇠를 매만졌습니다. 그러다가 슬쩍 돌쇠의 아래를 내려다보다 고개를 갸웃했습니다. 지금까지 본 유인의 고추와 달리 바지 속에 감춰진 그것이 꼭 인절미 감겨진 것처럼 돌돌 말려 있다는 생각을 했습니다. 돌쇠의 거시기는 보통 유인과 달리 하도 커서 꼭 나선형처럼 돌돌 말려 있었습니다. 그것이 펴지면 어지간한 개울을 만나도 걱정 없다고 합니다. 이쪽 편에서 끄집어내어 펼쳐서 저쪽 기슭에 걸쳐서 건너다닌다고 기록되어 있습니다.

호기심이 부쩍 든 우피미는 마음이 급해졌습니다.

'이넘을 어떻게든지 살려내서 그 실체를 봐야겠다.'

잠시 후 정신이 든 돌쇠. 돌쇠도 살면서 처음 겪은 기절이었기에 약간은 멍한 채 우피미를 다시 바라보았습니다.

"여신 우피미 님이 맞는지요?"

"그렇사옵니다."

옥구슬이 다이아몬드 쟁반에 구르는 듯한 낭랑한 소리에 돌쇠는 정신을 차렸습니다.

"창피하지만 너무 아름다우셔서 순간 기절했으니 용서해 주소서."

"어머, 어머."

우리 여신 우피미가 더 홍조를 띠고 몸을 배배 꼬며 교태를 부렸습니다. 여종을 우주선에 가두어 두고 오작교에서 역사적 만남이 시작되었다고 기록되어 있습니다. 처음에는 하늘에서 작은 천둥소리가 들리고 이슬비가 내려오나 했는데, 점차 가랑비로 변하더니만 점점 굵은 비로 변했습니다. 천둥소리는 온 우주를 다 부숴 버릴 정도로 엄청 컸다고 합니다. 번갯불은 온 사방으로 흩어졌으며, 온 동네가 우주 역사 이래 처음 맞는 대홍수로 변했다고 합니다.

놀라운 것은 하루나 이틀이 아니고 물경 일주야 동안 종일 천둥소리가 울려 퍼지고 폭우가 쏟아졌다고 합니다. 절륜의 여신 우피미의 입에서 드디어 한 소리가 나왔습니다.

"그만, 그만, 그만…, 나 죽어…."

우피미의 얼굴에서 대만족의 득기가 뿜어져 나왔습니다. 정오 속에 몰입되었던 그 기쁨에 곁에도 못 올 정도인지 연신 함박웃음을 지으며 돌쇠를 어루만졌습니다.

"어디 있다가 이제 나타났어? 자주 만나자, 응?

아, 어찌 여인의 입에서, 그것도 여신의 입에서 남정네를 먼저 꾀는 소리가 나올 수 있는가? 통탄을 금할 수 없습니다. 돌쇠는 순간 짱구를 굴렸습니다. 오랜 수행의 결실이 이루어질 수도 있다는 잔머리. 전설의 최상층 문명을 이룩할 수도 있고, 잘하면 자신이 우피미를 발판으로 통치할 수도 있다는 생각이 스쳐 지나갔습니다.

얼마나 고행했던 능력이던가? 일주야를 비를 내리게 할 정도니 두뇌 스캔과 염력 훈련 등을 장기간 행했을 것입니다. 처음에는 동네 강아지를 공중 부양시키는 연습부터 시작해서 점차 동네 소, 더 나아가서 동물원에 있던 코끼리를 공중에 띄웠습니다. 염력으로 말입니다. 눈빛으로만 띄울 정도였으니 얼마나 고행하면서 수련했겠습니까?

우피미와 돌쇠의 천상 인연으로 최상층의 전설적 문명으로 전진할 것인지? 과연 가능한 것인지?

하여튼 이후로 둘만 만나면 마른하늘에 느닷없이 천둥소리가 먼저 나고 이윽고 폭우가 쏟아졌다고 기록되어 있습니다.

11. 돌쇠의 초능력

돌쇠가 행하는 염력은 무엇이며, 그것은 가능한 것인가?

미국 뉴올리언즈에 유명한 부두교 사제 미네르바라는 여인이 있었습니다. 이 여인의 초능력이 바로 염력이었습니다. 무수한 능력을 펼치던 사제였음을 문헌은 기록하고 있습니다. 그렇다면 이 염력은 어떻게 하면 할 수 있을까요?

원리는 간단합니다. 인간의 오감에 고통을 주어서 고통을 얻는 것입니다. 무슨 소리인가 하면, 혀나 피부에 고통을 가하면 고통스럽지만 나중에는 고통이 사라지는 경지에 이릅니다. 이때 바로 육체적 고통이 사라지면서 영적 능력이 발생합니다.

부두교에서 미네르바만 신통력을 행했던 것은 아닙니다. 지금도 남태평양과 미국 전역에 흩어져 있는 부두교 사제들은 우리 인간들이 상상할 수 없는 초능력을 펼치고 있습니다. 그런 능력은 그냥 얻어진 것이 아니라 남다른 수련이 있었습니다.

이 부두교 사제들의 초능력을 과학적으로 행해 보았습니다. 정말 염력이 있는가? 동전 던지기입니다. 동전은 천 번 던지면 정확하게 확률적으로 나옵니다. 절반은 앞, 절반은 뒷면이 나옵니다. 그런데 염력을 사용해서 행하면 원하는 곳이 70% 이상 나옵니다. 놀랍지 않습니까? 과학과 자연의 법칙을 물경 20% 이상 바꿀 수 있다는 것에 대해서 말입니다. 엄청난 것입니다. 그래서 서구에서는 아직도 초능력으로 영력으로 금을 만들 수 있다는 연금술이 사라지지 않습니다. 과학과 자연의 법칙을 위배할 수 있는 그 무엇의 확률과 염력 등 능력이 있을 것입니다.

이러한 인간의 잠재된 능력을 계발해서 현실화시키고 있습니다. 반신불구의 사람의 정신의 능력을 극대화해서 데이터화해서 두뇌를 컴퓨터에 연결시키면, 커서도 마음대로 조정하고 이동도 자유자재로 할 수 있습니다. 인간의 능력은 무한대, 무한정으로 잠재의식 속에 또는 무의식 속에 이미 내장되어 있습니다. 이것을 발굴해서 남다른 생을 살 것인가, 말 것인가는 님의 선택에 달려 있습니다.

12. 돌쇠의 우주 정복

우피미와 돌쇠는 오작교에서 자주 만났습니다. 둘의 사랑이 깊어질수록 우피성은 서서히 피폐해져 갔습니다. 우피성의 충신 3인의 시름도 점점 깊어만 갔습니다. 3인은 모이기만 하면 우피성의 앞날에 대해 의견을 교환했으나 뾰족한 수가 없어 한숨만 늘어 갔습니다.

기자는 일주야를 잠 못 이루며 고민했습니다. 하루 저녁은 완전히 날을 새울 정도로 고민에 고민을 거듭했습니다. 아침 동이 트자왕궁으로 출근하려고 거울을 보니…, 간밤에 고민이 너무 깊었는지검던 머리카락이 밤사이 하얗게 변하고 말았습니다. 밤사이 중년에서 할아버지로 변해 버리고 만 것입니다.

이렇게 충신들의 애달픔이 깊어 갔지만 바람난 애 엄마가 자식을 걱정할 리 있겠습니까? 보채는 아이 수면제 먹여서 재워 놓고 새서방 만나러 한밤중에 뛰어나가듯이, 돌쇠와 연정에 빠진 우피미는 충신들의 계속되는 고언에도 한 귀로 흘려듣고 있었습니다. 사태를 냉정히 지켜보던 기자는 마지막 결단을 내리고 충신들과 상의했습니다.

"우피미를 살해하고 다른 별로 이주하겠습니다."

충신들은 기겁을 했습니다. 이구동성으로 말렸습니다. 그러나 기자는 결심을 굳혔습니다. 우피미를 제거해야만 우피성의 평화가 깃들 것이라는 확신을 가졌지요. 그러나 여신 우피미의 연인 돌쇠가 누구던가요? 초능력자였습니다. 돌쇠는 기가 막히게 그러한 일을 사전에 알아챘습니다. 어떻게 알아챘는지 귀신이 곡할 노릇입니다. 3인의 충신만 알고, 더욱이나 비자·미간이 토설할 사람들이 아닌데, 돌쇠가 알게 된 것입니다. 돌쇠가 어떻게 알았을까요?

돌쇠는 상층 문명인이 행하는 원거리 투시안이 있었습니다. 원거리 투시안은 유인의 마음을 읽어서 멀리 있는 풍경을 볼 수 있는 능력입니다. 돌쇠는 사전에 우피미에게 이따금 충신 3인방의 이야기를 듣곤 했었습니다. 자신의 원대 심모한 일을 방해할 녀석들이라고 판단한 돌쇠는 충신 3인방에게 텔레파시와 독심술을 사용해서 마음을 읽고 있었습니다. 우피미와 돌쇠는 기자의 음모를 이미 알아챘으나, 모른 척하고 방치하고 있었습니다. 그물을 쳐서 충신 3인방과 그들을 따르는 자들을 일거에 소탕하려고 모른 척하고 있었던 것입니다.

그런 줄도 모르고 충신 3인방은 계획을 구체화했습니다. 우피성 궁전을 지키는 궁내인의 대장을 설득했고, 우피성의 전체 치안을 담당하면서 외계인의 공격을 방어하는 우주 방위군 사령관을 끌어들였습니다. 사태는 심각했습니다. 실세인 우주 방위군 사령관까지 역모에 가담하자 우피미는 잔뜩 겁을 먹었습니다.

"돌쇠님, 어떻게 해요? 사령관까지 가담했는데…."

돌쇠는 구체적 복안을 꺼내 들었습니다. 까꼬리나 별의 군병력을 동원하기 위해 이미 까꼬리나 별 우주 방위군 사령관과 접촉했었던 것입니다.

"여왕님, 걱정 마세요. 전에 이야기했듯이, 까꼬리나 별과 우피성을 통합해서 새로운 신세계를 엽시다. 여왕님이 통합국의 여왕으로 등극하시고, 저는 외무성 장관이나 하겠습니다. 저의 초능력으로 통합국을 변모시켜서 중층, 아니 상층 문명으로 단박에 진입시키겠습니다. 여왕님도 통합국, 나아가서 상층 문명의 여왕님이 되어서 우주 식민지 10억 개 정도를 다스려야 하지 않겠습니까?"

우피미는 만면에 미소를 지었습니다. 좁은 우피성뿐만 아니라 까꼬리나, 더 나아가서 상층 문명의 여왕으로 등극할 수 있다는데 싫어할 이유가 없었기 때문입니다. 우피미는 이미 돌쇠가 사용하던 초능력을 지켜보았습니다. 그가 펼치는 능력에 매번 입이 벌어졌었기 때문에 추호도 의심하지 않았습니다. 더욱이나 우피미는 돌쇠가 사용하는 두뇌 조작술에 걸려들어 있었습니다. 우피미만 모르고 있었습니다. 돌쇠는 유인의 두뇌에서 나오는 뇌파를 읽을 줄 알았고, 더욱 놀라운 것은 그것을 조작해서 환상, 환시, 영감, 영상, 초현실이 떠오르게 할 줄도 아는 초능력자였던 것입니다.

특정한 기능을 하는 두뇌 부위, 주로 측두엽에 뇌파를 보내어 구체적인 영상을 떠올리게 하는 독보적 능력을 지니고 있었습니다. 우피미는 이따금 눈앞에 펼쳐지는 통합국의 여왕, 나아가서 우주 여왕으로 등극되어 만인의 사랑과 존경을 받는 위대한 여신의 모습을 보았습니다. 우피미는 착란에 걸린 것입니다. 우주 여신의 모습이 수시로 눈앞에 펼쳐지니 그럴 수 있습니다. 이것이 돌쇠가 조작하는 뇌파라는 것은 상상도 못 했습니다. 더욱이 임신까지 한 것입니다.

돌쇠와의 사랑의 결실이 생겼기 때문에 우피미는 이것저것 생각할 겨를이 없었습니다. 꿈결 같은 나날이었습니다.

13. 우피미, 돌쇠의 전생

우피미의 영도 100억 년 이상 되었습니다. 카투에서 우주 의식인 순수 의식을 지니고 있었으나 부조화가 발생되면서 한 많은 영환이 시작되었습니다. 우피미는 우피성에서 탄생되기 직전에 지구의 남태평양 쪽에서 잠시 살았었습니다. 순수하고 맑은 여인이었습니다. 총기가 넘치고 뛰어난 미모를 지니고 있어 집안을 일으켜 세울 아이라는 기대를 한껏 받았으나, 그녀 나이 17세에 깊이 바다에 빠진 옆집 친구를 구하려고 물에 뛰어 들었다가 그만 친구만 살리고 죽었습니다.

대광은 그러한 우피미의 성품을 높이 사서 우피성에 환생시켜 주었습니다. 절륜의 돌쇠는 우주 상층 문명인 까꼬리미에서 우리 인류가 꿈으로만 그리는 문명과 능력 속에서 살았습니다. 돌쇠는 필요충분조건이 넘치는 까꼬리미에서 1만 개 이상의 별을 식민지로 별장지로 사용하면서도 옆집 개똥이가 가지고 있는 5천 개의 별이 탐나 그를 살해한 이력을 지니고 있습니다.

14. 초심리학(psi)

우피성의 충신 3인방과 궁내대장, 사령관까지 합심하여 우피미를 쫓아내려고 하는 중에도 여신은 한가하게 돌쇠의 가슴을 쓰다듬고 있었습니다. 돌쇠의 초능력을 그만큼 믿는 것이지요.

"돌쇠님, 어떻게 해서 그런 초능력을 얻게 되었나요?"

우피미가 돌쇠의 입술을 훑으면서 물었습니다.

"제가 까꼬리나 별 산중에서 오랫동안 수련했잖아요."

"수련으로 그것이 가능한가요?"

"가능하지요. 대신에 엄청 고생해야 합니다. 하루아침에 능력이 생긴 것은 아니지요."

"어떤 수련을 했는데요?"

우피미는 돌쇠의 거시기를 매만지면서 실눈을 뜨며 물어보았습니다. 돌쇠의 거시기를 볼 때마다, 매만질 때마다 신기함에 눈이 게슴츠레해지던 우피미였습니다. 여느 유인과는 달라도 한참 다른 돌쇠의 거시기가 날이 갈수록 여신을 매료시켰습니다.

"돌쇠님, 거시기도 수련으로 이렇게 만든 거에요?"

민망한 질문인지 우피미가 까르륵거리며 손으로 입을 가리고 웃었습니다. 돌쇠는 으스대는 헛기침을 하면서 입을 열었습니다.

"그럼요, 기운을 모아서 몇 가지 대일통 테크닉을 연마하면 시간이 갈수록 커진답니다. 발기된 상태로 커지는 게 아니라, 평시에 자꾸 연마하면 보통 유인 것보다 한참 크게 만들 수 있지요."

"그렇군요."

"여신님, 몇 가지 기본적 초능력술을 알려드릴게요."

"정말요?"

그렇지 않아도 돌쇠에게 초능력을 배우고 싶었지만, 여신이 되어 가지고 하층 유인에게 물어보기가 창피해 입 다물고 있었던 우피미였습니다.

"여신님, 첫째는 유인의 눈을 잘 보세요. 그가 기쁜 일이 있으면 눈동자가 커집니다. 안 좋은 일이 있으면 눈에서 광택이 사라지고 작아집니다. 처음에는 잘 몰라도 유심히 상대의 표정을 읽는 연습을 하게 되면 보입니다. 그 연습이 되면 유인의 심리 상태를 다 알게 됩니다."

"네…."

"그리고 유인의 머리 위에 두뇌 스캔을 그리는 연습을 자주 하세요. 그러면 그 유인이 지금 무엇을 하려는지, 무엇을 희망하는지 보입니다. 알다시피 우주는 물질인데, 물질에는 반물질도 있잖아요.

모든 입자는 미래로 가는 것 같지만, 과거로 돌아갈 수도 있습니다. 요것을 반입자라고도 하지요. 그렇기에 입자는 모든 우주의 비밀을 담고 있지요. 그래서 유인에게서 뿜어져 나오는 에너지 장을 유심히 보면 그 유인의 탄생부터 지금까지의 과정, 심지어는 미래까지 다 알 수 있답니다."

돌쇠한테 처음 들어보는 소리인지 여신의 눈동자가 휘둥그래졌습니다.

"제가 산중에서 한참 수행할 때 제일 먼저 배운 것이 촛불을 공중에 띄우기였습니다. 처음에는 안 되어도 시간이 가면 촛불이 공중에 붕붕 뜹니다. 내 두뇌는 어떻게 생겼지? 집중해서 두뇌를 자꾸 쳐다보면 머릿속이 훤히 보입니다. 아픈 부위가 있으면 그것을 상념화해서 아프게 하는 병균, 질환이 되어 치료할 수도 있습니다. 다른 유인의 멋진 아이디어를 사용해서 자신의 현실로 만들 수도 있습니다. MRI(거짓말 탐지지), EEG(뇌파 측정기)를 상념화해서 머릿속에 띄우면, 두뇌의 사고 과정이나 타인이 생각하는 것을 다 알 수 있습니다. 여신님, 이 정도는 약과입니다. 저만 믿으십시오. 제가 모든 것을 다 보여주겠습니다. 먼 훗날에는 우주 생성까지 직접 할 수도 있는 것을 보여주겠습니다."

돌쇠의 허무맹랑한 것 같은 이야기에 넋이 나간 우피미가 탄성을 질렀습니다.

"돌쇠님! 우린 그러면 불행 끝, 행복 시작이네요~."

15. 우피성의 궁내 대장

우피성을 지키는 궁내 대장은 연봉만 30억이 넘을 정도로 부와 권력, 명예가 보장됩니다. 그리고 여신을 만나서 이권을 챙기려는 해바라기 인사들이 다리를 놓아 달라고 건네주는 돈이 연봉을 넘을 정도로 엄청났습니다. 무수한 유인들이 돈을 들고 대장 집으로 찾아오니, 그 조차도 귀찮은지 돈이 창고에 가득하다 못해 쓰레기통에도, 이불장 속에도 처박혀 있고, 신발장 속, 주방 설거지통에도 처박혀 있을 정도입니다. 들리는 말에는 넘쳐나서 그런지 돈을 휴지로 사용한다고 하네요. 코풀 때도 종이돈을 사용하고, 똥 싸고 나서 돈으로 닦는다고 하니 상상을 초월합니다.

이 와중에 덩달아서 재미 보는 유인도 반드시 있습니다. 대장 집 파출부입니다. 파출부는 대장 집에서 휴지로 사용한 돈을 걷어다가 빨아서 다리미질을 하여 다시 사용한다고 합니다. 그 돈이 월급보다 10배는 넘는다고 하니….

이런 궁내대장을 노리는 유인들이 부지기수일 터인데, 현재 대장은 어떻게 자리를 꿰찼는지 궁금합니다. 대장은 본래 우피성 변두리에서 자장면 집을 운영했는데, 맛이 좋다고 소문나서 손님이 많았습니다. 그런데 그 집 자장면의 양념이 다른 곳과 달리 특이했습니다. 보통 돼지고기를 사용하는데, 대장 네 자장면은 돼지고기는 아닌 것 같은 것이, 쫀득쫀득하면서 입안에서 사르르 녹았습니다.

이상한 것은 우피성 변두리에서 부녀자와 어린 여자들, 처녀들이 시간만 되면 실종되는 사건이 종종 일어났습니다. 한 달에 두 명 정도가 꼭 실종되었습니다. 남자는 실종되는 이가 없는데, 꼭 여자들만 실종되는 거였습니다. 음식 솜씨가 탁월하다고 온 동네에 소문이 쫙 퍼졌는데, 우피미도 그 소문을 들었습니다.

"얼마나 맛있기에…."

우피미는 시녀를 시켜 자장면집 주인을 불러와서는 음식을 시식했습니다. 고기가 입안에서 사르르 녹는 것이 정말 맛있었습니다. 매번 주인을 불러오거나 시켜 먹는 것도 번거로운지 그를 궁내의 주방장으로 발탁했습니다.

궁내의 주방장이었던 대장에게 결정적인 기회가 왔습니다. 우피미가 돌쇠를 만나기 전에 병환이 찾아왔습니다. 온 삭신이 부서져 나갈 것 같고, 걸음을 걸으려고 발을 떼면 맥없이 픽픽 쓰러지는 거였습니다. 그러니 백약이 무효이고, 주방장의 음식도 입안에서만 맴돌지 삼키지를 못했습니다. 주방장은 골머리를 앓기 시작했습니다.

"어떻게 음식을 해야 여신의 입맛이 돌아오려나?"

주방장에게는 남자, 여자인 쌍둥이가 있었습니다. 6살 된 막 피어나는 어린아이였습니다. 주방장은 기괴한 문헌 속에서 보았던 글귀를 떠올렸습니다. 입맛이 없을 때는 어린 유인의 인육(人肉)이 최고라는 글귀. 자신의 친자녀인 쌍둥이를 고기로 만들어서 냉장고에 넣어 놓고 끼니때마다 우피미에게 음식으로 올렸습니다. 골골거리던 우피미가 주방장이 올리는 음식으로 서서히 기운이 회복되었고, 보름 만에 자리를 털고 일어섰습니다.

"주방장아, 너의 노고가 참으로 크도다. 네가 올린 음식으로 몸이 회복되었으니 이 고마움을 어떻게 해야 할지 모르겠구나."

주방장은 우피미의 칭송에 고개를 못 들 정도로 감격했습니다.

"너의 고마움에 내가 우선 너의 쌍둥이에게 우피성 최고의 희귀 보석을 정표로 줄 터이니 쌍둥이를 불러 오거라."

주방장은 입술이 파래지고 정신이 멍해졌습니다. 생각지 않게 죽은 쌍둥이를 불러오라니. 그럴 만도 했습니다. 주방장은 하는 수 없이 이실직고했습니다. 주방장의 입술에서 나오는 소리를 듣던 우피미는 처음에는 놀랐으나, 차츰 진정하면서 눈물을 흘렸습니다.

"네가 진정 나의 충신이구나…. 세상에, 나를 위해 자식을 죽여서 바치다니…."

우피미는 감격에 겨워 하염없이 울었습니다. 우피미는 결단을 내렸습니다. 궁내 대장을 해고하고, 주방장을 궁내 대장에 앉혔습니다. 변두리 자장면 집 주인이 우피성 궁내 대장으로 영전한 것입니다. 이런 대장이 요리를 포함하는 문화부 장관으로 또 영전시켜 준다고 사령관이 꼬드기자 배신하기 위해 음모를 꾸미고 있었습니다.

16. 우피성의 고속도로

　사랑에 빠진 우피미가 팬티를 돌쇠에게만 내리니 우피리 인의 원한이 드높아져 가는 것을 알게 되었습니다. 이 와중에 충신 3인방과 대장, 사령관의 역모가 진행되고 있었으나, 돌쇠의 초심리로 알면서도 일거에 반대파를 섬멸하기 위해서 방치 내지는 오히려 조장하고 있는 것까지 알게 되었습니다.

　돌쇠는 그래도 훗날을 기약하기 위해서 민심 전환용 카드를 꺼냈습니다. 봄날의 한갓진 오작교의 풀숲에서 일합을 나눈 돌쇠가 멜론만큼 탐스럽고 향취가 나고 뽀얀 우유보다 하얀 우피미의 가슴을 매만지면서 생각을 꺼냈습니다.

　"여신님, 우피성의 도로를 획기적으로 바꾸는 공사를 하면 어떨까요?"

　돌쇠의 둘둘 말린 거시기를 주물럭거리던 여신이 돌쇠를 바라보았습니다.

　"뭔 소리에요? 도로를 바꾸다니?"

　"우피성의 전직 대통령이던 박피리도 도로 건설하면서 우피성의 국운을 일으켜 세웠고, 실업자도 없애고 자동차 산업도 육성했으며, 무엇보다 민심을 장악해서 두고두고 대통령 해먹다가 죽었잖아요. 그리고 까꼬리나 별의 히피러도 아우토반을 건설해서 까꼬리인의 민심을 장악했고, 도탄에 빠졌던 국가를 단박에 일으켜 세웠잖아요. 그러니 우리도 민심이 이반된 우피리 인을 장악하고, 그 기술로 통합국, 나아가 우주 상층 문명으로 진입하면 좋겠습니다."

무슨 소리인지 대충 알아들은 우피미는 고개를 끄덕끄덕하면서도 한 가지 의문이 들었습니다.

"무슨 도로를 어떻게 한다는 것이죠?"

"네, 상온 초전도체라는 게 있어요. 초저온이 아닌 상온에서 초전도성을 나타내는 물질이 있는데, 초전도체에 자석을 올려놓으면 허공에 뜬 채로 약간 흔들립니다. 이것을 마이너스 효과라고 하지요. 이 물질로 세라믹화해서 모든 도로를 건설한 뒤에 자동차를, 특히 타이어를 자석으로 만들면, 허공에 뜬 채로 초고속으로 달릴 수 있습니다. 마찰이 없기에 에너지 효과도 크고, 무엇보다 2차원의 직선위 3차원 공간에서도 만들 수 있기에 상상할 수 없는 효과가 난답니다. 모든 우피리인들을 도로 건설에 투입시킬 수 있고, 또 그 재료를 찾거나 만들기 위해서 우주 탐색도 해야 하기에 부가 가치는 상상 밖이죠."

돌쇠의 능력이 남다르다는 것은 알고 있었지만, 경악을 금치 못하는 아이디어에 여신의 입이 쫙 벌어졌습니다.

"어머 어머… 정말, 돌쇠님 두뇌는 천재네요. 어떻게 그런 생각을 하셨나요?"

"제가 초능력자잖아요. 두뇌에 저절로 다 떠오릅니다. 여신님만 허락하면 우선 우피성에서 시작하고, 까꼬리나 별에서도 시작하여 차후에는 두 나라를 통합시키겠습니다. 아울러 기념으로 초전도 자석으로 만든 허리띠를 여신님에게 드리겠습니다. 그러면 허공으로 붕붕 날아다니는 슈퍼녀가 되시는 것입니다."

기쁨에 겨워 우피미는 홍조를 띠었습니다. 우피미는 아무리 생각해도 돌쇠를 만난 것은 다른 차원의 공간에 있는 제 5의 힘인 생명력이 자신에게 하강했기 때문이라고 생각했습니다. 제 5의 힘은 우주 4대 힘-중력, 전자기력, 강한 핵력, 약한 핵력-말고 숨은 힘인데, 유인들은 생명력을 만나려고 그렇게 기도하고 난리법석을 쳐도 못 만나고 있었습니다. 돌쇠를 만난 것은 제 5의 힘이 자신에게 하강했기 때문이라고 우피미는 굳게 믿었습니다.

여신의 동의를 얻은 돌쇠는 초전도체를 찾거나 만들기 위해서 우피성에 없던 제도인 '우주탐색본부'를 새로 만들어 본부장에 앉았습니다. 우피성의 기득권자들은 당연히 돌쇠를 노려보았으나, 여신이 임명했기에 맥없이 바라보기만 했습니다.

"우피미를 죽여야 하겠습니다."

기자가 결단을 내리고 3인방과 의논했습니다. 아울러 새로 참여한 궁내대장과 우주방위 사령관도 참석해서 함께 의논했습니다. 기자가 여신에게 의논할 게 있다고 알현을 청한 뒤에 총이나 칼로 죽인 후, 궁내대장은 궁성의 모든 문을 잠그고 궁성을 단도리한다는 게 최종 결론이었습니다. 아울러 궁성 밖과 우피성 전역은 사령관이 부하들을 이끌고 비상조치를 내린 뒤 방어하는 것으로 이야기를 끝냈습니다.

아, 우피미와 돌쇠는 이렇게 죽어가야 하는 것인지 하회가 궁금합니다. 그들의 우주별, 문명사에 길이 남을 아름다운 사랑 이야기는 이것으로 종말을 고하게 될지 자못 궁금해집니다. 이렇게 세밀하게 작전을 짜고 실행하는데, 아무리 초능력자라고 해도 돌쇠인들 무슨 방법이 있겠는지….

그들의 운명은 빛을 잃어 가고 있었습니다. 돌쇠도 초심리로 알고 있었지만 실상은 겁먹고 있었습니다. 여신에게는 큰 소리 뻥뻥 쳤지만 사실은 아무 대책이 없었습니다. 기껏 까꼬리나 별의 사령관을 끌어들인다는 것이지만, 일이 벌어진 뒤에는 사령관인들 무슨 대책이 있을까요? 그렇다고 먼저 친위 쿠데타를 일으킨다는 것도 어려운 것이고, 이래저래 시름만 깊어 갔습니다.

17. 기자의 퉁소

위기감을 느낀 돌쇠는 몇 날 며칠을 잠 못 자고 끙끙 앓았습니다. 외롭거나 삶이 고달플 때 이따금 찾던 산중이 퍼뜩 떠올랐습니다. 초능력을 얻게 된 까꼬리나 별의 산중을 오래간 만에 찾아갔습니다. 수도하던 동굴은 그대로였지만, 움막은 비바람에 많이 시달려 넝마 쪼가리가 되었습니다.

넝마가 된 움막이 고뇌에 싸인 자신의 처지와 비슷한지 처연한 움막을 정성스레 매만지던 돌쇠가 꺼이꺼이 울음을 터뜨렸습니다. 숱한 세월을 공포와 고독에 싸인 채 홀로 산중에서 수련하던 돌쇠가 드디어 빛을 발하나 싶었지만, 욕망이 과한 탓에 비 맞은 개살구 신세가 되고 말았습니다.

촛불을 공중에 띄우거나 구름을 불러오는, 물결의 이동을 바꾸거나 색깔을 바꾸는 초심리의 수련이 떠오른 돌쇠는 동굴 속으로 들어갔습니다. 그곳에서 다시 초심으로 돌아가서 몰입하면 그 무엇의 영능을 만나리라는 희망을 간직한 채 말입니다.

돌쇠는 그동안 여신과 지내느라 잊었던 대일통의 수련을 하나씩 해나갔습니다. 처음 수련할 때는 막혔던 생명선이 터지면서 동굴 안이 참빛으로 대낮처럼 밝아지기도 했습니다. 일주야를 식음을 전폐한 채 제 5의 힘, 생명력을 얻으려고 간구하던 돌쇠, 고차원에 있는 파워와 에너지를 끌어오는 영능이 돌쇠에게 다시 내려왔습니다. 영능을 얻은 돌쇠는 회심의 미소를 지었습니다. 산중에서 내려온 돌쇠는 우피성으로 내달렸습니다.

"돌쇠님, 아니 이제는 뱃속의 애 아빠이니 여보네요. 당신하고 연락도 안 되고 내가 얼마나 찾았는지 아세요?"

여신은 그동안 돌쇠를 찾으려고 노심초사했는지 자연 발광하던 그 빛나던 미모가 빛을 잃고 초췌해졌습니다. 아름다운 눈가에는 눈물이 하나 가득한 채로 돌쇠의 품에 뛰어들었습니다.

"아, 죄송합니다."

돌쇠도 여신과의 해후가 안 믿어지는지 꺼이꺼이 울면서 부둥켜 안았습니다. 여신과 마주 앉아서 산중에 갔던 일, 산중에서 있었던 일을 가감 없이 전했습니다.

"여신님, 누가 들을지 모르니 귀 좀 이리로."

귀를 쫑긋이 세우던 우피미의 얼굴이 점점 환해졌습니다.

"네 여보, 알았어요. 당신이 시키는 대로 할게요."

"여신님, 마지막 당부입니다. 기자가 알현을 신청해서 오게 되면 무조건 최소 1미터 이상 떨어져서 대화해야 합니다. 1미터 이내로 근접하면 매우 위험합니다."

며칠 뒤 기자가 알현을 신청했습니다. 기자는 여신을 만나기 전에 쿠데타 팀과 마지막 숙고를 나누었습니다. 총이나 칼을 품고 들어가면 우피미 시종들에게 발각되니, 다른 방법을 모색했습니다. 진기한 보석을 구했는데, 그것을 여신에게 바치는 걸로 의견을 모았습니다. 보석함에 비수를 감추어 두었다가, 여신 앞에서 함을 열 때 비수를 꺼내 찔러 죽이는 것으로 최종 결론을 내렸습니다.

"여신님, 그동안 옥체 강녕하셨는지요? 자주 찾아뵙지 못해서 송구스럽습니다."

대사를 앞둔 기자는 천연덕스럽게 우피미에게 절을 하며 인사했습니다. 궁에 오기 전에 떨리는 심장을 억제하려고 청심환 약까지 먹고 왔으나 그래도 속은 떨려 왔습니다.

"네, 기자님도 그동안 잘 지내셨는지요?"

우피미는 기자의 속내를 알면서도 여유롭고 화사하게 웃으면서 맞이했습니다.

"제게 옆 동네 석피리가 천상의 음을 내는 퉁소 하나를 가져왔습니다. 퉁소가 그냥 퉁소가 아니고 전설의 새, 하얀 돌머리 까마귀의 머리털을 뽑아서 만든 퉁소입니다. 아시다시피 하얀 돌머리 까마귀는 천 년에 한 번 나타나서 천상의 음조를 읊고 하늘로 다시 돌아갑니다."

"어머나, 하얀 돌머리 까마귀를 본 것도 행운이지만, 어떻게 그 머리털을 구했대요?"

여신의 눈이 휘둥그레졌습니다. 전설의 하얀 돌머리 까마귀를 본 사람은 천 년 만 년 만복만 내려오고, 자자손손까지 만복이 이어지기에 영조(靈鳥) 중의 영조이니 그럴 만도 했습니다. 여신은 순간 기자가 꺼내는 퉁소를 더 가까이 보려고 다가섰습니다. 그 틈을 노린 기자도 여신에게 가까이 다가섰습니다. 그 거리는 순식간에 40센티 정도로 좁혀졌습니다. 기자는 함을 열면서 퉁소 밑에 감춰둔 비수를 꺼내서 여신을 냅다 찔렀습니다.

18. 투명 유인

기자가 찌른 비수는 허공을 갈랐습니다. 여신이 사라진 것입니다. 분명히 우피미가 코앞에 있었는데, 사라진 것입니다. 땅으로 꺼졌는지 하늘로 솟구쳤는지 사라진 것입니다. 우피미는 기자에게 다가서다가 순간 함에서 반짝이는 칼날 빛을 보았습니다. 돌쇠가 당부했던 말이 떠올라 뒤로 물러서는 순간, 다리가 꼬여서 뒤로 쓰러졌습니다. 쓰러지면서 돌쇠가 주고 간 망토를 위기감 속에서 순식간에 휘감았습니다.

그 날 여신은 평소와 달리 안 입던 망토를 입고 나왔었습니다. 그 망토는 바로 투명체로서 휘감으면 물체가 사라지게 했습니다. 일명 투명 유인이 되는 옷이었습니다. 그러니 비수를 뻗었지만, 여신은 뒤로 쓰러졌고, 더욱이나 투명 망토를 휘감았으니 허공을 가르고 여신이 안 보이는 것입니다.

기자가 알현을 신청한 당일에 돌쇠에게 통지가 갔습니다. 기자가 궁내로 들어온다는 소식을 받은 돌쇠는 망토를 들고 부리나케 달려갔습니다.

"말씀드렸지만 이것은 준 물질로 만든 투명 망토입니다. 이것을 휘감으면 몸 전체가 투명해져서 기자가 여신님을 못 보게 됩니다. 비수가 날아오면 망토로 휘감아 피한 뒤 궁내 시종들에게 고함을 치십시오. 그렇게 기자를 체포하면 됩니다. 이후에 궁내 대장과 사령관까지 일거에 다 잡고, 그 일당도 함께 동시에 다 잡으면 됩니다."

"네, 정말 신기하네요. 준 물질이 도대체 뭐에요?'

"쉽게 말씀드리겠습니다. 제가 여신님을 볼 수 있고, 여신님도 저를 볼 수 있는 것은 가시광선 때문에 그렇습니다. 즉 눈으로 볼 수 있는 것이지요. 여신님이나 저는 물질로 만들어져 있습니다. 무슨 소리인가 하면, 원자들이 빽빽하게 밀집되어 있는 물체이기에 빛이 통과할 수 없습니다. 그래서 눈에 보입니다.

그런데 준 물질은 광학적 특성을 갖지 않습니다. 빛을 비정상적으로 휘어지게 만듭니다. 준 물질은 모든 반사와 그림자를 제거해서 빛에 대해 완전한 투명체가 됩니다. 망토가 뒤로 젖혀져 있기 때문에 기자의 눈에는 여신님의 앞모습만 보이고 뒤는 안 보입니다. 기자가 뒤로 와서 여신님을 보지 않는 이상, 투명한지 모릅니다. 그런 망토를 온몸에 휘감으면 가시광선이 통과되어 눈에 안 보이게 됩니다."

"절묘하군요. 알겠습니다."

여신은 비명을 질렀습니다.

"시종들이여! 기자 저놈이 나를 죽이려 하니 체포하라!"

먼발치에 있던 시종들이 달려와서 기자에게 총부리를 겨눴습니다. 기자는 그렇게 맥없이 체포되었습니다. 이후는 전광석화였습니다.

궁내 대장은 모르고 있었습니다. 자신의 양옆으로 유인이 있었다는 것을. 궁내 시종들이 투명 망토를 감싼 채로 있었기에 안 보이는 것이었습니다. 기자가 체포된 뒤, 무전기가 진동을 했습니다. 진동이 울리자 투명 유인들이 망토를 벗고 모습을 드러낸 채 대장을 순식간에 둘러싸고 체포했습니다. 대장은 수갑으로 결박당한 뒤에도 무슨 상황인지 전혀 모르는지 얼이 빠졌습니다. 느닷없이 하늘에서 뚝 떨어졌는지, 땅에서 솟구쳤는지 여신의 비밀 궁내 시종들이 나타나서 자신을 결박했기에 말입니다.

사령관도 마찬가지로 결박당했습니다. 사령관의 핵심 부하들도 그렇게 체포당했습니다. 사령관과 참모들이 비밀 시종 팀에게 붙잡혀 가자, 동요하던 일부 부하들이 총부리를 겨누고 총을 발사했습니다. 그러나 총알이 날아가지를 않는 것입니다. 비밀 팀이 망토를 휘감고 사전에 우주방위 사령부 무기고에 들어가서 노리쇠를 다 빼버린 것입니다. 그러니 그 막강한 우주방위 사령대가 무슨 힘이 있겠습니까? 총알도 발사되지 않는 총으로 무엇을 하겠습니까?

충신들도 깡그리 체포당했습니다. 비밀 팀의 눈부신 활약으로 쿠데타 팀이 전부 다 체포당했습니다. 상황이 종료되자 여신은 돌쇠를 울면서 안았습니다.

"여보, 당신은 정말 신인이십니다. 어떻게 이렇게 놀라운 재능을 지니셨는지 놀라울 뿐입니다. 사랑해요, 여보…"

여신은 정말 돌쇠에게 매료되었습니다. 처음에는 거시기 성능에 반하고, 날이 갈수록 돌쇠의 산중수련에 의한 영능과 초능력에 반하고, 돌쇠의 뛰어난 우주지식에 반했습니다.

"사랑합니다. 여신님…. 여신님과 이 목숨 다할 때까지 함께하겠습니다. 비가 오나 눈이 오나, 돌부리에 채이거나 항상 함께하겠습니다. 여신님이 있기에 제가 있는 것, 일평생 여신님만 사랑하며 살겠습니다."

돌쇠도 우피미에게 매료되었습니다. 처음에는 그 권세가 탐나고 거시기가 탐났으나, 우피미의 순박한 서정과 너그러운 풍모에 매료되었습니다. 돌쇠는 우피미를 잔머리로 대하다가 어느 순간부터 진정으로 사모하게 되었습니다.

19. 우주 엘리베이터

"그러니까 그게 가능하다는 것이오?"

"네, 본부장님."

우주탐색 본부 본부장인 돌쇠 곁에 새로운 여성 우주과학자, 정재리가 등장했습니다. 까꼬리나 별의 외곽 산중에서 수행하면서 우주과학을 집중적으로 공부한 여인이었습니다. 평범한 주부였었으나, 어느 날 다차원에 있는 대명(大明)의 빛을 만나면서 생이 전환되었습니다. 그저 자신의 집이나 잘되면 좋겠다는 심정으로 산중에서 이따금 기도나 하던 여인이었으나, 산중에서 현현한 대명을 만나면서 우주에 이정표적인 생이 되어야겠다고 결심했습니다.

그녀는 불철주야 우주공학을 연구했습니다. 남편과 자식들에게 핀잔도 많이 들었으나, 역사적 사명의식으로 우주공학에 매달린 여성 과학도였습니다.

"우피성과 까꼬리나 별의 두 행성을 우주 엘리베이터로 연결한다고? 허, 거 참."

"가능합니다. 두 별을 연결하면 시너지 효과는 상상 외로 클 것입니다. 인력 교환과 자원교환 등만이 아니고…."

"아니고? 뭐, 또 있다는 것이오?"

정재리는 쭈빗거리면서 돌쇠에게 나직이 말했습니다.

"두 행성을 하나의 통치권으로 통합하는 것도 수월합니다."

"오잉? 하나로 통합?"

"네, 그렇습니다."

"정재리 님, 당신도 텔레파시 하오?"

"…."

"내 속이 그대의 눈에 보입디까?"

이제는 건달에서 우피성의 확고부동한 실세로 등장해서 그런지 돌쇠에게 기린아들이 연일 몰려들었습니다. 궁내대장부터 사령관 등 정권의 1인지하만인지상인 수통(首統) 자리까지 돌쇠 마음대로 결정할 수 있을 정도로 실세 중의 실세로 등장했습니다. 여신이 전적으로 돌쇠에게 모든 권한을 넘긴 채 평상 생활을 즐겼기 때문입니다. 그리고 무엇보다도 돌쇠와의 사이에서 예쁜 딸아이가 태어났기에, 여신은 아이 양육에 더 큰 기쁨과 보람을 느꼈습니다.

돌쇠는 정재리와 머리를 맞대고 누가 들을까 봐 나직이 대화했습니다.

"그러니까, 친위 쿠데타로 까꼬리나 별도 장악하자는 것이오?"

"그렇습니다. 까꼬리나 별, 우주방위 사령관이 돌쇠님 영향권에 있으니 그를 우피성과 까꼬리나 별 수통 자리를 준다고 제의하면 반드시 거사를 할 것입니다."

"까꼬리나 별 통치자인 총수도 만만찮은데 쉽게 될까 모르겠네."

"본부장님, 어떻게든 통합시켜야 합니다. 그래야만 우주 엘리베이터뿐만 아니라 도로건설도 용이하고, 또한 우주 탐색도 용이해집니다. 무엇보다도 빨리 진척될 수 있습니다. 우피성 하나만 가지고서는 자원부족과 인력 부족으로 인해 이 모든 장대한 계획이 하세월이 될지 모릅니다. 그러나 두 별을 통합시키면 5년 내에 완결 지을 수 있지요."

"네?! 엘리베이터요? 그게 가능하다는 것이오?"

오랜 만에 궁내에 들어온 돌쇠에게서 우주 엘리베이터 건설 소리를 듣자 여신은 깜짝 놀랐습니다.

"어떻게 건설해서 설치한다는 것이지요?"

여신과 함께 있는 딸아이의 볼을 비비는 돌쇠는 영락없이 이제 한 가정의 지아비 같습니다. 아이가 귀여운지 혀를 날름거리고, 도리도리도 하고, 짝짜꿍도 하는 돌쇠의 안면은 화색이 넘쳤습니다.

"네, 그다지 어렵지 않을 것 같습니다. 뉴 페이스인 정재리와 정재리 연구소의 연구원들, 그리고 투명 망토를 만든 우리 우피성의 과학 센터 연구원들이 합심하면 될 것 같습니다."

"좋아요, 당신이 하자니까 하는데요. 어떻게 한다는 것인지 제가 알아듣기 쉽게 설명 좀 해주세요."

"네, 까꼬리나 별에서 보면 우리 우피성이 하늘에 있는 별처럼 보이는데, 까꼬리나 별의 자전 주기와 우피성의 공전 주기가 정확하게 일치합니다. 까꼬리나 별에서 우피성을 보게 되면 하늘에 정지해 있는 것처럼 보입니다. 그래서 우피성에서 케이블을 늘어뜨려 까꼬리나 별에 닿게만 하면 됩니다."

"그렇군요. 그런데 우주 대기에서 날아오는 운석하고 충돌하면 어떻게 할 것이며, 재료는 무엇을 사용해서 만들 거예요?"

"재료는 탄소 나노튜브로 만들면 됩니다. 일반 강철로 만들면 바로 끊어지기에, 신소재인 탄소 나노튜브를 사용하면 됩니다. 강철보다 말할 수 없이 강하면서 한결 가볍습니다. 탄소 나노튜브 개발은 다행히 정재리 연구소에서 이미 완성했습니다. 그리고 운석 충돌은 엘리베이터에 보호망을 씌우면 됩니다. 운석 충돌뿐 아니라 우주폭풍 등 자연재해도 예방해야 하는데, 특수 보호막을 설치하면 아무 이상 없습니다. 무엇보다도 도로 건설을 위해 상온 초전도체 물질을 많이 만들어야 하는데, 이것은 우주 공간에 생명체는 없고 죽어 있는 별들 중에서 샅샅이 찾아 재료를 캐 와야 됩니다. 죽어 있는 별을 찾으려면 많은 우주선을 쏘아 올려야 하는데 그 비용은 실로 막대합니다. 죽어 있는 별만이 아니고, 별의 주변을 공전하지 않고 홀로 떠도는 떠돌이 행성과 그 주변을 도는 위성도 찾아내서, 자원만이 아니라 나중에 통합국 식민지로 개척해야 합니다. 그런데 우주 엘리베이터만 있으면 비용은 거의 껌 값 수준입니다. 그리고…"

"그리고 뭐요?"

돌쇠는 정재리와 은밀히 나누었던 대화를 여신에게 전했습니다. 여신은 활짝 웃으면서도 걱정이 되는지 수심의 그늘도 깊게 패였습니다.

"친위 쿠데타가 실패하면 양별 간에 전쟁인데…"

"여신님, 우리에게는 전도의 보가인 투명 망토도 있습니다. 그 위력은 이번에 쿠데타군을 섬멸할 때 보았잖아요."

"네. 좋아요. 당신이 주도해서 하시는데, 실수 없게 해주세요."

"걱정 마세요. 항상 투명 망토를 지니시고 계십시오. 여차하면 피신하셔야 하니."

"알겠어요."

20. 환희에 젖은 통합국

"와우, 정말 우피성의 우피미 여신님은 하늘에서 온 여신이시라 니까."

앞집의 개똥이, 뒷집의 철수만 모이면 여신을 찬양하기 바쁩니다. 까꼬리나 별의 사령관이 돌쇠가 준 투명 망토를 적절히 사용해서 까꼬리나 별의 통치자, 총수와 그의 핵심 부하들을 일거에 소탕하고 정권을 여신에게 고스란히 바쳤습니다. 그렇게 하여 명실 공히 우피성으로 통합되었습니다. 천하의 돌쇠는 그래도 혹시나 반역의 무리가 있을까, 민심이 이반하지 않을까, 고심에 고심을 거듭하다가, 우주 엘리베이터부터 신속하게 건설했습니다. 엘리베이터는 양별의 관광 명소가 되었습니다. 순식간에 우피성으로, 까꼬리나 별로 이동할 수 있게 되었습니다.

"야, 저 유성 봐, 와, 우주 폭풍이 몰아친다, 와우, 떠돌이 작은 운석 봐라."

엘리베이터 속에서 우주의 모든 것을 볼 수 있으니 양국민은 신바람 났습니다. 더욱이나 무료다 보니 하루에도 10여 차례씩 왕복 여행을 즐기는 자가 부지기수였습니다. 노인정으로 가던 할머니, 할아버지는 곗돈을 타서 매일 왕복 여행을 즐기며 음료수도 사먹고 신바람 났습니다. 술 한 잔 먹고 '니나노 닐리리야'를 연신 불러 대고, 덩실덩실 춤을 추었습니다. 시어미, 시아버지가 집에는 없고, 매일 놀러 다니니 며느리들도 신났습니다. 밥해 줄 걱정이 있나, 잔소리 들을 걱정이 있나, 모든 게 해방입니다. 며느리들도 우피성의 돌쇠처럼 초능력자가 되고 싶다고 모두 다 애꿎은 산으로 수행, 수련하러 몰려들었습니다. 그야 말로 양국민이 살판났습니다.

돌쇠는 방심하지 않았습니다. 민심은 언제든지 돌변한다는 것을 역사를 통해서 잘 알고 있었기에 연신 이벤트를 궁리했습니다. 백성들이 신바람 나면서도 한 가지 걱정하고 있는 것은 에너지였습니다. 문명이 발달한다는 것은 결국 에너지를 얼마나 풍족하게 사용하느냐에 달려 있는데, 에너지가 많이 부족했습니다. 말이나 소를 이용해서 얻는 문명 초기 에너지와 석탄을 때서 얻는 에너지, 원자로를 이용해서 얻는 문명의 에너지는 그 수준이 현격히 차이가 났습니다. 생활수준도 현격할 수밖에 없었습니다.

"정재리, 어떻게 획기적으로 에너지를 얻는 방법이 없을까?"

그 사이 정재리도 통합국의 실세가 되었습니다. 우주 엘리베이터를 최초로 발상하고 그것을 완벽하게 구현했기에, 또 우주과학의 모든 시나리오가 정재리에서 출발하고 완결되어 가고 있었기에 당연한 결과였습니다. 까꼬리나 별 수도에서 멀리 떨어진, 시골의 변방에서 살던 정재리는 실세가 되면서 이사를 했습니다. 도심의 한가운데다 백만 평 이상의 대저택을 지었습니다.

대문에서 궁전 같은 집까지 걸어서 가려면 4시간 이상 걸렸습니다. 그것이 못 마땅하던 정재리는 대문에서 저택까지 에스컬레이터를 설치했습니다. 양국의 모든 예쁜 동물들을 잡아다가 저택의 드넓은 초원에 방목하면서 키웠습니다. 대저택은 온갖 꽃나무로 치장되었습니다. 수영을 좋아하던 정재리는 집에다 다이빙대까지 있는 넓고 쾌적한 수영장도 만들었습니다. 인생 한 방이라고, 별 볼일 없이 살던 정재리도 실세가 되니 생이 뒤바뀌었습니다.

"본부장님, 데스 스타라는 획기적 에너지가 있습니다."

"그게 뭐요?"

"막강한 레이저를 사용하면 별의 내부 온도에 버금가는 온도를 만들 수 있습니다. 그래서 초강력 레이저를 발사해서 작은 태양을 만드는 것입니다. 태양은 핵융합으로 빛과 에너지를 방출하듯이, 마찬가지로 작은 태양에서 핵융합이 발생하기 시작하면 헤아릴 수 없는 에너지가 방출됩니다. 이것을 각 가정에 골고루 배분하면 됩니다. 기술적인 문제는 제가 통합 연구소 연구원들과 머리를 맞대고 해결하겠습니다."

"그래요? 놀랍구려. 한 번 해보시오. 대저택도 지었다는데, 그밖에도 필요한 것이 있으면 언제든지 내게 말하시오. 다 들어주리다. 그대가 우주 개척해서 별들을 식민지로 만들면 몇 개는 별장지로 주겠소. 그곳에다가 꽃도 심고, 풀도 심고 해서 애들과 함께 피크닉도 하시오. 알다시피 어느 별이든지 지하를 잘 살피면 고체화된 얼음덩어리가 있을 것이오. 그것을 녹여서 물로 사용하고, 산소도 얻을 수 있으니 가능할 것이오."

통합국은 정재리와 연구원들이 불철주야로 매진한 덕분에 획기적으로 에너지를 사용할 수 있게 되었습니다. 에너지가 넘치니 문명 수준은 점점 높아지고, 생활수준도 현격하게 높아졌습니다. 잘되는 집안은 뒤로 넘어져도 다이아몬드를 줍는다고, 통합국이 잘되려니 모든 게 욱일승천입니다. 통합국민들은 여신이 이따금 민생시찰을 나서면 광분할 정도로 환영했습니다. 대성통곡을 하면서 여신의 손이라도 한 번 붙잡으려고 달려드는 자, 치마끈이라도 한 번 붙잡으려고 매달리는 자, 환영 인파는 광분을 넘어서서 아비규환이고, 기절하는 자가 속출했습니다. 신이 진정으로 통합국에 여신으로 화신해서 하강한 것 같을 정도였습니다.

돌쇠도 여신이 국민들에게 신으로 추앙받자 덩달아 의지가 드높아졌습니다. 진정으로 자신의 부인인 여신을 위해서 헌신하고 있었습니다.

"본부장님, 만능 대화기를 하나 만들었습니다."

"그것은 또 뭐요?"

"우주 대탐색 전에 마지막으로 국민을 일치단결시키기 위해서 색다른 재미와 묘미가 필요해서 연구 끝에 만들었습니다. 만능 대화기는 일종의 음성전환 시스템입니다. 새나 개와도 말을 할 수 있고, 나무와 꽃잎과도 대화를 나눌 수 있습니다. 이것을 각 가정에 나눠주면 그야말로 선풍적인 인기를 얻을 것입니다. 그리고 무엇보다 우주에서 제일 필요합니다. 혹시나 주인 없는 별인 줄 알고 갔다가, 외계 문명의 외계인이 살고 있으면 그야말로 전쟁이 날 수도 있으므로 그들과 대화를 할 필요가 있습니다. 만능 대화기만 있으면 말을 나눌 수가 있기에 해치지 않겠다, 평화를 원한다고 안심시키고 철수하면 별 탈 없을 것입니다. 그러면 전쟁이 일어나지도 않고요."

"그것 좋은 생각입니다."

21. 우주별을 찾아서

"그렇다면 도대체 외계 행성을 어떻게 찾는다는 것이오?"

정재리와 머리를 맞대고 의논하던 돌쇠는 고개를 갸웃했습니다. 통합국으로 변모된 우피성은 권력질서를 확고히 했고, 민심이 이반되지 않도록 내놓은 몇 가지 정책이 히트를 치자 본격적으로 외계의 별을 찾아 나서기로 했습니다. 먼저 3차원 고속도로 건설을 목표로 자원을 찾는 것이고, 그것을 통해서 외계 행성을 정복하여 식민지, 별장지로 삼아서 본격적으로 고차원 상층 문명으로 진입하는 것이었습니다.

"외계 행성은 거리가 너무 멀어서 반사된 빛조차 보이지도 않고, 스스로 빛도 발하지 않습니다. 행성을 거느리고 있는 모항성보다 몇 십억 배나 어둡기에 찾는다는 것은 불가능합니다. 그러나 방법은 다 있습니다."

정재리가 방법이 있다고 큰소리치고 있지만, 돌쇠는 그래도 미심쩍은 표정입니다.

"그러니까 어떻게 찾는다는 것이오?"

"태양계로 말하자면 모항성인 태양이 흔들리게 할 정도로 큰 행성인 목성이 있습니다. 모항성이 앞뒤로 흔들리고 있으면 그 주변에 반드시 행성이 있기에 예의 주시하면 행성들을 찾을 수 있습니다."

"흐흠…."

돌쇠는 그제야 알았다는 듯이 고개를 끄덕였습니다.

"좋습니다. 그러면 총력을 기울여서 행성들을 찾아보도록 하시오. 그리고 이왕지사 생명체가 살고 있는 별들도 많이 찾아보도록 하십시오. 생명체가 이미 살고 있는 별이라면 우피성의 식민지로 부려먹기 딱 좋을 것이오. 물론 우리보다 문명이 고도화되어 있으면 우리가 당할 터이니, 우리보다 못한 놈들이 살고 있는 별들을 찾아보시오. 그러면 명실상부하게 우리 우피성 식민지가 될 수 있으니 말입니다."

"알겠습니다."

현실적으로 매우 어려운 문제임에도 정재리가 자신 있게 대답하자, 돌쇠는 또 물어보았습니다.

"가능성은 있는 것이오?"

"물론입니다. 드레이크 방정식에 의하면 하나의 은하수 안에만도 생명체가 살고 있는 별은 100에서 1만 개 가까이 있습니다. 고로 몇 개의 은하수만 찾아서 우주선을 많이, 자주 보내면 금방 찾아낼 수 있고, 초전도체뿐만 아니라 각 별에 있는 자원들을 무한대로 캐올 수 있습니다. 그리고 본부장님 말씀대로 우리보다 잘난 별은 포기하고, 우리보다 못난 별만 식민지로 개척하면 우리 우피성은 그야말로 한순간에 상층문명으로 진입할 수 있을 것입니다. 또한 문명의 발달로 우리는 거의 영원히 살 수 있을 정도로 생명이 연장될 것입니다."

"허허…, 당신하고 이야기하면 내가 같이 정신병자가 되는 기분이 들 정도로 허무맹랑하지만, 정재리 당신의 능력을 내가 익히 알고 있기에 나는 믿습니다. 열심히 하시오. 내가 여신님께는 따로 보고 올릴 터이니, 한 번 해보시오. 누가 당신을 흔들어도 내가 방어막이 될 터이니 힘차게 밀어 붙이시오. 그리고 예산 문제도 걱정하지 말고. 모든 국가 예산을 다 쏟아 부을 작정이니 걱정하지 마시오."

여신은 국민들이 기절할 정도로 광분하면서 흠모하는 대상이지만, 고전적으로 벽난로 앞 흔들의자에 앉아 한가롭게 뜨개질을 하고 있습니다. 딸은 이제 3살이 되었습니다. 그런 딸아이를 위해서 다가올 본격적 겨울 추위를 대비해서 목도리를 뜨는 것 같습니다.

"자, 우리 아가 이리 와봐."

이리저리 목 사이즈를 재다가 아이가 예쁜지 꼭 껴안고 볼을 비

빕니다. 이런 한가로움은 여신의 통치술에 있었습니다. 수렴청정 식으로 모든 권력을 돌쇠에게 넘겨주고, 돌쇠에게서는 사후통지 식으로 보고만 받고 있었습니다. 뜨개질을 하다가 막 들어온 돌쇠를 보자, 반색을 하면서 뜨개질을 멈추고 입맞춤을 합니다. 서로가 동했는지, 아이는 시종에게 맡기고 침대로 향했습니다.

정재리와 통합 연구소 연구원들은 새로 놓인 과제를 해결하기 위해서 또 불철주야 연구에 연구를 거듭하고 있습니다. 모든 것이 거의 해결되고 있는지 연구소 분위기가 좋습니다. 천문대에서는 새로운 외계 행성을 찾았다고 수시로 보고가 들어오고 있고, 우주 항해대에서는 그곳 행성을 어떤 항로로 찾아갈 수 있나, 엔진은, 연료는 무엇을 사용할 것인가 하고 연일 머리를 맞대고 숙고합니다. 우주 로봇 팀에서는 우피성의 유인을 보내기 전에 먼저 로봇 탐색대를 보내서 탐험해야 하므로 고민하고 있습니다.

머나먼 외계로 가는 항로이기에 로봇도 단순 쇳덩어리 로봇이 되면 안 되고, 똑똑한 로봇, 아니 거의 유인 수준의 로봇이어야 하기에 어려움이 참 많습니다.

우주 두뇌 팀도 덩달아 바빠졌습니다. 인공지능을 이식하고, 두뇌회로 지도를 완성해야 하기에 말입니다. 유인의 신경 단위인 뉴런이 천억 개가 넘는데, 현재의 수준으로는 로봇에게 백만 개 정도밖에 이식할 수 없기 때문에 비상사태에서는 로봇의 기능이 멈춰져 우주에서 미아가 되어 고철 덩어리로 변할 수도 있습니다. 그렇게 되면 막대한 예산을 들여서 만드는 우주선과 로봇이 다 허공으로 사라지기에 우피성의 정권이 위험할 수도 있습니다. 신중에 신중을 기해야 하는 일입니다. 처음에는 통합 연구소도 신바람이 났으나, 가면 갈수록 첩첩산중인지라 활기를 잃어가고 있었습니다.

22. 우주 항해

"또, 상륙했단 말이죠? 이번 별은 뭐 좀 특이한 자원이 있습니까?"

돌쇠는 들뜬 목소리로 정재리에게 반문했습니다.

"네, 천연 수정이 넘치고, 수정을 먹고 사는 원시 문명의 유인들도 다수 있습니다. 지하에는 다이아가 무한대로 깔려 있고요."

"우피성에 넘치는 것이 금덩어리인데, 이제는 다이아도 넘쳐나겠습니다."

"좋죠, 뭐. 애들이 구슬로 구슬치기 하는 게 아니고, 금덩어리로 구슬치기 놀이를 하고 있으니, 정말로 격세지감입니다. 우리 우피성이 이렇게 풍요롭게 한순간에 변할지는 상상도 못 했습니다. 이것이 다 여신님과 돌쇠님의 탁월한 통치 덕분이겠지요.'"

정재리도 이번 별 탐사의 성공으로 다소 들떠 있었습니다. 여러 난관을 뚫고 통합 연구원들이 불철주야 각고의 노력을 한 덕분에 문제점을 하나씩 해결했습니다. 우피성 상층에서는 매일 우주선이 수시로 발사되고 있었습니다. 옛 까꼬리나 별 지역에서 만든 우주선은 우주 엘리베이터를 타고, 우피성으로 이동해서 쏘아 올려지고 있었습니다.

"최종적으로는 내가 여신님께 보고해서 집행하고 있지만, 우리가 이렇게 신속하게 수많은 외계 행성을 찾아내고 상륙해서 자원도 캐 오고, 최종적으로는 우주 식민지도 만들고 하는 게 정말 경이롭소. 이 과정이 도대체 어떻게 해서 이루어지는 것이오? 무슨 엔진을 사용하고 있고, 어떤 항로로 가기에 이렇게 신속하게 별들을 찾아내고 상륙하는지…?"

"네, 제일 먼저 유인 우주선을 보내면 위험부담이 크기 때문에 무인 우주선 위주로 먼저 개발했습니다. 무인 우주선에는 지능 로봇이 함께 타고 가고 있죠. 최후에는 나노 로봇, 나노 우주선을 개발해서 보낼 것입니다. 나노는 초소형이므로 첫째는 비용이 거의 들지 않고, 또한 자기 복제할 수 있는 능력이 있어서 나중에는 돈 한 푼 안 들어갑니다. 복제 능력을 이용해서 똑같은 것을 우주에서 만들어내 활용하니까 비용이 안 들어가지요. 나노 우주선은 정말 초소형 우주선이기 때문에 대량으로 만들어 내면 우주에 있는 모든 별을 다 탐사할 수 있습니다. 나노 우주선도 초소형이어서 비용이 정말 저렴합니다. 하여튼 이런 취지하에 로봇이 제일 문제였습니다."

"그렇군요. 로봇도 이제는 기능이 많이 향상되었지요?"

"네, 모든 유전자의 지도를 작성하는 게놈 프로젝트처럼, 두뇌 지도를 만드는 데 집중했습니다. 두뇌 지도를 그대로 로봇에게 이식하면 거의 유인 수준에 달하기에 말입니다. 유인의 두뇌는 천억 개가 넘는 뉴런으로 구성되어 있습니다. 각 뉴런은 어떤 작용을 하면서 특정한 생각을 전달되거나 창출하는지, 이것만 알게 되면 획기적이겠지요. 그래서 두뇌 지도를 완성하는 데 먼저 모든 통합 연구원이 매진했습니다. 지금은 물론 다 완성되었습니다. 그런데 이것을 하나씩 로봇에 이식시키는 게 큰 문제라서 많은 시행착오를 겪으면서 전진하고 있습니다. 초기보다 지금은 현격하게 좋아졌습니다. 최후에는 로봇이 자기 복제를 하면서 대량으로 스스로 만들어낼 것입니다. 이렇게 되면 우리는 정말 상충 문명이 아니고, 전 우주를 지배하는 신으로 등극하게 되는 것입니다."

"허허, 여신님 들으면 섭섭하겠네요. 우리는 로봇만 잘 통제하면 누워서 떡먹기네요. 그놈들만 잘 부리면 정말 우피성은 신이 되는 것이군요."

"네, 그렇습니다. 로봇을 초기에는 하향식으로 접근했습니다. 유인의 지적 능력을 CD식으로 압축해서 로봇 머리에 넣었더니, 이놈들이 그 지식대로 활용을 하지만, 문제는 장애물 같은 게 있으면 헤쳐 나가질 못하는 거예요. 장애물을 어떻게 피해가야 하는지를 모르는 거죠. 보거나 냄새 맡는 데는 기능이 탁월하지만 말입니다. 물론 수학적 계산능력은 유인을 앞섰지요. 그런데 기초적인 장애물을 피해가거나 넘는 것을 할 줄 모르는 거예요. 그래서 배워 가기 식으로 접근했습니다. 스스로 문제를 풀어 가는 능력을 배양시키는 것으로 로봇 두뇌를 만들어 갔더니만, 시행착오는 더러 있었지만 지금은 능숙하게 로봇 스스로 어떤 상황에서든지 무엇을 어떻게 해야 하는지 알게 되었지요. 현재의 기능에서 자기 복제 능력까지 배양시키면 정말 우리는 땅 짚고 헤엄치기입니다. 물론 자기 복제 능력 배양이 쉽지는 않지만 차차 해나가도록 하겠습니다."

"로봇은 그렇다 치고, 우주선 엔진은 무엇을 사용하기에 그렇게 신속하고 빠르게 외계 별들에게 날아가는 거요?"

"화학 연료를 사용하게 되면, 즉 석유 같은 것을 사용하게 되면, 우리 은하수 밖의 제일 가까운 별인 꼬토리 별에 가는 데도 7만 년이 걸립니다. 외계 행성을 백날 찾아도 언감생심이지요. 외계별에 직접 가서 자원도 캐오고 식민지로 만들려면 획기적인 연료 체계가 필요했습니다. 그래서 이것저것 다 포기하고 황당한 개념만 생각하고, 아이디어가 떠오르면 총력을 기울여서 만들고자 애를 썼습니다. 그 결과 태양 항해법과 램제트 융합법이 있었습니다.

태양 항해법은 태양이 사라지지 않는 한 우주 공간에서 영구히 사용할 수 있는 충분한 동력원이지요. 우주에서 태양빛은 미미하지만, 대기의 마찰이 거의 없기 때문에 적은 빛으로도 충분히 우주선을 추진시키는 훌륭한 동력원입니다. 그리고 태양 항해로 가는 우주선에게 달에서 레이저빔을 발사하는 것이죠. 달에다 거대한 레이저 배터리를 설치해서 우주선에 쏘면 되는 것입니다. 레이저빔을 동력으로 사용하면 이 역시 큰 비용 없이 훌륭한 동력원이 되지요. 우주 공간에는 수소가 매우 풍부하니까 이것을 사용하면 다시없는 동력원이 된답니다. 수소를 활용하는 방법이 램제트 융합법입니다. 수소의 핵융합 반응에서 힌트를 얻은 것이지요."

"역시 정재리입니다. 훌륭한 계획을 실행하고 있지만, 그래도 다른 외계 행성을 가는 데 25년, 8년, 이 정도의 시간이 소요되는데 어떻게 우리는 한순간에 외계로 가서 자원을 캐오고, 식민지로 만듭니까?"

23. 우주에는 도로가 있었습니다

돌쇠의 계속되는 질문에 정재리는 숨을 한 번 가다듬고 다시 말을 이었습니다.

"정말, 어떤 엔진이든지, 어떤 연료이든지 드넓은 우주를 광속으로 이동해도 1년 이내에 도착하는 것은 불가능합니다. 5년만 걸려도 왕복 10년인데, 새로운 외계별을 찾아내서 갔다 온다는 것은 현실적으로 아무 짝에 쓸모없는 것이지요. 생각해 보십시오, 돌쇠님! 1년도 아니고 왕복 10년이 걸립니다. 10대 후반에 가면 20대 후반에 옵니다. 피 끓는 젊은 날의 시간을 우주에서 다 보낸다면 무슨 효용이 있겠습니까? 20대 후반에 가면 30대 후반에 옵니다. 언제 결혼하고, 언제 기반 잡고, 언제 자식 낳아서 키우겠습니까? 별로 영양가 없는 행위입니다."

"…."

"그래서 정말 통합 연구원들은 고민 많이 했습니다."

"무슨 고민?"

"우주는 반드시 통합국처럼 도로나 길이 있을 것이라는 생각에서 출발했습니다. 우주는 끝없이 팽창해도 그 어떤 원칙이나 이치에 따라서 팽창할 것입니다, 그렇다면 그 팽창은 반드시 길 따라서 행해질 것입니다. 그것을 연구하고 연구해 보니, 고속도로처럼 우주 도로가 있는 것이었습니다."

"헉!? 우주에도 도로가?"

"네, 우주도 도로가 있고, 길이 있었습니다."

"놀랍구려, 상세히 설명 좀 해주시구려."

"네, 우주는 시공간이 직물처럼 연결되어 있었습니다. 즉 호수에서 돌을 비스듬히 던지면, 파동이 일어나면서 물결이 쭉 퍼져나가듯이, 중력파는 시공간이라는 직물을 따라 퍼져나가는 파동입니다. 이것에 착안해서 우주 항해를 했습니다. 시공간의 직물, 즉 도로를 따라가면 빛보다 빠를 수 있다는 계산이 나오더군요."

"엥? 빛보다 빨라? 거짓말! 세상에 빛보다 빠른 게 어딨어요?"

"아닙니다, 본부장님. 그래서 생각의 고정관념을 깨야만 보이는 것이 우주고, 새로운 문명입니다. 지금까지 잘못 배워온 신관(神觀), 지식관이 문제입니다. 얼마 전까지 천동설이 진리였습니다. 이것을 깨뜨리고 지동설이 확립되기까지에는 무수한 사람들이 죽었습니다. 잘못된 신관과 지식으로 인한 결과였죠. 그때는 그럴 수 있었습니다. '1 더하기 1은 2'만 알던 시절이었으니까요."

"좋소, 설명해 보구려."

"시공간의 도로를 따라가다 보면, 일직선으로 뻗은 길이 휘어지면 더 빨리 갈 수 있고, 지름길로 가는 구멍이 있습니다. 즉 산에 갈 때 등산로 말고, 더 빨리 정상으로 갈 수 있는 오솔길 같은 길을 말하는 것입니다. 우주도 등산로 같은 길이 있고, 샛길로 더 빠르게 가는 오솔길이 있습니다. 그 길을 찾기 위해 통합 연구소에서 무진장 노력을 했고, 시뮬레이션을 돌려서 하나씩 찾아낸 것입니다. 길도 찾았지만, 그 길을 따라가는 자기력이 있다는 것을 알게 되었습니다. 결론은 나온 것이지요. 자기력으로 시공간의 도로를 찾아가면 한순간에 가고 돌아올 수 있다는 결론이 나왔습니다. 그래서 우리가 지금 이렇게 빨리 전격적으로 외계로 가고, 돌아오는 것입니다. 향후 새로운 우주도 우리는 만들 수 있습니다."

"잉?! 새 우주를 만들어요?"

"네, 지금 외계 항해를 하다 보니 알게 되었습니다. 우주는 다중 우주이고, 새 우주가 거품처럼 계속 생겨나고 있습니다. 대부분 찾을 수 없을 정도로 아주 미세한 우주이지만, 그중에는 눈에 띄게 계속 커지는 우주가 있습니다. 그곳으로 이동하면 우리는 새 우주를 손쉽게 얻어서 새 우주의 완전한 주인이 될 수 있습니다. 아직은 계획입니다. 차차 연구하겠지만, 가능합니다."

"좋소, 자기력에 대해서 좀더…."

"자기력의 원리는 간단합니다. 각 행성은 자기력이 있지요. 문제는 자기력이 항상 두 극이라는 것이지요. N극과 S극입니다. 자석을 아무리 쪼개도 두 극으로 항상 나옵니다. 두 극이 있다는 것은 어떤 방향으로 이동하려고 해도 못 나가고 제자리에서 뱅글뱅글 돌기만 합니다. 그래서 하나의 극만 지니고 있는 자기홀극이 있을 것이라는 전제하에 연구했습니다. 그래서 우리는 찾아내었습니다. 대신에 막대한 자기홀극이 있어야 하고, 그것을 수집해야 합니다. 그렇게 되면 은하나 행성 주변의 자기력선을 따라서 우리는 우주 어디든지 한순간에 갈 수 있었습니다. 그래서 비용이 좀 들어갔지만 우주에 거대한 자기 그물을 쳐서 자기홀극을 모았죠. 그것을 사용해서 하고 있습니다. 물론 비용 때문에 자기력 우주선은 많지 않고, 또 머나먼 행성을 갈 때만 사용하고 있습니다. 현재 우리의 주력은 태양 항해와 램 제트가 주력입니다."

돌쇠는 아는 것도 같은지, 모르는 것도 같은지 고개를 갸웃거리고 있습니다. 우주 항해는 정말 어렵고 이해가 쉽게 되지 않나 봅니다. 그런 돌쇠의 표정을 읽었는지 정재리의 설명이 이어졌습니다.

"본부장님, 우주의 시간은 서로 틀립니다. 시간이 흘러 흘러 굽이 치다보면 강물이 강둑에 부딪치는 것처럼 빨라지기도 하고, 느려지 기도 합니다. 우주에서는 저마다 서로 틀립니다. 그래서 더 먼별을 간 우주선이 우리 시간상으로는 더 늦게 와야 되는데, 더 빨리 오 는 경우도 많습니다."

"그렇구려, 현재 우리의 별이 몇 개요?"

"현재 우리가 소유하고 있는 죽은 별은 만 개이고, 생명체가 있 고, 낮은 문명의 유인이 있는 별은 5개입니다. 그 중에는 통합국 초 기처럼 말이나 소타고 다니는 문명도 있었습니다."

"그러면, 5개에다가 식민지나 별장지를 하면 되겠네요?"

"네, 여신님의 식민지는 생명이 있는 곳이 좋을 것 같습니다. 생명 이 없는 죽은 별이 생명을 만들어 내려면 많은 시간과 돈이 들어가 기 때문에 아직은 권하고 싶지 않습니다."

"알았소. 앞으로도 큰 문제는 없겠지요?"

"안 그래요."

"잉? 안 그래?"

"네, 우주도로 지도 만드는 게 장난이 아닙니다. 새 외계별을 찾 아내면 그곳까지 가기 위해서 우주선을 쏘아 올려야 하는데, 한 번 항해하기 시작하면 조작할 수 없습니다. 초 광속 우주선이므로 이 미 휘어진 시공간, 즉 우주 도로로만 날아가야 해서, 죽으나 사나 그 별로만 돌진하는 것이지요. 옆으로 간다든지, 멈춰 선다든지 할 수 없습니다. 무조건 그 별로만 항해하는 것입니다. 그래서 조금만 각도가 빗나가도 그 별에 도착하지 못하고 영원히 무조건 항해하게 되지요. 우주의 미아가 되고 맙니다. 그렇게 해서 잃어버린 우주선도 다수입니다. 지도 만들기는 쉽지 않습니다. 장난이 아니죠, 정말 힘듭니다."

"그렇구려, 하여튼 분투하시구려. 유인 문명도 5개를 찾았다니 일단은 긍정적이오. 앞으로 천 개 이상 찾아서 식민지로 만듭시다. 여신님께 말씀드려서 몇 개는 정재리 주겠소."

"감사합니다. 더 노력하겠습니다."

오랜만에 만난 돌쇠에게서 우주 항해에 대해 상세히 설명을 들은 여신은 기쁨이 넘쳤다.

"돌쇠 여보님, 아기하고 우리 빨리 우주 별장지 가고 싶어요. 말 타고 다니는 유인도 있다 하니 호기심이 동하네요. 동화책에서 보았던 말이나 소를 타고 다닌다니. 까르르르르…. 그러면 동화책에서 보았던 가마도 탈 수 있겠네요? 동화책에서 보니 유인들이 앞뒤로 가마를 들고 다니던데, 호호호호호호."

돌쇠도 덩달아 웃고 박수치고 난리도 아닙니다. 우주의 문명은 이렇게 차이가 많았습니다. 이제 말 타고 다니는 문명도 있고, 석탄 때는 문명도 있었고, 더 나아가서 석유 때는 문명도 있었으며, 이런 문명을 찾아서 지배하는 중층 이상의 문명도 많았습니다.

24. 열리는 판도라의 비밀

정재리와 통합 연구원들은 언젠가부터 이상한 것을 느끼기 시작했습니다. 외계 행성의 별들 중에서 유인 문명이 있는 것을 보았고, 하나하나 점령해가고 있기에 욱일승천이었지만, 개중에는 우주 도로 지도를 따라가던 우주선이 통째로 갑자기 사라지는 현상을 목격하기도 했습니다. 우주 도로도 연구에 연구를 거듭하자 도로를 따라서 가는 것보다, 가고자 하는 별까지 도로를 접어서 갈 수도 있다는 느낌이 오기 시작했습니다. 즉 우피성에서 A 지점까지의 우주 공간을 접어서 가는 게 가능하다는 생각이 들기 시작했습니다.

차원의 공간을 이용해서 단번에 갈 수도 있다는 것을 알게 되기 시작했습니다. 그렇게 연일 통합 연구소는 연구를 거듭하고, 실험도 계속하다 보니, 당장은 그렇게 못 해도 우주선의 기능이 획기적으로 변해가고 있었고, 또한 외계별과 문명을 획기적으로 많이 찾아내고 점령해 가고 있었습니다.

"이번에 도착한 별은 좀 이상합니다."

정재리는 두터운 문서와 사진을 들고 돌쇠에게 보고를 합니다.

"뭐가 이상한가요?"

"본부장님, 이 사진을 좀 보세요. 이 부분을 확대해서 보시면 아시겠지만, 우리가 그동안 보지 못했던 건축양식인 것 같고, 또 좀 색다른 무슨 공장 같기도 합니다."

정재리가 보여주는 사진을 유심히 보던 돌쇠도 이상한지 고개를 갸웃거립니다.

"아닌 게 아니라 좀 틀린 것 같네요."

"이번에 도착한 별은 상당히 높은 고도의 문명 같기도 하고, 아리송합니다. 만능 대화기로 대화를 시도해도 대화가 잘 안 되고."

"음…."

돌쇠가 걱정이 되는지 한숨을 내쉽니다.

"이상하다 싶으면 그 별은 포기하면 되죠 뭐. 지금 우리가 점령한 별만 해도 산더미이고, 또 유인 문명의 별들도 이미 만 개가 넘는데, 그까짓 것, 하나쯤 포기한다고 아쉬울 것 있겠습니까?"

돌쇠의 반문에 정재리는 그렇게 하기에는 너무 억울한지 쉽게 대답을 하지 않았습니다.

"본부장님, 우리의 노력이 헛수고가 될 수는 없습니다. 우리 통합국은 이제 무인 우주선이 아니라, 유인 우주선으로 무수한 통합인들이 전우주로 뻗어가면서 개척하고 있는데, 이상하다고 철수하면 맥 풀리잖아요. 철수하기 시작하면 쇠퇴해질 수도 있으니, 일단은 밀어붙이죠 뭐."

"우주 항해와 개척은 전적으로 정재리의 소관이니 알아서 하시오."

돌쇠는 여신에게 아까 정재리와 있었던 일을 전하기 시작했습니다. 가만히 듣고 있던 여신은 그동안의 우주 개척을 지켜보면서 느긴 바가 많았었던 것 같습니다.

"1차원부터 11차원까지 각 차원은 다 나름대로 질서가 있고, 평등한 관계라는 생각입니다. 5차원이 4차원의 세계에 개입할 수 없고, 다 나름대로 살아가고 있을 것 같습니다. 우리가 3차원 세계라고 개미나 물고기들이 느끼고 있는 2차원 세계로 시야를 돌려서 개입하게 되면, 그들의 평화와 질서를 무너뜨리는 결과를 초래할 것 같네요. 우리의 우주 개척도 뭔가 잘못되어 가고 있다는 생각이 언젠가부터 들기 시작했어요. 물론 우주 개척으로 우리 통합국이 번영하니 좋지만, 결과적으로 다른 문명을 점령하고 약탈해오는 것이기에 좀 그렇습니다."

"여신님은 역시 착하네요. 그렇다고 이제 와서 멈출 수는 없잖습니까? 이미 모든 통합국의 도로는 우주에서 자원을 가지고 와서 건설되었고 지금도 진행 중이기에 말입니다. 물질적 풍요도 보세요. 길에 다이아, 금덩어리가 그냥 굴러다닐 정도로 풍요롭습니다. 이 상태에서 멈추거나 후퇴하면 민란이 일어날 것입니다. 밀어붙이는 것 말고는 아무 대안이 없습니다."

"그야 그렇지만…. 이 정도에서 멈추었으면 좋겠네요, 너무 욕심내도 문제가 발생하지 않겠어요?"

"우리 외계별들 중에 갑자기 무선이 끊기고, 연락이 두절되는 곳이 속출하고 있습니다."

통합 연구소의 연구원이 다급하게 정재리에게 전화를 합니다.

"…, 원인을 분석해 보세요. 무엇이 문제인지."

"네, 알겠습니다."

우려했던 일들이 발생하기 시작했습니다. 통합국보다 더 높은 문명을 지닌 별이 우주에는 많을 것이라는 생각을 정재리나 연구원들은 익히 알고 있었지만, 욕망과 부의 쟁취, 출세의 고속화 때문에 애써 무시하고 있었습니다. 돌쇠에게도 다 보고하지 않은 비밀스런 일들이 많았습니다. 어떤 별은 가보니, 통합국은 비교도 안 될 정도로 고도의 문명이 존재하는 것을 자주 목격했으나, 정재리나 연구원들은 애써 무시했고, 보고하지 않고 있었습니다.

돌쇠도 이상한 징후를 포착하기 시작했습니다. 정재리가 대화중에 연구소에서 연락이 왔는지, 통화하고 나면 창백해지는 얼굴을 보기 시작했습니다.

"정재리, 무엇이 문제요? 내게도 감추고 말 못 할 것이 있나요?"

"아닙니다, 별것 없습니다."

정재리는 외계별에 나가 있는 우주선과 통합국 유인들이 알 수 없는 정체불명의 다른 문명인들에게서 공격받기 시작해서 우주선이 파괴되고 유인들이 죽어간다는 것을 알면서도 돌쇠에게 속 시원히 말하지 않고 있었던 것입니다. 정재리와 통합국 연구원들은 돌쇠와는 다른 위치에 있기 때문입니다. 돌쇠나 여신은 지금까지의 결과물과 통치로만으로도 향후 신분이 보장되고 잘 먹고 잘살 수 있지만, 정재리나 연구원들은 애매하기 때문입니다. 우주 개척이 없으면 통합 연구소는 있으나 마나이고, 또한 더 이상의 부와 명예를 쟁취할 수 없다는 위기감이 있기 때문입니다.

외계의 더 높은 문명과 고차원, 고도화된 문명인이 통합국의 유인들을 죽이고 우주선이 파괴되고 있지만, 그 와중에도 정재리와 연구소는 계속 새로운 별로 가기 위해서 우주선을 쏘아 올리고 있었습니다.

25. 여신의 최후

정재리와 연구원들은 새로운 별로 우주선을 쏘아 올리면서도 점령한 각 별의 우주선과 유인들의 활동을 보기 위해서 별도로 로봇 카메라를 쏘아 올렸습니다. 시간이 흐르면서 원인이 무엇인지는 몰라도 결과는 알게 되었습니다. 보이지 않는 곳에서 빛이 날아와 우주선을 파괴하고, 건설한 건물들을 파괴하고, 유인들을 죽였습니다.

"도대체 이것이 무엇인가요?"

정재리도 전혀 몰라서 연구원 각 팀의 팀장들과 숙고하면서 묻습니다. 그 중에 한 팀장이 답변을 했습니다.

"둘둘 말아진 차원 위의 차원의 생명체가 쏘는 살상 빛 같습니다. 알다시피 4차원 이상의 차원을 우리는 개념적으로 알고는 있지만 인식하지 못하고 있습니다. 그 차원은 감춰진 곳에 있다는 것이지요, 우주는 우리의 도전을 허락하지 않고 있습니다. 고도의 문명으로 진입하고자 우리가 지금 몸부림 치고 있는데, 이미 고도화된 고차원의 문명은 우리의 도전을 허락하지 않고 있는 겁니다."

사태는 급박하게 돌아가고 있습니다. 통합국이 개척한 별들의 우주선은 거의 다 파괴되고, 유인의 문명을 식민지화시켰던 통합국 유인들도 대부분 다 죽었습니다. 그러니 원료나 자재가 더 이상 들어오지 못해 우주선을 쏘아 올리는 것도 거의 중단되었고, 무엇보다 직접적으로 피부에 와 닿는 것은 통합국 도로 건설의 중단이었습니다. 공사가 진행되다가 멈춰진 곳이 다수가 되다 보니 통합국 전체가 을씨년스러웠습니다.

그러던 어느 날. 보이지는 않는데 공중에서 음성이 낭랑하게 울려 퍼졌습니다. 만능 대화기를 대부분 갖고 있는 통합국 유인들이기에 그 음성을 귀를 세우고 들었습니다.

"우리는 당신들이 알 수 없는, 의식할 수 없는 차원 위의 문명에서 온 유인들입니다. 처음에는 당신들이 별들을 방문하기에 그런가 보다 했지만, 시간이 갈수록 알게 되었습니다. 당신들은 별들과 유인을 평화와 질서로 이끌기 위해서 온 것이 아니라, 파괴와 자원을 약탈하기 위해 왔다는 것을 알게 되었습니다. 그래서 우리 고차원 문명에서 당신들의 우주선을 부수고, 본의 아니게 유인들을 죽였고, 죽이고 있습니다. 더 이상 우리도 죽이거나 파괴하고 싶지 않습니다.

우리가 조사한 바에 의하면, 이곳을 지배하는 여신과 돌쇠, 통합국 우주 연구소가 있다는 것을 알게 되었습니다. 더 이상의 희생을 원치 않으면 여신과 돌쇠는 물러나고, 통합국 우주 연구소는 해체되어야 합니다. 거부할 시에는, 이곳에도 전 우주의 전 차원의 평화와 공존, 평등을 유지하는 대명의 빛을 쏠 수밖에 없습니다. 대명의 빛은 우주천리에 순응할 때는 공존과 번영을 약속하는 빛이지만, 천리를 거부하는 자에게는 파괴와 죽음만이 있을 것입니다. 거부냐, 순종이냐의 선택의 시간을 3일을 주겠습니다. 그때까지 아무런 답이 없을 시에는 우리는 통합국의 고속도로부터 부수고, 우주 엘리베이터도 부수겠습니다.

순응하면 통합국 광장에다가 불을 피우십시오. 우리가 3일 뒤에 왔을 시에도 불이 안 피어오르면 공격하겠습니다. 그리고 경고합니다. 당신들이 우리를 추격하려고 해도 우리를 볼 수가 없습니다. 2차원적인 개미나 물고기가 앞뒤로만 전진하고 하늘을 날 수 없기에 3차원이 있는 줄 모르듯이, 당신들이 현재 4차원적 생을 살고 있으므로 차원 너머에 있는 우리를 그대들은 볼 수가 없습니다. 그러나 우리는 당신들을 내려다볼 수 있습니다. 그러니 헛된 수고는 하지 마십시오."

경고의 음성이 사라지는 순간에 통합국은 아비규환으로 변했습니다. 여신이 거처하는 궁전으로 수많은 유인들이 몰려들어와 우피미의 퇴진을 요구했습니다. 그들 중에는 방화를 저지르는 이도 있었습니다. 통합국 전체가 아비규환이 되고 말았습니다. 그 누구도 통제할 수 없을 정도로 폭동이 거세져 갔습니다. 상점은 파괴되고, 약탈이 자행되고, 강간이 빈발했습니다.

"돌쇠님, 이 사태를 어떻게 해야 하나요?"

백성들의 돌변으로 여신은 초췌해져 있습니다.

"…"

돌쇠도 꿀 먹은 벙어리가 되었는지 아무 말을 못 합니다.

"여신님, 3일 뒤까지 일단 버티고 있읍시다. 그들이 정말 우리를 공격하는지."

"정재리는 어디 갔지요?"

정재리와 연구원들도 사태를 눈치 채고 이미 은둔해 버렸습니다. 그들이 어디로 갔는지 아는 사람은 아무도 없었습니다. 우주방위사령관도 대책이 없는지 사라진 지 오래 되어, 통합국은 그야말로 무법천지가 되고 말았습니다.

3일 뒤 그들은 정확히 나타나 고속도로를 파괴하고, 우주 엘리베이터를 공격해서 파괴시켰습니다. 여신과 돌쇠는 최후를 준비했습니다.

"여신님, 당신을 만나서 사랑했기에 저는 여한이 없었습니다. 다시 태어나도 여신님만 사랑하겠습니다."

"돌쇠님, 저도 당신을 만나서 행복했고, 만난 것을 후회해 본 적이 단 한 번도 없었습니다. 당신은 저를 정말 사랑해주었어요. 제가 오히려 당신께 감사를 드립니다."

최후가 다가왔음을 직감한 두 유인입니다. 허리가 부러질 것 같은 강한 포옹과 혀를 끊어서 먹으려는 듯이 강렬한 키스를 주고받는 두 유인입니다.

"여보, 사랑해요…."

돌쇠는 보잉 747보다 더 완벽한 곡선의 여신의 빛나는 나신을 애무하다가 깊이 삽입했습니다.

"아, 여보…."

거센 몸부림을 치는 듯하던 두 유인의 육신은 이내 잠잠해졌습니다. 침대로 간 것을 지켜보던 시종들이 시간이 흘러도 여신과 돌쇠가 부르지도 않고, 또한 인기척이 없자 이상한 예감이 들어서 침대로 다가갔습니다.

"아!?"

두 유인의 몸이 굳은 상태였습니다.

"여신님! 돌쇠님!"

시종들은 두 유인을 떼어내려 했으나 떨어지지 않았습니다. 돌쇠의 굵고 긴 생식기가 여신의 그곳에 깊이 삽입된 채로 죽었기 때문입니다. 두 유인은 거센 섹스를 하면서 독약을 나누어 먹었습니다. 삽입된 생식기는 죽어가면서 경직된 채, 서로가 넝쿨처럼 강하게 휘감고 있어 떨어지지 않았습니다. 침대 곁에는 다음의 글귀가 썩어져 있었습니다.

영결무정유(永結無情遊)

상기막운한(相期邈雲漢)

속세 떠난 맑은 우리 사랑 영원히 맺고저

다음 생에 은하수 저쪽에서 다시 만나자꾸나